W0410692

Janette Oke

WENN DIE LIEBE SIEGT

Erzählung

Verlag Schulte + Gerth Asslar

Die amerikanische Originalausgabe erschien unter dem Titel „When Calls the Heart“ im Verlag Bethany Fellowship, Inc., 6820 Auto Club Road, Minneapolis, Minn. 55438
© by Janette Oke
© der deutschen Ausgabe 1988 Verlag Schulte + Gerth, Asslar
Aus dem Amerikanischen übersetzt von Beate Peter

Best.-Nr. 15 090
ISBN 3-87739-090-0
1. Auflage 1988
Umschlaggestaltung: Bethany House/Gisela Scheer
Satz: Typostudio Rücker & Schmidt
Druck und Verarbeitung: Mohndruck Gütersloh
Printed in Germany

Elisabeth

Ich muß sagen, ich war äußerst überrascht. Nein, nicht von dem Brief selbst. Wir bekamen immerhin häufig Post von meinem Bruder Jonathan. Obwohl er uns ziemlich regelmäßig schrieb, gelang es ihm doch stets mit seinen Briefen, den ganzen Haushalt für eine Weile vollkommen auf den Kopf zu stellen. Nein, es war nicht der Brief an sich, sondern eher sein Inhalt, der mich wie ein Blitz aus heiterem Himmel traf. Und noch erstaunlicher war Mutters Reaktion darauf.

Der 12. April 1910 hatte eigentlich wie jeder gewöhnliche Tag angefangen. Ich stand zeitig auf, hielt meine Andacht in der Stille meines Zimmers, kleidete mich an, frühstückte mit der Familie und verließ das Haus gegen acht Uhr, um die elf Straßen zu der Schule, an der ich unterrichtete, zu Fuß zurückzulegen. Ich hatte es mir zur Gewohnheit gemacht, so rechtzeitig in der Schule zu sein, daß mir genügend Zeit für etwaige Vorbereitungen blieb, bevor die Schüler eintrudelten. Gewöhnlich war ich die erste Lehrerin, die das Gebäude morgens betrat. Wie sehr genoß ich dann die Stille in dem nur zu bald mit Lärm und Stimmengewirr erfüllten Schulhaus.

An diesem herrlichen Frühlingsmorgen atmete die ganze Welt Frische und Leben. Der Blumenduft und das Vogelgezwitscher um mich her veranlaßten mich, einen seltenen Blick in mein Innenleben zu werfen.

„Und wie geht es dir an diesem wunderschönen Frühlingsmorgen?“ erkundigte ich mich bei mir selbst.

„Blendend, vielen Dank!“ kam die unausgesprochene Antwort. Dann wollte mir plötzlich eine heiße Röte in die Wangen steigen. Wenn mich nur niemand bei diesem

Selbstgespräch beobachtete! Es war eigentlich gar nicht meine Art, mich mit mir selbst zu unterhalten – nicht einmal in Gedanken, und besonders nicht mitten auf diesem von Ahornbäumen gesäumten Gehsteig. Da aber weit und breit niemand zu sehen war, fuhr ich mit meinem Selbstgespräch fort.

„So, so, blendend also? Was ist denn der Grund, daß du so fröhlich bist und deine Schritte so federleicht?"

„Nun, dieser strahlende Morgen, das Leben, die frische, klare Luft, die ich atme."

„Schön und gut, aber im Grunde bist du seit jeher eine Frohnatur gewesen, die sich tagein, tagaus des Lebens freut. Mir scheint, es gibt kein Plätzchen auf Gottes weiter Erde, wo du nicht glücklich wärst."

„Nein, ganz so ist es wohl nicht, wenn ich ehrlich sein soll."

Die plötzliche Wende des Gesprächs verwunderte mich. Ich verspürte eine seltsame, heftige Regung tief in meinem Inneren. Eine ungekannte Rastlosigkeit drängte sich mir auf. Ich bemühte mich nach Kräften, sie abzuschütteln, doch ohne Erfolg.

„Genau das tust du jedes Mal, wenn ich mit dir reden will!" klagte die Stimme. „Kaum mache ich mich bemerkbar, schiebst du mich auch schon wieder in eine verstaubte Ecke deiner Seele. Warum hast du nur solche Angst, mir in die Augen zu sehen?"

„Angst?"

„Jawohl, Angst."

„Ich habe doch keine Angst! Man hat mich halt nur gelehrt, mit dem, was ich habe, zufrieden zu sein, besonders, da ich mit Wohlstand so reich gesegnet bin. Es ist schließlich eine Schande – nein, eine rechte Sünde sogar – Unzufriedenheit zu äußern, wenn das Leben – und Papa – es in allen Dingen so gut mit mir meinen."

„Du hast recht, es wäre wahrhaftig eine Sünde, ein sorgenfreies Dasein zu verachten. Das sollst du niemals tun. Vielleicht aber, vielleicht würde es dein Herz erleichtern, wenn du dieses leise, schleichende Gefühl der Leere einmal ergründen würdest."

Nun war ich herausgefordert, und wenn auch noch ein wenig ängstlich und schuldbewußt, so beschloß ich, dieser inneren Stimme Gehör zu schenken, um sie dann endgültig zum Schweigen zu bringen.

Ich, Elisabeth Marie Thatcher, wurde am 3. Juni 1891 als dritte Tochter des Ephraim Thatcher und seiner Frau Elisabeth geboren. Mein Vater war Kaufmann in Toronto und hatte sich und seiner Familie ein ansehnliches Vermögen erarbeitet. Wir zählten zur oberen Schicht der Bevölkerung, und von Kindheit an war ich an die Vorzüge eines solchen Lebens gewöhnt. Die Ehe meiner Eltern war für meine Mutter bereits die zweite, da sie zuvor mit einem Hauptmann in des Königs Diensten verheiratet gewesen war. Aus dieser Ehe stammt auch mein Halbbruder Jonathan. Mutters erster Mann war durch einen Unfall ums Leben gekommen, als Jonathan erst drei Jahre alt war, und Mutter war wenig später mit ihrem Sohn in ihr Elternhaus zurückgekehrt.

Mein Vater lernte meine Mutter bei einem Festessen kennen, zu dem gemeinsame Bekannte eingeladen hatten. Das Trauerjahr lag gerade hinter Mutter, und es fiel ihr schwer, ihren Schmerz über den Verlust zusammen mit den Trauerkleidern abzulegen und in Truhen einzuschließen. Ich habe oft darüber nachgedacht, ob es die schlichte Schönheit der jungen Witwe war, die meinem Vater gleich aufgefallen war, oder ob ihm ihre Hilflosigkeit und Einsamkeit das Herz gerührt hatten. Wie dem auch gewesen sein mag, mein Vater machte ihr jedenfalls den Hof, gewann ihre Liebe und heiratete sie im darauffolgenden November. Im Jahr danach wurde meine älteste Schwester Margaret geboren. Zwei Jahre später folgte Ruthie. Zwischen Ruthie und mir verlor Mutter ein Kind im Säuglingsalter. Dieser Verlust wollte ihr schier das Herz brechen. Ich glaube, sie war ein wenig enttäuscht, als ich kein Junge war, aber aus irgendwelchen Gründen war ich diejenige, die sie dazu bestimmt hatte, ihren Namen zu tragen. Wiederum zwei Jahre später kam Julie an. Endlich, zweieinhalb Jahre nach Julie, kam ein Sohn zur Welt: mein kleiner Bruder, den die Eltern Markus tauften. Ich kann Mutter nicht einmal Vorhaltungen darüber machen, wie sehr sie dieses Kind verwöhnte, denn wir alle taten es ihr gleich. Vom ersten Tag seines Lebens an genoß Markus die hingebungsvolle Liebe der ganzen Familie.

Es fehlte uns an nichts. Papa sorgte im Überfluß für unseren Lebensunterhalt, und Mutter verwandte manche Stunde darauf, uns zu wahrhaftigen Damen zu erziehen. Gemeinsam waren unsere Eltern stets auf unser geistliches Wohl bedacht, und innerhalb der Grenzen des Vernünftigen wurden wir dazu angehalten, unsere eigenständige Persönlichkeit voll zu entfalten.

Margaret war seit jeher unser kleines Hausmütterchen gewesen. Sie heiratete mit achtzehn Jahren und fand alles Glück der Welt in ihrer neuen Aufgabe, ihrem Mann, einem Anwalt, und später den Kindern ein gemütliches, frohes Heim zu führen. Ruth war die musikalischste unter uns. Unsere Eltern ließen sie von den besten Klavierlehrern am Ort ausbilden. Als sie dann in New York einen talentierten Geiger kennenlernte und beschloß, ihre Karriere als Solistin gegen die der Begleiterin einzutauschen, gaben meine Eltern ihren Segen zu dieser Entscheidung.

Ich war als die praktisch veranlagte Tochter anerkannt und geschätzt. Wenn Mutter in Vaters Abwesenheit vor einem Problem stand, rief sie sofort nach mir. „Elisabeth, du hast einen kühlen Kopf und einen klaren Verstand", sagte sie dann. Ich wußte schon sehr früh, wie sehr Mutter sich auf mich verließ.

Es war auch gewiß meine praktische Seite, die mich zur Selbständigkeit getrieben hat. Ich wurde Lehrerin. Zwar betrachtete Mutter einen Beruf als vollkommen überflüssig für eine Dame, zumal es mir ein Kleines gewesen wäre, mit einem der zahlreichen Verehrer am Ort den Bund fürs Leben zu schließen, doch sie ließ nichts dergleichen verlauten und unterstützte mich sogar in meinem Bestreben, mein Berufsziel zu verfolgen.

Ich liebte Kinder und betrat das Klassenzimmer jeden Morgen voller Selbstvertrauen und Freude an der Arbeit. Meine Drittkläßler genoß ich aus ganzem Herzen.

Meine Schwester Julie war die abenteuersüchtige, romantische Seele der Familie. Sosehr ich sie auch liebte, so konnte ich über ihre Possen und Anwandlungen manchmal nur den Kopf schütteln. Sie war zierlich gebaut und hübsch, so daß es ihr nie an männlichen Bewunderern fehlte, doch sie schien dennoch nie genug davon bekommen zu können. Ich betete täglich für Julie.

Und dann Markus! Mir scheint, ich war die einzige in der Familie, die sich ernsthaft Sorgen um ihn machte. Es war mir klar, was wir mit unserem grenzenlosen Verwöhnen angerichtet hatten, und oft fragte ich mich, ob wir es damit nicht viel zu arg getrieben hatten. Nun war er ein heranwachsender Bursche, und ich liebte ihn zu sehr, um ihn unter den Folgen unserer übermäßigen Zuwendung leiden zu sehen. So nahm ich ihn ab und zu beiseite, um ihm Verantwortung des Erwachsenseins vor Augen zu stellen. Anfangs befürchtete ich, meine vorsichtigen Hinweise würden sein Fassungsvermögen übersteigen, doch allmählich zeigte er ein wachsendes Verständnis für meine Worte. Er begann, seine Ansprüche einzuschränken und ein gesundes, vernünftiges Maß an Selbstbewußtsein zu entwickeln. Ich hegte die Hoffnung, daß wir ihn am Ende doch nicht unwiderruflich verdorben hatten. Bald entwikkelte er eine ungeahnte Festigkeit des Charakters und begegnete seinen Mitmenschen mit Achtung und Freundlichkeit. Unser Markus wuchs zu einem ehrbaren jungen Mann heran – das trotz all unserer Erziehungsfehler!

Das süße Gezwitscher eines Rotkehlchens riß mich aus meinen Träumen. Das Vögelchen saß so vergnügt auf einem Zweig hoch über meinem Kopf, daß ich am liebsten mit ihm um die Wette gesungen hätte.

„Nun“, dachte ich bei mir, als es sein Liedchen beendet

hatte, „der Grund meiner Unruhe ist gewiß nicht Unzufriedenheit; ich bin meinem Gott für all die guten Gaben von Herzen dankbar, mit denen er mich so reich gesegnet hat. Es kann auch nicht mangelnde Liebe zu meiner Familie sein, die mich so verstört macht." Ich war erleichtert.

„Aber", – fragte ich mich im stillen, „warum bin ich dann so unruhig? Stimmt etwas nicht mit mir?"

„Unsinn", gab meine innere Stimme zurück. „Du hast recht: du bist weder undankbar noch fehlt es dir an Liebe zu deiner Familie. Dennoch bist du unruhig. Das soll nicht bedeuten, daß du Mangel leidest. Es ist eben Zeit für einen Tapetenwechsel, weiter nichts."

„Einen Tapetenwechsel?" Wäre der Vorschlag von einem völlig fremden Passanten auf dem Gehsteig gekommen, so hätte ich kaum erstaunter sein können.

„Ja, natürlich. Was bringt das Rotkehlchen in jedem Frühling wieder zurück? Nicht etwa die Suche nach seinem Nest oder nach Futter. Sein Instinkt sagt ihm, daß es Zeit zum Reisen ist."

„Zum Reisen? Wieso? Und wohin denn?"

„Das wirst du schon sehen, wenn die Zeit kommt."

„Aber ich weiß nicht einmal, ob ich überhaupt ..."

„Pst!"

Einen Ortswechsel hatte ich noch nie ernsthaft erwogen. Ich war tief in meiner Heimat verwurzelt. Nicht einmal für das Heiraten interessierte ich mich besonders. Oh, irgendwo, irgendwann würde sich vielleicht der Mann fürs Leben finden, doch ich für meinen Teil hegte nicht die Absicht, mich auf die Suche nach ihm zu begeben, und keiner der jungen Männer, die sich für mich interessierten, hatte mich je beeindrucken können. Es war sogar wiederholt vorgekommen, daß ich mich unter einem Vorwand zurückgezogen hatte, um Julie das Feld zu überlassen. Dieser schien das nicht im geringsten unangenehm zu sein, doch die Gefühle der betreffenden jungen Männer kümmerten mich, wie ich zu meiner Schande gestehen muß, äußerst wenig.

Und nun sollte ich einen Ortswechsel vornehmen?

Meine Unruhe wich einer neuen Regung: Furcht. Da ich jedoch praktisch veranlagt bin und wußte, daß ich dieser Furcht im Augenblick nicht Herr werden konnte, schob ich sie einfach von mir, betrat das rote Backsteingebäude, ging in mein Klassenzimmer und verwandte alle Kraft darauf, meine Rechtschreibübungen vorzubereiten. Robert Ackley tat sich noch immer schwer im Rechtschreiben, und ich hatte alles nur Erdenkliche versucht, um ihm zu helfen. Was sollte ich nur als nächstes tun?

Ich ging meine Aufgaben heute mit einem Ernst und einer Entschlossenheit an, daß ich selbst staunte. Noch nie hatte ich mich so sehr darum bemüht, den Unterricht fesselnd und verständlich zu gestalten. Am Ende des Schultags war ich so erschöpft, daß ich beschloß, nur noch die Tafel abzuwischen und anschließend gleich nach Hause zu gehen. Gewöhnlich blieb ich noch eine Stunde in der Schule, um den Unterricht für den kommenden Tag vorzubereiten, doch heute hatte ich einfach keine Kraft dazu. Ich wusch die Schwämme aus, schob einen Stapel Lese- und Rechenfibeln in meine Tasche, schloß die Klassentür hinter mir zu und ging die Treppe hinunter.

Die frische Luft tat mir wohl; ich entdeckte sogar das Rotkehlchen wieder, mit dem ich am Morgen um die Wette gezwitschert hatte! Als ich unser Haus erreicht hatte, war alle Müdigkeit verschwunden. Mutter saß in dem kleinen Sonnenzimmer und schenkte sich gerade eine Tasse Tee ein. Mein ungewöhnlich frühes Heimkommen schien sie nicht zu verwundern.

„Leg deinen Hut ab und setz dich zu mir!“ rief sie mir entgegen. Es klang nach Neuigkeiten.

Ich legte mein leichtes Schultertuch und meinen Hut auf den Tisch in der Garderobe und setzte mich Mutter gegenüber. Ein heißer, starker Tee war jetzt genau das richtige für mich.

„Ich habe einen Brief von Jonathan bekommen“, verkündete Mutter und reichte mir eine Tasse.

Ihre Aufregung rührte gewiß von dem Brief her, vermutete ich.

Jonathan hatte einen ganz besonderen Platz in Mutters Herz. Er war ihr Erstgeborener, ihr einziges Kind aus erster Ehe, und ihm gehörte in gewisser Hinsicht auch ihre erste Liebe. Julie hatte mehrmals unterstellt, daß Mutter Jonathan mehr als uns alle zusammen liebte. Ich hatte versucht, meine Schwester davon zu überzeugen, daß Mutter ihn nicht mehr liebte als uns – nur eben anders. Ich habe oft darüber nachgedacht, wie schwer ihr damals der Abschied von ihm gefallen sein mußte. Jonathan war erst ganze neunzehn Jahre alt gewesen, als er beschloß, in den Westen überzusiedeln. Als Vierjährige war ich damals viel zu jung gewesen, um das alles zu begreifen, doch ich spürte, daß nach seiner Abreise eine andere Stimmung in unserem Haus herrschte; daß Mutter irgendwie anders geworden war, wenn sie sich auch bemühte, es vor uns zu verbergen. Drei Monate nach dem Abschied von Jonathan wurde dann unser kleiner Markus geboren, und damit hatte Mutters Dasein einen neuen Inhalt bekommen. Doch nicht einmal Markus konnte Jonathans Platz in Mutters Herz einnehmen.

Mutter schenkte mir in aller Seelenruhe eine Tasse Tee ein, doch ich konnte ihr anmerken, daß sie innerlich alles andere als ruhig war. Ihre Aufregung schien mir nicht besorgter, sondern eher freudiger Natur zu sein, so daß ich mir keine Sorgen machte.

„Wie geht es ihm?“ erkundigte ich mich. Neugierig, wie ich war, wollte ich Mutter jedoch nicht bedrängen, ihre Neuigkeiten zu verraten.

„Gut. Der ganzen Familie geht es blendend. Mary fühlt sich den Umständen entsprechend gut. Das Baby soll nun bald kommen. Jonathans Holzgeschäft macht gute Umsätze. Er mußte vorigen Monat sogar noch einen weiteren Arbeiter einstellen.“

Das alles klang gut. Ich freute mich für diesen älteren Bruder, den ich kaum kannte, doch Mutters innere Erregung mußte eine andere Ursache als die genannten Dinge haben. Ich murmelte etwas von Jonathans großartigem Erfolg im Leben und nippte an meinem Tee. Wenn Mutter doch nur endlich zur Sache kommen wollte!

Mutters Tasse schien in Vergessenheit geraten zu sein. Statt dessen zog sie Jonathans Brief aus ihrem Kleidausschnitt hervor. Das war eigentlich nichts Ungewöhnliches. Jeden Brief von Jonathan las sie mehrmals gründlich durch und verwahrte ihn dann im Ausschnitt ihres Kleides. Auf diese Weise trug sie ihn mehrere Tage lang bei sich, um ihn immer wieder hervorzuziehen und aufs neue zu studieren.

Nun öffnete sie das Kuvert. Anstatt mir die Bögen jedoch zu reichen, wie sie es gewöhnlich tat, begann sie, mir den Inhalt vorzulesen. Die ersten Abschnitte überflog sie dabei hastig, als sei sie in Eile, den Hauptteil zu erreichen. Ich nippte wieder an meinem Tee. Die Erregung in ihrer Stimme wuchs. Plötzlich verlangsamte sie ihr Tempo, und ich wußte, daß sie den nächsten Zeilen besondere Bedeutung beimaß.

„,Hier im Westen gibt es noch grenzenlose Möglichkeiten. Ich kenne mehrere Männer, die mit leeren Händen ankamen und nun im Besitz von stattlichen Häusern und gutgehenden Geschäften sind. Es braucht nichts weiter als Entschlossenheit, Durchhaltevermögen und einen gesunden Menschenverstand.'"

„Mutter wird doch wohl Papa nicht drängen wollen, auch in den Westen zu gehen!" schoß es mir durch den Kopf. Mutter fuhr fort.

„,Ich denke oft an meine Familie. Es wäre schön, jemand von Euch hier bei uns im Westen zu haben. Ich vermisse Euch alle sehr, besonders Dich, Mutter, aber das weißt Du ja.

Viele meinen, der Westen sei ein rechtes Männerland, und das mag auch in mancher Hinsicht stimmen, aber auch für Frauen gibt es hier ungezählte Möglichkeiten. Dazu wissen wir hier nur zu genau, daß wir gute, tüchtige

Frauen brauchen, die unseren Männern ein Heim bereiten und unsere Zukunft durch gesunden Nachwuchs sichern.'"

Ich muß unwillkürlich das Gesicht verzogen haben. „Welch ein eiskalter, berechnender Grund zum Heiraten!" dachte ich, doch Mutter war schon fortgefahren.

„‚... weshalb ich auch an Elisabeth dachte.'"

In mir bäumte sich alles auf. „Elisabeth? Ich? Was in aller Welt hat er mit mir vor? Soll ich mich am Ende auf die Suche nach einem Wildwestkrämer machen oder einem hinterwäldlerischen Viehhirten? Vielen Dank, aber das ist nichts für mich. Niemals! Niemals!" Ich war felsenfest entschlossen, lieber zu sterben, als mein Leben als die Frau eines Cowboys oder dergleichen im Wilden Westen zu fristen.

Bleich vor Entsetzen wollte ich mich von meinem Stuhl erheben. „Nie!" flüsterte ich. Mutter hatte meinen Protest jedoch nicht einmal wahrgenommen und las weiter.

„‚Es fehlt uns sehr an Lehrern und Lehrerinnen. Viele Mütter in unseren Breiten haben keine andere Wahl, als ihre Kinder selbst zu unterrichten. Diese Frauen haben wenig Muße und nicht die Spur einer geeigneten Ausbildung zu einer solchen Aufgabe. Uns liegt sehr daran, diese mißliche Lage zu ändern. Wir möchten, daß unsere Kinder eine gute Schulbildung erhalten, denn es ist unsere Hoffnung, die Verwaltung unserer neuen Provinz eines Tages in den Händen unserer eigenen Leute zu sehen.

Du schreibst, Elisabeth sei eine gute Lehrerin und eine vernünftige junge Frau, und gewiß hast Du in allem recht. Gerade heute sprach ich mit dem Direktor einer Schule, den ich kenne. Er hat bei weitem nicht genügend Lehrkräfte, und von den wenigen, die ihm zur Verfügung stehen, sähe er einige am liebsten durch tüchtigere Kräfte ersetzt. Er sagte, wenn Elisabeth sich bereit erklären würde, in den Westen überzusiedeln, würde er sie ohne weiteres in seiner Schule einstellen. Dazu wäre es, wie ich schon erwähnt habe, mein Wunsch, endlich jemand von Euch hier in meiner Nähe zu haben.'"

Ich war fassungslos. Mutter las nun schweigend weiter. Mich hatte sie anscheinend völlig vergessen, während sie in Gedanken bei ihrem geliebten Sohn Jonathan im fernen Westen war.

Für diese kurzen Augenblicke der Besinnung war ich dankbar. Jonathan schlug also allen Ernstes vor, daß ich in den Westen übersiedeln sollte. Und wozu? Bevor er das notleidende Schulwesen erwähnte, hatte er davon gesprochen, wie dringend der Westen junge Frauen für die Sicherstellung „gesunden Nachwuchses" brauchte. Nun, damit war der Westen bei mir an die Falsche geraten. Punktum!

Ich hoffte nur, daß Mutter Jonathan nicht allzu scharf zurechtweisen würde, wenn sie seinen Brief beantwortete. Er hatte in guter Absicht geschrieben, doch er hätte eigentlich wissen müssen, daß unsere Mutter niemals ihre Zustimmung dazu geben würde, eine ihrer Töchter in den Wilden Westen auf Männerjagd zu schicken, selbst wenn es unter dem Deckmantel einer Lehrerinnenstelle geschah. „Auch wenn Jonathan nicht in erster Linie daran gedacht hat, mich auf der Stelle zu verheiraten", dachte ich stirnrunzelnd, „und er tatsächlich nur auf der Suche nach geeigneten Lehrkräften ist, dann sehe ich noch immer keinen Grund, weshalb ich meine gesicherte Stelle an der hiesigen Schule aufgeben sollte."

Mutter beendete den langen Brief und steckte ihn in ihren Ausschnitt zurück. Ihr Tee war längst kalt geworden, doch geistesabwesend nahm sie die Tasse und nippte daran. Ich war nahe daran herauszuplatzen: „Mutter, laß dich nur nicht beunruhigen! Jonathan meint es gut, aber du brauchst nichts Schlimmes zu befürchten. Ich habe nicht die geringste Absicht, seinen Vorschlag ernstzunehmen ...", doch da sah sie auch schon von ihrer Teetasse auf und richtete ihren Blick direkt auf mich. Anstatt der erwarteten Ablehnung kam nur ein einziges Wort:

„Nun?“ Sie lächelte mich an, und ihre Stimme verriet große Spannung.

Ich saß wie versteinert da.

„Nun?“ fragte ich dann zurück. Mutters Art und Weise, Jonathans absolut lächerlichen Vorschlag aufzunehmen, erstaunte mich maßlos. „Sie wird doch nicht meinen, ich würde mich auch nur für eine Sekunde auf eine solch verrückte Idee einlassen? Wie kann sie nur? Sie sieht ja selbst, daß das an den Haaren herbeigezogen ...“ Und dann durchfuhr es mich plötzlich: Ich sollte Mutters Opfergabe an Jonathan sein! Sie würde mich als das Familienmitglied, das er so sehr vermißte, in den Westen schikken. Wenn ich erst in seiner Nähe wohnte, würde Mutter leichter ums Herz sein.

Ich liebte meine Mutter. Sie war mir eine gute Mutter. Niemals würde ich ihr weh tun wollen. Deshalb wagte ich es nicht, ihr brüsk vorzuhalten, wie unsinnig es von Jonathan war, einen solchen Gedanken überhaupt zu äußern. Das erwartungsvolle „Nun?“ lag ihr noch im Blick. Ich brachte es nicht fertig, mich rundheraus zu weigern. Aber konnte ich Jonathans Vorschlag zustimmen? Gewiß nicht! Nun, dann würde ich es halt bei einem „Vielleicht“ belassen, bis ich genügend Zeit gehabt hatte, alles in Ruhe zu durchdenken und einen Ausweg zu suchen, ohne Mutter zu kränken.

„Es ... es kommt so ... so überraschend. Ich ... ich hatte eigentlich noch nie daran gedacht, von hier fortzugehen ...“

Stotternd suchte ich nach Worten, um die wachsende Besorgnis in Mutters Blick zu besänftigen, doch vergeblich. So bemühte ich mich nach Kräften, Ordnung in meinen wirren Kopf zu bringen, und fuhr fort:

„Eine ... interessante Idee; ja, sehr interessant.“ Es sollte munter klingen, doch mein Mund war trocken.

Mutter schien erleichtert zu sein, und ihre Augen leuchteten wieder auf. Es dauerte einen Moment, bis ich bemerkte, daß der Glanz in ihrem Blick von ungeweinten Tränen herrührte. In mir wollte helle Angst ausbrechen.

Ich durfte Mutter einfach nicht enttäuschen – wenigstens nicht jetzt. Ich schluckte, rang mir ein schwaches Lächeln ab und stellte die zierliche Porzellantasse auf den Tisch zurück.

„Das … nun, ich … ich werde es mir überlegen und … wir werden sehen."

Mutter beugte sich vor und strich mir über die Hand. Eine Träne löste sich von ihrem Wimpernrand und tropfte über ihre Wange.

„Betty", sagte sie, „es gibt niemanden, den ich lieber zu Jonathan gehen ließe als dich."

Das bewegte und ängstigte mich zugleich. Ich schluckte nochmals, versuchte wieder ein Lächeln und stand auf. Nach einem gehauchten Kuß auf Mutters Stirn verließ ich das Zimmer. Ich mußte jetzt einfach allein sein. Alles um mich her schien sich zu drehen, und ich hatte das Gefühl, ins Weltall geschleudert zu werden, wenn ich nicht bald einen Halt in diesem Trubel fand.

Um Mutters willen war ich bereit, einen Ortswechsel zumindest in Erwägung zu ziehen. Ja, ich würde sogar erwägen, im Westen meinen Lehrerinnenberuf auszuüben. Aber was das Heiraten betraf, besonders, wenn es sich um einen dieser ungehobelten, rauhbeinigen Wildwesthelden handelte – niemals!

Später am selben Abend klopfte Papa leise an meine Zimmertür. Ich hatte versucht, im Bett zu lesen, was mein allabendlicher Genuß war, doch heute konnte ich kein rechtes Interesse für Jane Austens Frauengestalten aufbringen.

Er trat an mein Fenster und schaute nach draußen. Die Straßenlaternen flackerten fast unmerklich unter dem dunklen Nachthimmel. Ich wartete darauf, daß er das Gespräch eröffnete, doch als er stumm blieb, legte ich mein Buch beiseite, setzte mich aufrecht und fragte ihn leise: „Du hast mit Mutter gesprochen, nicht wahr?"

Er räusperte sich und drehte sich um. Noch immer sagte er kein Wort, sondern nickte nur.

„Und was ist deine Meinung dazu?“ fragte ich in der versteckten Hoffnung, daß er den ganzen Vorschlag für vollkommen unsinnig und lächerlich erklären würde. Nichts dergleichen geschah.

„Hm“, sagte er und setzte sich auf einen Stuhl neben meinem Bett, „ich muß gestehen, zunächst war ich wie vor den Kopf geschlagen. Als ich aber dann in Ruhe darüber nachdachte, begriff ich allmählich, warum deine Mutter Gefallen an der Idee findet. Es könnte ein Abenteuer für dich werden, Elisabeth, ein Abenteuer, das keine allzu großen Gefahren in sich birgt.“

„Du meinst also, ich sollte ...“

„Es ernsthaft erwägen? Ja, überleg's dir. Aber ob du es dann tun sollst? Nicht unbedingt. Das ist eine Entscheidung, die nur du allein treffen kannst. Du weißt, wie sehr wir dich lieben und brauchen. Solltest du dich jedoch zu diesem ... diesem Abenteuer entschließen, werden wir dir nichts in den Weg legen.“

„Ach, Papa, ich weiß nicht recht. Es kam so ... so unerwartet. Ich weiß nicht, was ich davon halten soll.“

„Elisabeth, wir trauen dir durchaus zu, die richtige Entscheidung selbst zu treffen. Deine Mutter und ich werden uns danach richten, ganz gleich, wie du dich entscheidest. Du sollst selbständig zu einem Entschluß kommen. So gern deine Mutter dich auch in Jonathans Nähe wüßte, so möchte sie dich auf keinen Fall zu etwas drängen, was du vielleicht bereuen würdest. Sie hat mich gebeten, dir das auszurichten. Sie befürchtet, daß du vielleicht aus Pflichtgefühl oder ihr zu Gefallen in den Westen ziehen könntest. Das reicht nicht aus, um einen solchen Schritt zu wagen, mein Kind!“

„Ach, Papa, ich bin so durcheinander! Ich hätte mir nie träumen lassen, daß ...“

„Nur keine Eile, Liebling! So etwas will reiflich überlegt und im Gebet ausgefochten werden. Deine Mutter und ich werden dir den Rücken stärken.“

„Danke, Papa.“

Er küßte mich auf die Stirn und drückte mir die Hand.

„Ganz gleich, wie deine Wahl auch ausfallen mag ...“ flüsterte er und ging aus dem Zimmer.

Jane Austens Buch nahm ich nicht mehr zur Hand. Ich wußte genau, daß ich die Worte kaum noch aufnehmen konnte. Statt dessen löschte ich die Lampe, schüttelte mir mein Kissen zurecht und hüllte mich in meine Decke. Doch es dauerte geraume Zeit, bis ich endlich einschlief.

Eine folgenschwere Entscheidung

Während der nächsten Tage war ich oft in tiefes Nachdenken versunken. Manchmal fragte ich mich erschrocken, ob meine Schüler überhaupt von meinem Unterricht profitierten. Sie schienen jedoch nichts von meiner Zerstreutheit zu bemerken, so daß ich wenigstens nach außen hin meinen Aufgaben nachgekommen sein muß.

Wie Mutter es versprochen hatte, übte sie keinerlei Druck auf mich aus, doch ich konnte ihr anmerken, mit welcher Spannung sie meine Entscheidung erwartete. Ich wußte auch, daß sie für mich betete, und hoffte sehr, daß ihre Bitte eher „Dein Wille geschehe" als „Bitte, sende sie!" lautete.

Ich war unschlüssig, was ganz und gar nicht zu meiner Natur paßte. Bald dachte ich an die Menschen, die mir nahestanden – meine Familie, meine Schüler, meine Freundinnen und Bekannten in der Kirche –, und kam zu dem Schluß: „Nein, unmöglich! Ich kann nicht von hier fortgehen!" Dann wieder fielen mir meine Verwandten im Westen ein. Eine unsichtbare Macht zog mich zu meinem älteren Bruder, den ich kaum persönlich kannte. Auch die vielen Kinder dort, die keine Lehrer hatten, kamen mir in den Sinn. Gewiß waren sie sehr lernbegierig. Zuweilen gewann ich sogar dem Abenteuer, das dieser Umzug in den Westen mit sich bringen würde, eine vorteilhafte Seite ab. „Warum nicht? Vielleicht liegt hier die Antwort auf das unruhige Fragen in mir. Vielleicht sollte ich es einfach wagen ..."

So gingen meine Gedanken hin und her – wie das Pendel einer Standuhr.

Nach vielen Stunden des Erwägens und Betens schlug

ich meine Bibel auf und las in Josua 1,9: „Siehe, ich habe dir geboten, daß du getrost und unverzagt seist. Laß dir nicht grauen und entsetze dich nicht; denn der Herr, dein Gott, ist mit dir in allem, was du tun wirst."

Ich wiederholte den Vers laut und spürte, wie ein tiefer Friede mich erfüllte. Der Westen würde also meine neue Heimat werden.

Mutter war beinahe außer sich vor Freude, als ich ihr meinen Entschluß mitteilte. Julie bettelte darum, mich begleiten zu dürfen. So sehr ich meine Schwester auch liebte und schon jetzt wußte, daß sie mir unsagbar fehlen würde, so schauderte ich doch bei dem Gedanken daran, ein Mädchen wie Julie unter meiner Obhut zu haben, zumal mich meine Reise in ein Land voller heiratswütiger Männer führen sollte. Deshalb war ich erleichtert, als Papa und Mutter ihren Wunsch entschieden ablehnten.

Einen Monat später begannen die großen Schulferien. Ich winkte dem letzten meiner Schüler zum Abschied zu, packte meine Bücher und sonstiges Unterrichtsmaterial ein und schloß das Klassenzimmer zum letzten Mal hinter mir zu. Mit mühsam zurückgehaltenen Tränen sagte ich meinen Kolleginnen und Kollegen Lebewohl und machte mich dann, ohne einen Blick zurückzuwerfen, auf den Weg.

Ich hatte es Mutter überlassen, Jonathan von meinem Kommen in Kenntnis zu setzen. Dieser nahm die Neuigkeit mit großer Freude auf. Er schrieb mir sogar einen persönlichen Brief, um mich willkommen zu heißen. Seine und Mutters Aufregung wirkten ansteckend, und meine Ungeduld wuchs mit jedem Tag.

Jonathan hatte auch den Direktor der Schulaufsichtsbehörde von meinem Umzug benachrichtigt. Umgehend erhielt ich einen Brief von diesem Herrn Higgins (der Name paßte irgendwie zu der Vorstellung, die ich mir von ihm gemacht hatte), in dem er schrieb, wie angenehm überrascht er von der Nachricht meines Kommens sei; er werde mit aller Umsicht eine geeignete Schule für mich auswählen, schrieb er, und sehe meiner Ankunft schon jetzt mit großer Spannung entgegen.

Die nächsten Tage verbrachte ich damit, allerhand Besorgungen zu erledigen, meine Koffer und Kisten zu pakken und sie als Frachtgut abzuschicken. Jonathan hatte dazu geraten, den größten Teil meiner Habseligkeiten schon zeitig vorauszuschicken, denn die Frachtwaggons brauchten oft erheblich länger für die Reise als die Passagierwaggons. Insgeheim fragte ich mich, ob mein Bruder damit eine kleine List angewandt hatte. Wenn die Kisten und Koffer erst einmal unterwegs waren, stand weniger zu befürchten, daß ich mich in letzter Minute eines anderen besann.

Genau das hätte jedoch durchaus geschehen können. Als Papa und ich mein Gepäck zur Frachtstation brachten, wo der Bedienstete es in Empfang nahm, wurde mir blitzartig klar, welch einen riesigen Schritt ins Ungewisse ich wagte. Wie betäubt sah ich zu, wie meine Kisten gewogen, mit Begleitpapieren versehen und auf einen Gepäckkarren verladen wurden. In diesen Kisten befanden sich meine Bücher, mein Bettzeug, meine persönlichen Dinge und nahezu meine gesamte Garderobe. Es war, als werde ein beträchtlicher Bestandteil meines Lebens auf diesem Karren auf die Reise geschickt. Einen Moment schnürte helle Panik mir die Kehle zu, und um ein Haar wäre ich hinter meinen Kisten hergestürzt, um sie in die Sicherheit meines Elternhauses zurückzubringen. Statt dessen wandte ich mich abrupt ab, um hastig ins Freie zu stolpern. Papa hatte seine Mühe, mich wieder einzuholen.

„So, das hätten wir erledigt!" flüsterte ich. Es sollte klingen, als sei ich erleichtert, wieder eine Aufgabe als erledigt auf meiner Liste abhaken zu können. Papa schien mich jedoch zu durchschauen. Er räusperte sich und sagte völlig unvermittelt: „Habe da ein nettes Hütchen in dem kleinen Geschäft neben Eatons gesehen. Schien wie für dich geschaffen zu sein. Willst du dir's mal anschauen?"

Manchen Männern ist es peinlich, in einem Geschäft

für Damenbekleidung gesehen zu werden. Mein Vater war in dieser Hinsicht anders. Das mag daran gelegen haben, daß er vier Töchter und eine hübsche Frau hatte. Papa liebte es, wenn „seine Frauen“ gut gekleidet waren, und es bereitete ihm großes Vergnügen, uns bei der Auswahl eines neuen Stücks für unsere Garderobe behilflich zu sein. Dazu wußte er nur zu genau, daß ein neuer Hut wie eine Wundermedizin gegen weibliche Kümmernisse wirkte – besonders, wenn diese durch nichts Ernsteres als ein Flattern in der Magengegend verursacht worden waren.

Dankbar lächelte ich ihn an. Wer würde mich nur verwöhnen, wenn ich meinen Papa nicht mehr zur Seite hatte? Ich nahm seinen Arm, und gemeinsam machten wir uns auf den Weg zu dem Hutgeschäft.

Papa hatte völlig recht: Der Hut stand mir tatsächlich ausgezeichnet. Er war aus smaragdgrünem Samt, eine schmeichelhafte Farbe zu meinen dunkelgoldenen Lokken und haselnußbraunen Augen. Ich mochte ihn auf den ersten Blick und beschloß, ihn bei meiner Ankunft in Calgary zu tragen. Er würde mir ein gewisses Maß an Selbstvertrauen verleihen, und mein Instinkt sagte mir, daß ich davon nicht genug mit in den Westen bringen konnte.

Auf der Heimfahrt in unserem Automobil dachte ich wieder daran, welch einen wunderbaren Mann ich zum Vater hatte. Ich legte meine Hand auf den tadellos gebügelten Ärmel seines maßgeschneiderten Anzugs. Mein Vater würde mir sehr fehlen. Ich schluckte und zog mein Taschentuch hervor, wobei ich etwas von dem Wind in meinen Augen murmelte. Die Bahnreise sollte ich erst in einer Woche antreten. Es gab keinen Grund, schon jetzt in Rührseligkeiten auszubrechen.

Unterwegs

Unruhig rutschte ich auf dem verschlissenen Lederpolster umher. Meine Nerven waren zum Zerreißen gespannt, und das Herz schlug mir bis zum Hals. Die Ankunft in Calgary stand nun kurz bevor. Schon allein der fremdländisch klingende Ortsname ließ meinen Puls vor Aufregung rasen.

Bald sollte ich meinem Bruder Jonathan gegenüberstehen. Meine ganze Erinnerung an ihn bestand in dem vagen Bild eines hochgewachsenen, schlaksigen jungen Mannes von seltener Willenskraft. Seine Frau, die er als das liebste und hübscheste Geschöpf auf Gottes Erdboden beschrieben hatte, sollte ich nun ebenfalls bald kennenlernen. Dazu würden mir vier Kinder vorgestellt werden: ein Neffe und drei Nichten. Auf die Begegnung mit ihnen hatte ich mich vorbereitet, indem ich an einer der letzten Haltestationen Süßigkeiten erstanden hatte. Kinderherzen zu gewinnen traute ich mir durchaus zu, doch welchen Eindruck mochte ich bei meinem Bruder und seiner Frau erwecken? War ich bereit, mit dem Eisenbahnwaggon den letzten Rest meiner vertrauten Umgebung zu verlassen und eine völlig fremde Welt zu betreten?

Die vier endlos erscheinenden Tage in der Bahn, die ich in der Enge meines Abteils zugebracht hatte, und die noch unerträglicheren Nächte dort hatten mich allmählich vorbereitet. Mit der Zeit hatte ich meine ärgsten Heimwehgefühle überwunden. Während der ersten drei Tage hatte ich meine Familie so jämmerlich vermißt, daß ich schon befürchtete, vor Kummer krank zu werden. Dann aber hatte der Schmerz nachgelassen, um einer dumpfen inneren Leere zu weichen.

Als ich mich ein wenig besser fühlte, betrachtete ich die Landschaft draußen mit Interesse. Die völlig andere Beschaffenheit verwunderte mich immer wieder aufs neue. Jonathan hatte mir in seinen Briefen zu beschreiben versucht, was ich unterwegs nach Westen sehen würde, doch eine solch unermeßliche, öde Weite hatte ich nicht erwartet. Je länger ich aus dem Fenster schaute, desto stärker wurde mein Gefühl, als befördere die Eisenbahn ihre Passagiere eine halbe Ewigkeit lang durch eine nahezu menschenleere Mondlandschaft. Hin und wieder ratterte der Zug an einer kleinen Herde von Antilopen, Rotwild oder Büffeln vorüber. Letztere sorgten zuweilen für eine Unterbrechung unserer Fahrt, indem sie gemächlich vor uns die Geleise überquerten.

Ich hatte damit gerechnet, überall in der Prärie Indianerzelte zu sehen, doch ich hatte mich getäuscht. Ich sah sogar sehr wenige Indianer auf der ganzen Reise, und diese fanden sich in den Städten entlang der Bahnstrecke. Sie wirkten äußerst „kultiviert". Ich konnte keinen einzigen Krieger mit voller Kriegsbemalung entdecken. Die Indianer in den Städten schienen friedlich ihrem Fellhandel nachzugehen.

Nun sollten wir bald in Calgary, der Stadt an der Westgrenze zur unbewohnten Wildnis, eintreffen, wo mein Bruder Jonathan und manch anderer Abenteurer daheim war. Was würde ich vorfinden? Ob Calgary eine moderne Stadt war? Nachdem ich mich dazu entschlossen hatte, hierher überzusiedeln, hatte Julie alles nur Erreichbare an Literatur über den Westen verschlungen. Woher sie ihre Quellen bezog, habe ich nie ergründen können, doch sobald sie die Gelegenheit, ob bei Tag oder Nacht, zu einem Schwatz mit mir fand, überschüttete sie mich mit ihren neuesten Erkenntnissen über den Westen. So malte sie mir in den schillerndsten Farben das Bild von Cowboys, Pelzhändlern, Goldwäschern und Holzfällern, die in beschmutzter Lederkleidung durch die staubigen Straßen der westlichen Städte strömten, in den Augen stets der Hunger nach Abenteuer, Frauen, Reichtum und Gefahr – wenn auch nicht unbedingt in dieser Reihenfolge. Und dann die Indianer! Überall gäbe es, wie Julie mir versicherte, Indianer. Die meisten von ihnen seien recht friedfertige Gesellen, doch Julie vermutete, daß sie nicht lange zögern würden, wenn sich ihnen die Gelegenheit zum Skalpieren eines Weißen bot. Meine mit einem großzügigen Maß an Phantasie ausgestattete Schwester schlug mir sogar flüsternd vor, mein langes Haar drastisch kürzen zu lassen, um sicherzustellen, daß ich mit meinen dichten Locken einem solchen skalpbesessenen Indianer nur keinen Anreiz bot. Julie war sicher, daß mein dunkelblonder Haarschopf sich als unwiderstehlich für diese wilden Kopfjäger erweisen würde.

„Nur keine Sorge, mein Skalp samt jedes einzelnen Haares darauf ist vor den Indianern sicher", sagte ich mit Nachdruck, doch ich muß gestehen, daß Julie mir hin und wieder ein leichtes Schaudern verursacht hatte. Sie nickte und belehrte mich, daß ich jederzeit Schutz bei der berittenen Polizei finden könnte. Julies Quellen zufolge waren die Polizisten zu Pferd in ihren roten Uniformen die edlen Rittersleute des Westens, und Calgary war ihre Hochburg. Sollte eine Dame je in Not geraten, so genügte ein Hilferuf, und schon kamen die Rotjacken herbeigeritten, um sie zu retten. Das Funkeln in Julies Augen verrriet mir, daß sie für ihr Leben gern von diesem Hilfsdienst einmal Gebrauch gemacht hätte.

Meine Schwester hatte auch verkündet, daß Calgary nahezu ständig von heftigen Schneestürmen heimgesucht werde. Der Schneefall lasse allerhöchstens für kurze Zeit nach, um einem kräftigen Tropenwind zu weichen. Unmittelbar darauf nehme der schulterhohe Schnee wieder von dem Land Besitz, hatte sie erklärt.

Bis Calgary waren es nun nur noch ein paar Minuten, wie der Schaffner soeben angesagt hatte, doch in der stikkigen Hitze des Augustnachmittags, die den gedrängt vollen Eisenbahnwaggon unbarmherzig erfüllte, wurde mir klar, daß Julie sich zumindest in einem Punkt geirrt haben mußte – es sei denn, es handelte sich hier um einen der besagten Tropenwinde. Dennoch überlegte ich ernsthaft, ob Julie vielleicht auch in anderen Punkten einem kräftigen Irrtum erlegen sein mochte. Nun, ich würde es ja bald persönlich in Erfahrung bringen. In meiner Ungeduld stand ich auf und ging in dem Abteil auf und ab.

Der Waggon war nicht gerade für Spaziergänge geschaffen, und ich gewann den Eindruck, als betrachteten einige der übrigen Passagiere mein Auf- und Abgehen in dem engen Gang mit wachsendem Mißfallen. Ich setzte mein gewinnendstes Lächeln auf. „Nach dem langen Stillsitzen muß ich mir die steifen Beine unbedingt ein wenig vertreten, bevor wir in Calgary ankommen“, erklärte ich und hoffte, daß mir niemand ansah, daß es weniger meine steifen Beine, als vielmehr meine zum Zerreißen angespannten Nerven waren, die es mich auf meinem Platz nicht mehr aushalten ließen.

Am Ende des Ganges wäre ich um ein Haar von der Tür getroffen worden, die von der anderen Seite her aufgestoßen wurde. Der Schaffner starrte mich überrascht an, bevor er seinen Aufgaben wieder nachging. Er stellte sich in den Gang und rief mit lauter Baßstimme: „Calgary! Calgary!“, durchquerte unseren Waggon und wiederholte die Ankündigung dann im nächsten.

Allgemein verbreitete sich nun Aufbruchsstimmung. Die Passagiere sammelten ihre Habseligkeiten zusammen, verabschiedeten sich von ihren Mitreisenden, schlüpften in ihre Jacken und Schultertücher und setzten Hüte und Hauben auf. Ich überprüfte den Sitz meines neuen grünen Hutes mit Hilfe meines Spiegelbilds in der Fensterscheibe.

Die Lokomotive stieß ein langgezogenes Pfeifen aus. Eine unglaubliche Menge von Dampf mußte zu einem solch gewaltigen Pfeifton notwendig gewesen sein. Das Rattern der Räder verlangsamte sich, bis ich sicher war, daß man mit einiger Mühe jede Umdrehung einzeln zählen konnte. Jetzt fuhren wir an den ersten Häusern von Calgary vorüber. Sie schienen neueren Baujahres zu sein und lagen nicht sehr nahe beieinander. Die meisten waren weder aus Backstein noch Ziegeln gebaut, wie ich es von daheim gewohnt war, sondern aus Holz. Ein paar der neuesten Häuser waren aus Sandstein. Die Straßen waren ungepflastert und staubig. Ich sah Männer und – zu meiner großen Erleichterung – auch einige Frauen, die geschäftig durch die Straßen hasteten. Mit einem Ruck kam die Lokomotive zum Stehen und stieß ein zischendes Seufzen aus, als sei sie erleichtert, endlich am Ziel der langen Reise zu sein. Auch ich seufzte und nahm mein Handgepäck von dem Sitz, wo ich es säuberlich aufgestapelt hatte. Mit dem Strom der übrigen Passagiere drängte ich mich Schritt für Schritt dem Ausgang zu. Dabei konnte ich den Blick nicht von den Fenstern abwenden. Draußen erwartete mich eine völlig neue, fremde Welt. Mit großer Erleichterung stellte ich fest, daß sich unter den Wartenden auf dem Bahnsteig zahlreiche gutgekleidete Herren befanden. Es beruhigte mich ungemein, daß die Männer des Westens nicht ausschließlich zu der ungehobelten Sorte gehörten.

Plötzlich sah ich zwei Männer in roten Uniformjacken und breitkrempigen Hüten, die die Menge um sie her um einen ganzen Kopf zu überragen schienen. Das waren also die berittenen Polizisten, von denen Julie berichtet hatte. Wenn Julie sie doch auch sehen könnte! Schon ihr Schritt verriet eine große Entschlossenheit, und obgleich ihnen viele zum Gruß zunickten, gingen ihnen die Leute ehrerbietig aus dem Weg. Ich beugte mich vor, um sie besser durch das Fenster verfolgen zu können. Gleich darauf bekam ich einen unsanften Stoß von einem Paket versetzt, das sich unter dem Arm eines mürrischen Mannes mit einer Zigarre im Mund befand. Ich errötete beschämt und richtete mich schnell auf, ohne ihn anzuschauen.

Behutsam stieg ich aus dem Waggon auf den Bahnsteig hinunter. Dem Schaffner, der mir mit meinen Schachteln und Taschen dabei behilflich war, warf ich ein dankbares Lächeln zu. Kaum hatte ich festen Boden unter den Füßen, als ich in ein fremdes und zugleich sonderbar vertrautes Gesicht aufschaute. Irgend etwas sagte mir auf der Stelle, daß dies Jonathan war. Ich ließ Taschen und Schachteln fallen und flog ihm in die ausgestreckten Arme.

Calgary

Trotz meiner guten Manieren war ich arg versucht, unterwegs zu Jonathans Haus neugierig aus dem Fenster des Automobils zu starren. In meinem ganzen Leben hatte ich noch nie eine Stadt wie Calgary gesehen! Auf der staubigen Straße ritten Cowboys behende zwischen Automobilen und Fußgängern umher. Vor unserem Fahrzeug überquerten zwei Damen in gerafften Röcken die Straße. Und dann erblickte ich einen waschechten Indianer mit dunklem Umhang und Hut. Sein langes Haar trug er zu einem Zopf geflochten. Sosehr ich mich auch bemühte, meine Neugier im Zaum zu halten, so muß sie doch für Jonathan recht offensichtlich gewesen sein.

„Calgary ist ein wahrer Zirkus, nicht wahr, Elisabeth?" lachte er. Ich errötete, und er wandte den Blick gutmütig wieder auf die Straße. Er hatte immerhin während all der Jahre hier im Westen nicht vergessen, daß es sich kaum für eine Dame schickt, fremde Menschen anzustarren.

„Weißt du, nun wohne ich schon seit beinahe sechzehn Jahren hier und bin immer noch nicht auf dem neuesten Stand der Entwicklungen", fuhr er dann fort. „Ich könnte wetten, daß ich jedes Mal, wenn ich durch die Stadt fahre, eine neue Baustelle sehe. Es erinnert mich an die Weihnachtsfeste, die ich als Kind erlebt habe. Am Abend, wenn ich zu Bett ging, stand noch alles in der gewohnten Ordnung da, aber am nächsten Morgen wurde ich von einem feierlich geschmückten Baum voller bunter Ketten und Kerzen überrascht. Welch ein Zauber! Kein Wunder, daß Kinder sich in der Märchenwelt so sehr daheim fühlen. Und Calgary ist beinahe eine Märchenwelt, findest du nicht auch?"

Ich konnte vor Staunen nur nicken. Ein Blick auf die Straße, die wir hinter uns gelassen hatten, sagte mir, daß wir von der Innenstadt aus stetig bergauf gefahren waren. Jonathans Haus mußte auf einem Hügel außerhalb der Stadt liegen.

Unter uns erstreckten sich die Gebäude von Calgary in der flachen Flußebene. Überall glitzerten Wasserläufe in der Nachmittagssonne. Der Anblick überwältigte mich nahezu.

„Der Fluß ... er scheint sich durch die ganze Landschaft zu winden. Wo man auch hinschaut, sieht man eine Biegung“, sagte ich schließlich.

Jonathan lachte.

„Es sind in Wirklichkeit zwei Flüsse, die sich dort unten im Tal vereinigen“, erklärte er mir. „Der eine heißt ‚Bogen‘, der andere ‚Ellbogen‘.“

„Wie ungewöhnlich!“ staunte ich.

„Ja, da magst du recht haben. Hier im Westen gibt es manchen sonderbaren Orts- und Flußnamen.“

Ich lächelte zurück.

„Zugegeben“, sagte ich, „auch im Osten finden sich viele eigenwillige Bezeichnungen.“

Jonathan nickte mit einem Schmunzeln auf den Lippen, und ich konnte ihm förmlich ansehen, wie er an Namen wie „Trois-Rivieres“ und „Cap-de-la-Madeleine“ dachte.

„Erzähl mir doch bitte etwas über Calgary!“ Ich konnte es kaum erwarten, mehr über diesen fesselnden Ort zu erfahren.

Jonathan lächelte mir verständnisvoll zu.

„Na schön ... wo fange ich am besten an? Also, Calgary wurde 1875 als Fort der berittenen Polizei gegründet. Es ist also eine recht junge Stadt. Ursprünglich hat es ‚Fort Brisebois‘ geheißen, aber Kommandant Macleod konnte sich nicht recht mit diesem Namen anfreunden. Er hat das Fort nach seinem Heimatort in ‚Fort Calgary‘ umbenannt. ‚Calgary‘ ist ein gälisches Wort und bedeutet in etwa: klares Quellwasser.“

„Klares Quellwasser ... das klingt hübsch. Ein passender Name!"

Ich wandte mich noch einmal um und sah auf die sonnenüberfluteten Flußbiegungen zwischen den Häusern und Bäumen im Tal hinab.

„Nach dem Bau der Eisenbahn 1883", fuhr Jonathan fort, „wuchs die weiße Bevölkerung hier rapide an. Es war immerhin viel einfacher, mit Koffern und Kisten die Eisenbahn zu besteigen, als den langen Weg nach Westen mit Pferd und Wagen zurückzulegen. Die Eisenbahn ermöglichte es den Frauen, auch einige von ihren eleganten Möbeln mitzubringen, die sie sonst zurücklassen müßten.

Zu Anfang kamen fast ausschließlich Abenteurer und Glücksjäger nach Westen, aber mit den Jahren mischten sich auch viele ehrbare Bürger unter die Neuankömmlinge, die auf der Suche nach einer neuen Heimat waren."

„Sie fanden trotz allem noch ein recht hartes Leben vor, nicht wahr?"

„Glücklicherweise kam die berittene Polizei vor dem größten Siedlerstrom hier an. Auf diese Weise standen die neuen Bürger unter dem Schutz des Gesetzes – und das erwies sich häufig als lebensrettend. Die Indianer lernten schnell, daß sie den Rotjacken vertrauen konnten. Wenn jemand das Gesetz brach, gleichgültig, welche Hautfarbe er hatte, so wurde er für sein Vorgehen zur Rechenschaft gezogen. Die berittenen Polizisten haben Calgary zu einem sicheren Wohnort für Frauen und Kinder gemacht."

„Julie hat mir den Westen aber ganz anders geschildert!"

„Wenn ich ehrlich sein soll, so hatten wir auch unsere Zeiten des Aufruhrs, aber das war selten. Die Polizei konnte jedesmal Ruhe und Ordnung schnell wiederherstellen."

„Waren die Indianer arge Störenfriede?" Im stillen fragte ich mich, ob Julie wenigstens, was die Indianer betraf, recht behalten sollte.

„Die Indianer? Den Indianern kann man eigentlich keine Vorwürfe machen. Die wahren Übeltäter sind diejenigen, die ihnen das Feuerwasser verschaffen."

„Feuerwasser?"

„Whiskey. Im Grunde genommen kann man das Zeug kaum noch Whiskey nennen. Man sprach damals eher von – verzeih! – ‚Teufelsbräu'. Es bestand hauptsächlich aus Alkohol, aber diese Schurken von Schwarzbrennern haben ihrem Gebräu alles, was sie nur finden konnten, zugesetzt, um Farbe und Geschmack zu erzeugen: Pfeffer, Kautabak – sie kannten keine Skrupel. Es muß ein nahezu ungenießbares Gesöff gewesen sein, aber mancher Krieger hat seine Felle, seine Pferde und manchmal sogar seine Squaw gegen ein paar Flaschen von dem Zeug eingetauscht."

„Das ist ja schrecklich!"

„Das Feuerwasser hat viele der tüchtigsten jungen Krieger an den Rand des Ruins gebracht. Es hat sogar ganze Stämme bedroht. Manche der Häuptlinge erkannten die Gefahr, aber gegen die Macht des Feuerwassers war kein Kraut gewachsen. Ekelhaftes, böses Zeug! Es war alles andere als ehrenhaft von den weißen Giftkrämern, ihr Gebräu an die Indianer zu verkaufen und ganze Menschenleben damit zu zerstören!" Jonathan schüttelte den Kopf. Ich konnte ihm anmerken, wie verärgert er über den unerlaubten Verkauf von Alkohol war.

„Zum Glück hat sich dieses Problem inzwischen zum Guten gewendet", fuhr er dann fort. „Die berittene Polizei wurde gegründet und trotz ungünstigster Bedingungen hier bei uns stationiert. Sie haben sich ohne lange Vorrede an die Arbeit gemacht und mit diesen Übeltätern aufgeräumt. Als erstes kam ‚Fort Budenzauber' an die Reihe."

„‚Budenzauber?'" lachte ich. „Das klingt ja noch sonderbarer als ‚Bogen und Ellbogen'! Liegt es in der Nähe?"

„Es existiert nicht mehr. In Südalberta hat es gelegen,

etwa sechs Meilen vom heutigen Lethbridge entfernt. Man erzählt sich, daß dort die schlimmsten Dinge vorgefallen seien. Der alte Johnny Healy schwang das Zepter, und für sein starkes Gebräu bekam er alles, was er nur wollte. Eine Tasse davon war ein erstklassiges Büffelfell wert. Der alte Johnny wurde steinreich bei diesem Handel. Er hatte ein Gefolge von seinesgleichen um sich: Rumhändler, Wolfjäger, Männer auf der Flucht vor dem Gesetz. Für seine Bande und sich hat er ein Fort gebaut, wo sie allesamt Unterschlupf fanden. Niemand weiß genau, wie viele es waren, die dort hausten, aber eins stand fest: es waren zu viele an der Zahl. Hin und wieder schlugen sie über die Stränge, betranken sich an ihrem Whiskey und trieben weit und breit ihr Unwesen. Die Wolfjäger unter ihnen waren es, die schließlich für den Untergang der Bande gesorgt haben. Ihr Anführer war ein rechter Feind der Indianer. Das hatte er schon mehrmals tatkräftig unter Beweis gestellt. Als sich ein paar junge Indianerburschen mit seinen Pferden aus dem Staub machten, rächte er sich. Es reichte ihm nicht aus, seine Pferde wiederzubekommen. Er griff zu seinem Schießeisen. Seine Männer und er brachten mehrere Indianer in einer Gegend namens Cyprys Hills um. Dabei kümmerte es sie wenig, daß die getöteten Indianer nicht einmal zu dem gleichen Stamm wie die Pferdediebe gehörten."

„Hat man denn nichts unternommen?"

„Eine dringende Nachricht wurde an Premierminister Sir John A. McDonald geschickt. Dieser hat in Eile die Polizei für den Westen ausbilden lassen und sie hierher geschickt. So sind wir also zu unserer berittenen Polizei gekommen."

„Und sie sorgen seitdem für Gerechtigkeit und Ordnung?"

„Genau! Gleich vom ersten Tag an hatten sie alle Hände voll zu tun. So hatten sie zum Beispiel die große Aufgabe, das Vertrauen der Indianer zu gewinnen. Nach all den bösen Dingen, die zwischen den Weißen und den

Indianern vorgefallen waren, war das nahezu unvorstellbar. Trotzdem haben sie es fertiggebracht. Diejenigen unter den Weißen, die sich eines Verbrechens schuldig gemacht hatten, wurden mit gerechten Strafen belegt, und die Indianer begriffen, daß sie die Rotjacken auf ihrer Seite hatten.

Das Motto der neuen Polizeieinheit lautete: ‚Maintien le droit', was soviel wie ‚Erhaltet die Gerechtigkeit' bedeutet. Für diese Gerechtigkeit haben sie sich schwer ins Zeug gelegt, die Berittenen."

„Haben die Indianer gelernt, mit ihnen zu leben?"

„Rote Krähe, der Häuptling der Blackfoot-Indianer, hat ein geflügeltes Wort geprägt, als er das Abkommen von 1877 unterschrieb. Er war ein kluger Mann, und was er damals sagte, war zwar auf Macleod gemünzt, hätte aber genausogut auf jeden anderen Kommandanten der Berittenen zutreffen können. Rote Krähe hat gesagt: ‚Er hat viele Versprechen gemacht, aber er hat keins davon gebrochen.'"

Ich hörte Jonathan gebannt zu. Wenn Julie doch nur hier wäre! Romantisch, wie sie nun einmal veranlagt war, wäre sie vor Aufregung in Ohnmacht gefallen, wenn ihr einer von den uniformierten Helden des kanadischen Westens höchstpersönlich begegnet wäre. Selbst ich mit meinen weitaus praktischeren Neigungen war durchaus beeindruckt von der Herkunft und dem Wirken der berittenen Polizei. Gewiß gab es manchen Bürger unseres Landes, der diesen Männern zu tiefstem Dank verpflichtet war. Auch ich fügte in Gedanken meine Erkenntlichkeit hinzu, bevor ich mich wieder der Gegenwart zuwandte.

„Wie weit ist es noch?" erkundigte ich mich bei Jonathan.

„Wenn ich ehrlich sein soll", erwiderte er mit einem Augenzwinkern, „so habe ich dich ohne dein Einverständnis auf einen kleinen Ausflug entführt. Wir hätten schon längst daheim sein können, aber ich mußte dir unbedingt unsere ..." Er unterbrach sich und sah mich besorgt an.

„Aber Elisabeth, du bist gewiß sehr müde. Das habe ich in meinem Eifer gar nicht bedacht!"

„Aber nicht doch! Mir geht's prächtig", beeilte ich mich, ihm zu versichern. „Ich habe jede Minute unserer Fahrt genossen. Alles ist so neu und anders. Ich ..."

„Nur noch ein kleiner Umweg, und dann bringe ich dich auf der Stelle nach Hause. Mary wird mir ohnehin böse sein. Sie konnte es nämlich kaum erwarten, dich kennenzulernen, und den Kindern erging es nicht anders."

Wir erreichten den Kamm eines Hügels. Da, vor unseren Augen entfaltete sich ein atemberaubender Anblick. Von der Eisenbahn aus hatte ich schon hier und da einen Blick von dem Gebirge erhaschen können, aber was nun vor mir lag, war unbeschreiblich eindrucksvoll. Die Berge erschienen so nahe, als könne man sie mit Händen greifen. Ich spürte die frische, kühle Gebirgsluft förmlich in meinem Gesicht. So überwältigt war ich, daß ich kein Wort hervorbringen konnte. Stumm betrachtete ich die majestätische Pracht. Jonathan lächelte zufrieden. Ich merkte ihm an, wie sehr er die Berge liebte.

„Das ist der Grund", sagte er endlich, „weshalb ich den Westen nie mehr verlassen möchte."

„Es ... es ist wunderschön!" murmelte ich. Eine ungekannte Begeisterung begann in mir aufzusteigen. Im Schatten einer solch atemberaubend schönen Bergwelt zu wohnen und zu arbeiten war mehr, als ich je zu träumen gewagt hatte. Stumm betete ich: „Ich danke dir, mein Gott, für diese unerwartete Schönheit. Danke, daß du mich hierher geführt hast!"

Viel zu bald wendete Jonathan das Automobil und steuerte es talwärts in die Stadt zurück.

Meine Verwandten

Mary hatte schon an der Tür auf uns gewartet. Kaum war ich aus dem Automobil gestiegen, als sie auch schon auf mich zugelaufen kam. Sie begrüßte mich mit einer herzlichen Umarmung, die mich um mein Gleichgewicht ringen ließ. Ich war ihr von Herzen für ihre freundliche Aufnahme dankbar und fühlte mich auf Anhieb in ihrer Gegenwart wohl.

Aufmerksam betrachtete ich Jonathans Frau, meine Schwägerin. Ihr volles, kastanienbraunes Haar war lässig zu einem Knoten gesteckt. Hier und da tanzte eine gelockte Strähne um ihre Stirn, was ihr ein mädchenhaftes Aussehen verlieh. Aus ihren grünen Augen funkelte es geradezu vor Lebenslust, und ihre vollen Lippen spendeten ein herzliches Lächeln. Ich lächelte zurück.

„Ach Elisabeth", rief sie begeistert, „wie schön, dich endlich kennenzulernen!"

„Ich freue mich genauso", erwiderte ich. „Du entsprichst ganz und gar dem, was Jonathan uns von dir berichtet hat."

Sie nahm mich beim Arm und führte mich ins Haus, um mir die Kinder vorzustellen, während Jonathan mein Gepäck auslud.

Wir durchquerten die geräumige Diele und traten durch die hintere Haustür geradewegs in den schattigen Garten hinaus. Die Luft war von lachenden, rufenden Kinderstimmen erfüllt. Kaum hatten die Kinder mich erspäht, als sie auch schon herbeigestürmt kamen. Keins von ihnen war schüchtern oder ängstlich. Ganz im Gegenteil: die Ankunft ihrer Tante schien ein großes Ereignis für sie darzustellen.

Als Mary dem aufgeregten Stimmengewirr Einhalt geboten hatte, wurden mir meine Nichten und mein Neffe der Reihe nach vorgestellt.

Mit seinen acht Jahren war William, der älteste der Schar, meinem Bruder wie aus dem Gesicht geschnitten, nur daß er den rötlichen Schimmer seines dichten Schopfes von seiner Mutter geerbt hatte. Die sechsjährige Sarah war zierlich und feingliedrig; sie war das stillste unter den Kindern. Kathleen war vier Jahre alt. Sie erweckte den Eindruck, als sei an ihr ein Lausbub erster Ordnung verlorengegangen. Ihre leuchtend blauen Augen verrieten, daß ihr der Schelm im Nacken saß. Das Nesthäkchen Elisabeth, nach meiner Mutter benannt, hatte sich erst vor kurzem zu der Familie gesellt. Sie schlief viel zu fest, um sich von dem Begrüßungstrubel aufschrecken zu lassen.

Nachdem ich durch das Haus geführt worden war, versammelten wir uns zum Abendessen um den Tisch. Jonathan vertrat die Ansicht, daß eine Familie diese Mahlzeit gemeinsam einnehmen sollte, so daß die Kinder nicht in der Runde fehlten. Während ich zuschaute, wie ein jedes von ihnen auf seinen Stuhl kletterte, fragte ich mich im stillen, was Mutter von dieser Sitte halten würde. Daheim durften Kinder, auch wenn sie noch so artig waren, nicht vor ihrem zwölften oder allenfalls zehnten Geburtstag gemeinsam mit den Erwachsenen zu Tisch sitzen.

Jonathans Kinder stellten trotz ihrer Lebhaftigkeit ausgezeichnete Tischmanieren unter Beweis, so daß wir Erwachsenen nicht in unserer Unterhaltung gestört wurden. Es war den Kindern anzumerken, daß sie schon in jungen Jahren in Fragen des Benehmens unterwiesen worden waren. „Vielleicht ist es gar keine schlechte Idee, sie schon von früh auf gemeinsam mit der ganzen Familie essen zu lassen", überlegte ich. Beim Anblick der kleinen Kathleen kamen mir jedoch Zweifel. Wie lange sie wohl stillzusitzen vermochte? Sie wirkte wie ein Vulkan auf zwei Beinen, der kurz vor einem Ausbruch stand.

Eine Hausbedienstete namens Stacy trug das Abendessen auf, das sich als ungeheuer schmackhaft erwies. Ich schämte mich ein wenig wegen meines kräftigen Appetits, doch Jonathan versicherte mir, daß die klare Höhenluft dazu beitrug. Ich war dankbar, die Schuld auf das Klima abschieben zu können.

„Ich bin ja so froh, daß du ein paar Tage vor Schulbeginn kommen konntest“, sagte Mary. „So haben wir wenigstens Gelegenheit, einander besser kennenzulernen, bevor die Pflicht ruft. Wir möchten dir gern unsere Heimat zeigen – und dich der Heimat“, fügte sie augenzwinkernd hinzu.

Ich lächelte zurück.

„Allerdings!“ meldete auch Jonathan sich zu Wort. „Ich habe schon eine ganze Liste von jungen Männern, die es kaum erwarten können, dich kennenzulernen. Ich kann mich längst nicht mehr daran erinnern, wer von ihnen zuerst an der Reihe ist. Sie werden sich halt vor der Haustür aufstellen und darauf warten müssen, daß sie hereingelassen werden. Trotzdem fürchte ich ....“

Eine heiße Röte war mir in die Wangen gestiegen. Ich unterbrach Jonathan, bevor er fortfahren konnte.

„Ich habe durchaus nichts dagegen einzuwenden, deinen Freunden vorgestellt zu werden“, sagte ich bestimmt, „aber ich möchte keinen Irrtum aufkommen lassen: Ich bin nicht nach Westen gekommen, um einen Mann zu suchen, sondern um meinen Beruf auszuüben. Wäre mir an Heirat gelegen, so hätte ich ohne Schwierigkeiten daheim im Osten einen passenden Ehemann finden können. Julie, die übrigens unser Familienexperte auf diesem Gebiet ist, hat mir erklärt, daß die Männer des Westens rechte Abenteurer sind – unzuverlässig, rauh und ungehobelt. Wenn ich auch nicht sicher bin, ob ihre Behauptungen in allen Fällen zutreffen, so habe ich nicht die Absicht, mich persönlich davon zu überzeugen. Wenn du also eine Frau für einen deiner Freunde suchst, so läßt du am besten Julie herkommen. Sie wird entzückt sein. Ich dagegen? Nie!“

Während meiner langen Rede hatten die Gesichter der Zuhörer zuerst Verblüffung, dann Besorgnis und schließlich Belustigung widergespiegelt. Als ich geendet hatte, sah ich, wie Jonathan seiner Frau einen fragenden Blick zuwarf, um zu ergründen, ob ich das Gesagte tatsächlich ernst gemeint hatte. Mary nickte kaum merklich zurück. Jonathan räusperte sich.

„Aha", sagte er nach einem kurzen Zögern, „wir sollten es also mit unseren Scherzen nicht zu weit treiben. Hier im Westen vergißt man doch zuweilen die gepflegte Kinderstube, die man im Osten durchlaufen hat. Wir sind einfach rechte Spaßvögel hier. Das läßt das rauhe Leben oft leichter ertragen.

Selbstverständlich haben wir nicht die geringste Absicht, dich unter die Haube zu bringen, Elisabeth." Ernster fügte er dann hinzu: „Wenn ich auch nicht weniger als ein Dutzend junger Männer aus gutem Haus kenne, die eure auf Hochglanz polierten Jünglinge an der Ostküste im Vergleich meilenweit hinter sich lassen würden. Aber nur keine Sorge, ich werde dich nicht mit ihnen belästigen", beeilte er sich. „Du kannst also ganz beruhigt sein."

Ich verstand nur zu gut, was er meinte. Mit wachsender Verlegenheit machte ich mir klar, daß mein Ausbruch vollkommen unnötig und taktlos dazu gewesen war. Plötzlich wich alle Farbe aus meinem Gesicht. Ich wußte, daß ich mich für meine spitzen Bemerkungen zu entschuldigen hatte, konnte aber kein Wort aus meiner zugeschnürten Kehle hervorbringen.

Mit seinem leisen Lachen durchbrach Jonathan das unbehagliche Schweigen am Tisch.

„Ich verspreche dir, Schwesterherz", verkündete er mit gespielter Feierlichkeit, „daß ich dich nicht vor den Altar schubsen werde, wenn das nicht in deinem Sinne ist. Wenn ich dich aber genauer betrachte, würde ich meinen, daß du das wohl mehr als einmal, und zwar höchstpersönlich, klarstellen müssen wirst."

Mary schien ihm beizupflichten. Wenn sie sich auch

nicht direkt dazu äußerte, so sagte ihr warmes Lächeln mir, daß sie von der Erscheinung ihrer Schwägerin angenehm berührt war.

Wieder stieg mir die Röte in die Wangen, doch nun aus anderen Gründen. Ich war durchaus dazu bereit, meine Absichten klarzustellen, falls sich die Notwendigkeit dazu ergab.

„Es wäre immerhin nicht das erste Mal", sagte ich ruhig. „Es wird mir gewiß auch ein zweites Mal gelingen."

„Wenn ich groß bin", meldete sich ein Kinderstimmchen zu Wort, „dann heirate ich Dee."

Alle brachen in fröhliches Gelächter aus, selbst ich, wenn ich auch nicht wußte, wer dieser Dee überhaupt war.

Nachdem Mary sich die Lachtränen aus den Augen gewischt hatte, erklärte sie mir: „Dee ist ein guter Freund der Familie. Er ist nun schon fast dreißig und noch immer genauso eisern entschlossen wie du, allein durchs Leben zu gehen."

„Mich mag er aber am liebsten von uns allen", beharrte Kathleen.

„Aber natürlich, Schatz. Nun iß aber geschwind deinen Teller leer!"

Als wir die Tafel aufhoben, überkam mich plötzlich eine Welle der Müdigkeit. Ich fragte mich im stillen, wie ich mich nur auf den Beinen halten sollte, während Mary die Kinder zu Bett brachte. Es war noch früh. Unmöglich konnte ich mich schon jetzt in mein Zimmer zurückziehen, obwohl mir nichts lieber gewesen wäre. Jonathan schien meine Erschöpfung bemerkt zu haben.

„Du bist gewiß zum Umfallen müde, Elisabeth. Nimm doch ein warmes Bad und lege dich zur Ruhe! Ich weiß selbst, wie es auf der Eisenbahn zugeht: vor lauter Schütteln und Rütteln bekommt man keine Minute Schlaf. Obendrein bist du hier in einer anderen Zeitzone. Im Osten ist es schon längst Zeit zum Schlafengehen."

Ich nickte.

„Geh nur!“ nötigte er mich. „Dein Zimmer ist das erste auf der rechten Seite des Flurs im oberen Stockwerk. Das Badezimmer liegt direkt daneben. Nach der langen Reise, die du hinter dir hast, wird ein warmes Bad dir wohltun. Dein Gepäck habe ich schon in dein Zimmer gebracht. Ich werde gleich mit den Kindern das Abendgebet sprechen, aber ich gebe Mary Bescheid. Sie wird Verständnis haben. Es bleibt uns ja noch jede Menge Zeit für Gespräche.“

Ich bedankte mich und stieg die Treppe hinauf. Oh, der Gedanke an ein warmes Bad war traumhaft! Ich hoffte nur, daß ich anschließend noch die Kraft aufbringen würde, um von der Wanne in mein Bett zu wandern.

Bald würde ich Mutter einen Brief schreiben müssen, um ihr über Jonathans wunderschönes Haus und seine liebe Familie zu berichten. Der Westen war ihm ohne Frage blendend bekommen. Mutter konnte stolz auf ihren Sohn sein. Jonathans Briefe an uns waren stets in bescheidenem Ton gehalten, aber ich würde mich nicht zieren, die Dinge etwas anschaulicher zu schildern.

Das Haus meines Bruders, ein dreistöckiges Gebäude aus roten Ziegelsteinen, war reich mit Giebeln und Erkern versehen. Das Zierwerk aus Holz war weiß gestrichen.

Das Innere des Hauses war weitläufig und kühl. Die Möbel stammten aus den besseren Geschäften der Ostküste. Die Fußböden waren mit farbenfrohen Teppichen und Matten ausgelegt. Einzig Jonathans Arbeitszimmer zeigte den unverkennbaren Einfluß des Westens. Die Möbelstücke dort waren massiv und kunstvoll geschreinert. An den Wänden hingen allerlei Geweihe. Vor dem Kamin lag ein Bärenfell, und das Sofa war aus Büffelhäuten gearbeitet.

Doch der Brief würde warten müssen. Heute abend war ich viel zu müde, um auch nur an Papier und Tinte zu denken. Ich sehnte mich nach meinem Bett. Morgen – ja, morgen würde es mir vielleicht nochmals vergönnt sein, diese herrliche Bergwelt zu bestaunen. Auch davon würde ich meinen Lieben im Osten berichten. Doch eins wußte ich schon jetzt: ich würde niemals passende Worte finden, um die Herrlichkeit dieses Anblicks auch nur annähernd zu beschreiben.

Die ersten Bekanntschaften

Jonathan und Mary legten allen Eifer an den Tag, um mir den Westen zu zeigen. Die zehn Tage, die auf meine Ankunft in Calgary folgten, waren geschäftiger als alles, was ich bisher erlebt hatte. Ständig wechselte ich mein Kleid für die nächste Ausfahrt. Ehrlicherweise muß ich jedoch zugeben, daß ich viel Aufregendes und Interessantes in dieser Zeit erlebte, so daß mir bald der Kopf brummte.

Ich war an einem Freitag in Calgary eingetroffen, und Jon (mein Bruder zog es vor, Jon genannt zu werden, was ich sehr bedauerte. Jonathan war meiner Ansicht nach ein viel zu nobler Name, um einer solch banalen Abkürzung zum Opfer zu fallen) – nun, Jon und Mary hatten gemeint, daß ich nach meiner langen Eisenbahnreise den Samstag zum Ausruhen benutzen sollte. Ich nahm mir allerdings nicht sehr viel Zeit zum Ausruhen, da meine Garderobe dringend aus den Koffern geholt werden mußte. Ich verbrachte den größten Teil des Tages damit, meine Kleider zu bügeln.

Meine Nichten und meinen Neffen lernte ich schnell näher kennen, denn eins der Kinder folgte mir stets auf Schritt und Tritt. Ich genoß ihre Gesellschaft sehr.

William hatte die ersten beiden Schuljahre schon absolviert und wurde aus diesem Grund von seinen Schwestern ehrfürchtig geachtet. Oft bat die kleine Sarah flehend: „Zeig's mir, William! Sagst du's mir, William? Erklär's mir bitte, William!“ William kam der Bitte gerne nach. Aus seinen kastanienbraunen Augen leuchtete die Freude über diese Anerkennung seines Wissens.

Kathleen war ein liebenswertes Geschöpf. Mit lebhaftem Interesse verfolgte sie alles, was ich tat. Es war deutlich zu spüren, daß Jon und Mary ihre Kinder sorgfältig erzogen, denn selbst die muntere Kathleen wußte sich stets höflich zu verhalten, wenn ihre Augen auch verrieten, wie schwer es ihr zuweilen fiel, ihren Tatendrang zu zähmen.

Als ich mein smaragdgrünes Samtkleid aus dem Papier befreite, in das ich es vor meiner Abreise behutsam eingewickelt hatte, glänzte es verräterisch in ihrem Blick, und eine Hand schoß hervor, um den weichen Stoff zu berühren. Gleich darauf schreckte sie auch schon zusammen und versteckte beide Hände hinter ihrem Rücken, wo sie in sicherer Entfernung waren. Ihre Augen suchten meine; eine stumme Bitte um Vergebung für das, was sie um ein Haar getan hätte, lag darin. Bald waren sie jedoch von einer drängenden Frage erfüllt.

„Fühlt es sich wie kleine Küken an?“ fragte sie beinahe flüsternd.

„Weißt du“, gab ich aufrichtig zurück, „ich habe noch nie im Leben ein kleines Küken in der Hand gehalten.“

„Was? Noch nie?“ Sie konnte es kaum fassen. Voller Mitgefühl über mein erbarmungswürdiges Schicksal schaute sie mich an.

„Ich sag's Papa!“ versprach sie. Ihr Papa würde mir schon aus meiner mißlichen Lage zu helfen wissen.

„Und du? Hast du schon einmal ein Küken in der Hand gehalten?“ fragte ich sie.

„Na klar!“

„Dann faß einmal mein Kleid an und sag mir, ob es sich genauso anfühlt.“

Mit tellergroßen Augen sah sie mich an. Ob ich es tatsächlich ernst gemeint hatte? Ich hielt ihr das Kleidungsstück entgegen. Sie streckte eine Hand vor, hielt aber dann plötzlich inne. „Aber ...“ Sie studierte ihre Handflächen. „Ich geh' schnell meine Hände waschen.“

„Sie scheinen doch ganz blitzsauber zu sein, meinst du nicht?“

Sie zuckte mit den Achseln.

„Ich wasch' sie lieber trotzdem. Mama sagt, daß es

Schmutz gibt, der nicht sehen kann ... ich meine, der man nicht ...“

„Den man nicht sehen kann?“

„Ja.“

Sie rannte aus dem Zimmer, um sogleich wieder zur Stelle zu sein. In ihrer Eile hatte sie ihr Kleid mit Wasserspritzern übersät, und die Hände, um deren Sauberkeit sie so sehr bemüht gewesen waren, zeigten noch immer Spuren von Feuchtigkeit, wo das Handtuch nicht voll zur Wirkung gekommen war. Die Kleine wischte sie an ihrem Kleid trocken und trat auf das Stück aus Samt zu. Einen Moment stand sie da, um es zu bestaunen. Dann strich sie zaghaft über eine Falte des Stoffes. Dabei gab sie sich die größte Mühe, den Samt nur in einer Richtung zu berühren.

„Ja, wie ein Küken!“ flüsterte sie dann. „Und auch wie ein neugeborenes Kätzchen.“

Ich zog sie an mich.

„Küken fühlen sich gewiß ganz herrlich an, und wie ein kleines Kätzchen sich anfühlt, das weiß sogar ich – aber weißt du, was sich noch schöner anfühlt?“

Sie hob den Kopf, um mich aufmerksam anzuschauen.

„Kleine Kinder“, sagte ich leise.

„Du meinst ... kleine Jungen und Mädchen?“

„Ja, genau.“

Sie brach in ein helles Lachen aus und warf ihre Arme um meinen Hals. Ich schluckte. Wie wunderbar war es doch, ein Kind in den Armen zu halten, das man ohne Vorbehalte lieben durfte und das diese Liebe tausendfältig zurückzahlte!

Von unten rief Sarah, und Kathleen löste sich von mir.

„Sie sagt bestimmt gleich zu mir: ‚Kathleen, wasch dir die Hände. Zeit zum Mittagessen!‘ – und dabei hab’ ich meine Hände schon längst gewaschen!“ Es bereitete ihr das größte Vergnügen, diese Anweisung ausnahmsweise umgehen zu können. Sie schickte sich an, auf einem Bein aus dem Zimmer zu hüpfen, wenn der Versuch auch ein wenig schräg ausfiel. An der Tür wandte sie sich noch einmal um.

„Danke, Tante Betty!“ rief sie. Sie warf mir eine Kußhand zu, die ich lächelnd erwiderte, und war im nächsten Moment auch schon zum unteren Stockwerk unterwegs.

Wenig später hatte sich die ganze Familie zum Mittagessen um den Tisch versammelt. William, der mit einem Nachbarsjungen zum Bäumeklettern unterwegs gewesen war, sorgte für eine kurze Verspätung der Mahlzeit; Sarah hatte ihn nicht auf Anhieb ausfindig machen können. Als er sein Elternhaus erreichte, wurde er mit einer sanften Ermahnung nach oben geschickt, um sich zu waschen und sein Hemd, das einen Riß am Ärmel aufwies, zu wechseln. Nach einigen Minuten meldete er sich zu Tisch. Sein Hemd hatte er ordnungsgemäß zugeknöpft, doch die Zipfel davon schauten noch aus dem Hosenbund heraus. Er hatte sein Gesicht und seine Hände mit Wasser und Seife bearbeitet, wenn er auch dabei am Kinn einen Schmutzrand hinterlassen hatte. Mary seufzte mit einem ergebenen Lächeln, und die Mahlzeit wurde aufgetragen.

„Nach dem Essen spielt ihr Kinder draußen, und zwar auf unserer Seite des Zauns“, erklärte Mary mit einem scharfen Blick auf William. „Tante Betty wird sich ausruhen wollen.“

„Aber nicht doch!“ beeilte ich mich. „Ich bin noch längst nicht mit meiner Garderobe fertig.“

Noch während ich es sagte, dachte ich im stillen, wie sehr mir eine Ruhepause willkommen wäre.

„Baby 'lis'beth schläft mittags immer noch“, sagte Kathleen ernst; sie war offensichtlich äußerst stolz darauf, für solche Dinge nun schon zu erwachsen zu sein.

„Die kleine Elisabeth hat es gut“, gab Mary zurück. Ich konnte mir vorstellen, wie sehr sie ihre Jüngste oft um dieses Vorrecht des Mittagsschlafs beneidete.

Kathleen ließ es dabei bewenden, wenn es in ihren Augen auch deutlich zu lesen stand, wie wenig sie ihrer Mutter recht geben wollte.

Am Morgen darauf, einem Sonntag, ging es im ganzen Haus recht turbulent zu, während ein jeder sich für den Kirchgang vorbereitete. Kathleen klopfte zaghaft an meine Tür, als ich mir gerade das Haar zurechtsteckte. Sie war gekommen, um mir ihr Sonntagskleid zu zeigen. Sie hätte einem Kalenderbild entsprungen sein können, so allerliebst schaute sie darin aus. Mit funkelnden Augen strich sie über das spitzenumsäumte Kleidchen.

„Gefällt es dir?"

„Es ist wunderhübsch, Kathleen!"

„Mama hat es selbst genäht."

„Wirklich?"

„Ja", nickte die Kleine ernsthaft.

„Du siehst ganz goldig darin aus! Deine Mama muß sehr geschickt mit Nadel und Faden sein."

Nun war es an ihr, mich zu mustern.

„Du siehst aber auch mächtig fein aus, Tante Betty. Hast du dein Kleid selbst genäht?"

Ich schüttelte den Kopf und dachte an das Geschäft in Toronto, aus dem das Kleid stammte.

„Nein", sagte ich zögernd, „Madame Tanier hat es für mich genäht."

„Die muß aber auch nicht schlecht im Nähen sein", erklärte Kathleen feierlich.

Ich lächelte bei dem Gedanken an die gute Madame und ihre Preise. Ja, sie verstand ihr Handwerk tatsächlich, die Gute!

Die Kirche war nagelneu, doch erheblich kleiner als die Kirche, die ich daheim im Osten besucht hatte. Die Gemeindeglieder begrüßten mich als Jons Schwester mit aller Freundlichkeit. Ich fühlte mich auf der Stelle wohl in ihrer Mitte. Es bedurfte keiner Hellseherei, um zu spüren, wie sehr sie Jon und Mary achteten.

Ich saß zwischen William und Sarah. William tat sich schwer mit dem Stillsitzen. Bald rutschte er nach links, bald nach rechts, bald ballte er die Fäuste, um sie gleich darauf wieder zu glätten. Der Junge tat mir leid. Kathleen erging es nicht besser als ihm. Sarah dagegen verhielt sich musterhaft. Als wir uns zum Singen erhoben, schob sie ihre Kinderhand in meine. Ich drückte sie sanft und warf ihr ein Lächeln zu. Sie kuschelte sich an mich wie ein kleines Kätzchen.

Nach dem Gottesdienst wurde ich mehreren Gottesdienstbesuchern vorgestellt. Die Gemeinde bestand zum größten Teil aus jungverheirateten Paaren, doch ich bemerkte auch eine ganze Anzahl von jungen Männern, die alleinstehend zu sein schienen. Dankbar stellte ich fest, daß Jon diese persönlich begrüßte, ohne mich in ihre Richtung zu schieben. Mary und mich ließ er währenddessen im Gespräch mit zwei weiblichen Bekannten der Familie zurück.

Der Prediger samt Frau und vier Kindern wurde von Jon und Mary zum Sonntagsessen eingeladen. Pastor Dickson war vor drei Jahren in den Westen übergesiedelt. Er schien von nichts anderem als dem Westen und seinen grenzenlosen Möglichkeiten erfüllt zu sein. Frau Dickson dagegen erkundigte sich mit brennendem Interesse nach den neuesten Entwicklungen „daheim im Osten". Ich fühlte mich wie ein Tennisball, der im Gespräch bald hierhin, bald dorthin geworfen wird.

Am darauffolgenden Tag lud Jon Herrn Higgins, den Direktor der Schulaufsicht, zum Abendessen ein.

Einerseits konnte ich es kaum erwarten, diesen Mann kennenzulernen, um von ihm etwas über meine neue Arbeitsstelle zu erfahren, doch andererseits machte mich der Gedanke an das Zusammentreffen mit ihm auch ein wenig nervös. Was, wenn er zu der Ansicht gelangen sollte, daß ich vollkommen untauglich für das hiesige Schulwesen war? Ein Mann mit seiner Verantwortung, nur die besten Lehrer für die ihm unterstellten Schulen zu suchen, war gewiß sehr wählerisch, was eine neue Lehrkraft betraf.

Ich stellte mir Herrn Higgins als einen konservativ gekleideten, gebildeten Herrn mittleren Alters vor, vielleicht ein wenig übergewichtig, mit einer sonoren Stimme. Seine Gesten, seine Redewendungen und sein Aussehen würden die Ernsthaftigkeit unterstreichen, mit der er sein hohes Amt versah.

Als Sarah meldete, daß Herr Higgins eingetroffen war, hastete ich in die Diele, blieb aber am Eingang kurz stehen, um mich für dieses wichtige Gespräch zu rüsten. Was mich jedoch dort erwartete, traf mich wie ein Blitz aus heiterem Himmel.

Anfangs, muß ich gestehen, suchte mein Blick nach einem dritten Mann im Raum. Der Besucher, der dort lautstark lachend mit Jon sprach, konnte doch unmöglich der besagte Schulrat Higgins sein! Während ich mich noch suchend umschaute, kam Jon auch schon auf mich zu, um mir seinen Gast als Herrn Higgins vorzustellen.

Dieser war überraschend jung; etwa fünfunddreißig, schätzte ich. Er war weder sorgfältig gekleidet noch von würdigem, gebildet wirkendem Verhalten. Er machte eher den Eindruck eines ungehobelten, herablassenden und skrupellosen Menschen. Nichts an diesem Mann war mir sympathisch.

Ich wies mich geschwind innerlich zurecht. Immerhin sollte man seine Mitmenschen nie nach dem ersten Eindruck beurteilen, sagte ich mir. Dennoch fiel es mir schwer, höflich zu lächeln und Herrn Higgins meine Hand zum Gruß zu reichen. Er brach mir nahezu alle Knöchel meiner Hand, die er nun mit kameradschaftlichem Druck bearbeitete. Dabei rief er mit dröhnender Stimme: „Wie geht's? Wie geht's?“

Daß er erfreut war, meine Bekanntschaft zu machen, verschwieg er, doch ich konnte mich nicht des Eindrucks erwehren, als verhielte es sich trotzdem so, als er mich nun mit unverhohlener Aufmerksamkeit musterte. Ich spürte, wie mir die Röte in die Wangen stieg. Bruder Jon kam mir zu Hilfe.

„Setzen wir uns doch!“ schlug er vor. „Fräulein Thompson möchte gewiß mehr über unser Schulwesen erfahren.“

Ich war Jon dankbar dafür, meinen Nachnamen benutzt zu haben. Vielleicht trug das dazu bei, Herrn Higgins in seine Schranken zu verweisen.

„Ja, ich bin brennend interessiert an allem, was die hiesigen Schulen betrifft", stimmte ich Jon zu, „besonders diejenige, an der ich unterrichten soll."

„Das kommt später an die Reihe", donnerte Higgins. „Ich verderbe mir nie ein gutes Essen mit Gesprächen über Geschäftliches."

Er brach in ein lautstarkes Gelächter aus und wollte dann von mir wissen, wie mir der Westen gefiel. Ich konnte ihm mit Leichtigkeit anmerken, daß er „seinen" Westen für unvergleichlich, einzigartig und unübertroffen hielt. Ich antwortete, daß ich noch nicht lange genug hier war, um mir ein vollständiges Bild zu machen. Das schien er mit einem beträchtlichen Maß an Skepsis aufzunehmen. Die Überlegenheit des Westens, so schien er zu meinen, sollte jeder gewöhnliche Sterbliche immerhin auf den ersten Blick erkennen. Anstatt mir jedoch zu widersprechen, murmelte er nur etwas von „Ihnen das eine oder andere zu zeigen". Wieder rettete Jonathan die Lage, indem er das Thema der Unterhaltung wechselte, und kurz darauf bat Mary auch schon zu Tisch.

Der Braten war köstlich. Zu gern hätte ich mich diesem Genuß gewidmet, doch Herr Higgins verdarb mir die Mahlzeit gründlich. Mit neugierigem Blick verfolgte er jede meiner Bewegungen. Vor Nervosität brachte ich meine Gabel kaum an den Mund. So jemand wie dieser Mensch war mir noch nie begegnet. Ich stellte fest, daß es sich hier um den ersten Widerling meines Lebens handelte. Er war so sehr von sich eingenommen, daß er das gesamte Tischgespräch an sich riß. Mein erster Eindruck hatte sich als zutreffend erwiesen: dieser Herr Higgins sagte mir absolut nicht zu, ob er nun Schulrat war oder nicht. Blieb nur zu hoffen, daß die Männer des Westens nicht samt und sonders seinem Beispiel folgten!

Über das hiesige Schulwesen sollte ich an diesem

Abend nicht das geringste erfahren, wenn es mir auch wie eine halbe Ewigkeit erschien, bis er sich endlich verabschiedete. Bevor er sich zum Gehen anschickte, erkundigte er sich, ob er mich demnächst wieder einmal besuchen dürfte.

„Hm", erwiderte ich gedehnt und hoffte inständig, daß er mich verstand, „wir sollten immerhin über die Schule sprechen, an der ich unterrichten soll, und ich wüßte gern, was diesbezüglich von mir erwartet wird. Dazu scheint die Zeit leider heute nicht gelangt zu haben."

Er lachte dröhnend, als sei mir der beste Scherz des Jahrhunderts gelungen, und zerquetschte mir die Rechte zum Abschied. So schnell ich konnte, zog ich meine Hand zurück.

„Bis Mittwoch also!" sagte er mit einem Augenzwinkern. Seine Unverschämtheit schockierte mich dermaßen, daß mir ein gehauchtes „Also, das ist doch ..." entfuhr. Davon schien er jedoch nichts bemerkt zu haben. Er wünschte allseits in vollster Lautstärke: „Auf Wiedersehen!", so daß ich schon befürchtete, er habe die Kinder aus dem Schlaf geschreckt. Dann machte er sich, eine Melodie pfeifend, auf den Weg.

„Jemand sollte ihn heiraten und ihm die scharfen Kanten ein wenig abschleifen!" meinte Mary nachdenklich.

„Damit wird es wohl kaum getan sein", erwiderte ich skeptisch. „Dieses Los würde ich ehrlich gesagt keiner Frau wünschen!"

Am Dienstag beschloß Jon, daß ich die Geschäftswelt Calgarys endlich kennenlernen sollte. Er fuhr mich in die Stadt und überließ mich den Schaufenstern und Läden, während er zur Arbeit ging. Mary hatte uns ursprünglich begleiten wollen, doch William litt an einer schmerzhaften Mittelohrentzündung, so daß sie bei ihm bleiben mußte.

Die Geschäfte waren von völlig anderer Art als die in meiner Heimat. Ich sah kein einziges, das mit Madame Taniers zu vergleichen gewesen wäre, doch was ich vorfand, war durchaus neuartig und fesselnd. Ich bedauerte zutiefst, Julie nicht bei mir zu haben. Sie hätte diesen Stadtbummel von Herzen genossen!

Jon hatte sich mit mir zum Mittagessen in einem der Hotels in der Nähe verabredet, und als es auf zwölf Uhr zuging, meldete sich unmißverständlich mein leerer Magen. Ich beschloß, ohne weitere Umwege das Restaurant aufzusuchen. Auf dem Bürgersteig spürte ich, daß manch neugieriger Blick mich verfolgte, was mich zusehends nervöser machte. Vielleicht verstieß es gegen die hiesigen Sitten, sich als Dame ohne Begleitung in der Öffentlichkeit zu zeigen. Ich würde mich umgehend bei Jonathan erkundigen, nahm ich mir vor, und beeilte mich, den Eingang des Hotels zu erreichen.

Die Straßen Calgarys waren von geschäftigem Treiben erfüllt. Neben Bankiers in dunklen Anzügen waren Viehzüchter, Landwirte, Indianer und auch Müßiggänger zu sehen. Mit angehaltenem Atem eilte ich an vier ungehobelt wirkenden Burschen vorüber, die sich vor einer Eisenwarenhandlung aufhielten. Ich hörte Pfiffe und Gelächter, machte aber keinen Versuch, ihre Bemerkungen zu deuten. Ich hatte nicht den geringsten Wunsch zu erfahren, ob diese auf mich gemünzt waren oder nicht.

Als ich den Speisesaal des Hotels erreichte, erwartete Jon mich schon, obwohl ich zehn Minuten vor unserer verabredeten Zeit kam.

„Ich wollte dir ersparen, allein hier auf mich warten zu müssen, falls du eher kämst“, erklärte er mir. Ich war ihm von Herzen dankbar für sein Einfühlungsvermögen.

Wir wurden an einen Tisch geführt. Unterwegs begrüßte Jon zahlreiche Bekannte. Bei einigen blieb er stehen, um mich namentlich vorzustellen, während er es bei anderen bei einem kurzen Kopfnicken beließ. Bald durchschaute ich sein Vorgehen. Wenn Jon mich jemandem vorstellte, so handelte es sich stets entweder um ein Ehepaar oder um einen verheirateten Mann. Herr und Frau Sowieso, erklärte er mir, wohnten in dieser oder jener Straße oder waren die Inhaber dieses oder jenes Geschäfts. Die Herren, die er dagegen nur kurz mit einem Kopfnicken begrüßte, schienen alleinstehend zu sein. Im stillen mußte ich über Jons Bemühen lächeln, sein Versprechen buchstabengetreu einzuhalten.

Selbst als ich an unserem Tisch Platz genommen hatte, spürte ich noch manchen Blick auf mir. Ich legte Handschuhe und Tasche beiseite und lächelte meinen Bruder an. Dabei hoffte ich, durch den Anschein des Wohlbehagens meine Nervosität zu überspielen. Teilweise gelang mir das auch. Jon übernahm die Gesprächsführung, und bald entspannte ich mich innerlich trotz der ungewohnten Umgebung. Mein Bruder hatte schnell meine Zuneigung gewonnen. Endlich verstand ich, warum Mutter ihn so sehr bewunderte. Wenn sie ihn doch nur hier sehen könnte, in seiner neuen Heimat, mitsamt seiner liebenswerten Frau und seiner prächtigen Kinderschar! Dazu war er ein von der Bevölkerung geachteter Mann. Mutter konnte wirklich stolz auf ihn sein, genauso wie ich. Einen Moment vergaß ich sogar die starrenden Blicke um mich her.

„Übrigens", bemerkte er zögernd, „deine Garderobe ist wirklich sehr exklusiv. Auch Mary ist dieser Ansicht. Aber Mary ... nun ... obwohl sie dich darum beneidet, meinte sie, ich ... ich sollte dich vielleicht doch lieber höflichst darauf hinweisen, daß einfachere Kleidung für den Schuldienst geeigneter wäre. Unsere Klassenzimmer sind immerhin recht ländlich, und ... Ach, es liegt mir einfach nicht, um den heißen Brei herumzureden ..."

Ich lachte auf, was Jon sehr zu erleichtern schien.

„Ein Glück", seufzte er, „daß du Sinn für Humor hast! Ich war mir nicht sicher, ob du Verständnis haben würdest, oder ob ich dich mit meiner Bemerkung arg treffen würde. Ich bin halt ein Mann, der sich geradeheraus ausdrückt. Aber recht hat sie, meine Mary. So elegant deine Garderobe ist, so wird sie sich doch hier im Westen als wenig praktisch erweisen."

Jons Aufrichtigkeit und echte Besorgnis um mich nahmen seinen Worten alle Schärfe. Mir wurde klar, daß er und Mary vollkommen recht hatten. Gerade aus ihrer Fürsorglichkeit heraus hatten sie es gewagt, mich auf meine Kleidung hin anzusprechen.

„Nun, ich werde sehen, was sich machen läßt“, versprach ich, nachdem unser Essen serviert worden war.

„Du, Jonathan“, begann ich nach einer Weile, „schickt es sich eigentlich hier nicht für eine Dame, ohne Begleitung durch die Straßen zu gehen?“

„Wie kommst du darauf? Hast du denn bei deinem Stadtbummel keine anderen Damen gesehen?“

„Doch, schon ... ja, mehrere sogar, aber ...“

Jon zog die Stirn in Falten.

„Ich fühlte mich halt so ... so angestarrt. Wo ich auch war – überall starrten die Leute mich an.“

Nun verzog Jon das Gesicht zu einem breiten Grinsen.

„Die Leute – oder die Männer?“

Ich errötete. Es bestand keine Notwendigkeit, das Gespräch fortzusetzen.

Jonathan nannte mir einige Geschäfte, die Kleidung passenden Stils für eine Lehrerin im Westen führten, und vereinbarte einen Treffpunkt für drei Uhr mit mir, um mich wieder nach Hause zu bringen. Anfangs befürchtete ich, daß sich das Auswählen von Kleidern, die mir zu schlicht und eintönig erschienen, als eine freudlose Aufgabe erweisen würde, doch je mehr ich mich in den Geschäften umschaute, desto mehr Spaß fand ich an der Sache. Wieder wünschte ich mir Julie herbei. Sie hätte aus dem Unternehmen sicher ein aufregendes Abenteuer gemacht.

Ich kaufte einige einfache Baumwollkleider, die ohne großen Aufwand zu waschen und zu bügeln waren; dazu neue Unterwäsche ohne Spitzenbesatz und sogar ein Paar dicke Wollstrümpfe, deren Aussehen mir zugegebenerweise nicht sehr zusagte. Ich bat die Verkäuferin, die Ware für mich einzupacken, und sah auf die Uhr. Drei

Uhr war schon vorbei. Ich hastete aus dem Geschäft, um Jon nicht noch länger warten zu lassen.

Ich fand ihn nur wenige Schritte entfernt auf dem Bürgersteig stehend. Den breiten Rücken hielt er mir zugewandt. Gerade wollte ich auf ihn zueilen, als ich feststellte, daß er in ein Gespräch mit einem anderen Mann vertieft war. Ich zögerte. Sollte ich mich nähern und mich bemerkbar machen, oder wartete ich besser, bis die beiden Männer sich voneinander verabschiedet hatten?

Jon trat einen Schritt beiseite, so daß er den Blick auf den Herrn, mit dem er gerade sprach, freigab. Dieser war noch eine Spur größer als Jon, was ihm ein wahrhaft hochgewachsenes Aussehen verlieh. Sein breitkrempiger Hut warf einen Schatten über seine Augen, doch sein Kinn wirkte kräftig, ohne eigenwillig zu sein, und er besaß eine wohlgeformte Nase. Im Ganzen machte er einen klaren, sympathischen Eindruck, wenn man ihn auch gewiß nie als „Salonlöwen" bezeichnen würde. Eine gewisse herbe Männlichkeit an ihm ließ Selbstvertrauen und allerhand Fähigkeiten vermuten. Im Gespräch mit Jon lächelte er kameradschaftlich, und ich stellte mir vor, daß er von Natur aus offen und humorvoll sein müßte.

Aus dem Augenwinkel heraus hatte er mich nun bemerkt und hob den Kopf. Das wiederum ließ Jon herumfahren.

„Ich komme gleich, Betty!" rief er mir zu und schüttelte dem Fremden die Hand. „Grüß Philipp von uns", trug er seinem Bekannten dann auf und legte eine Hand auf dessen Schulter. Jon seinerseits bekam ein herzliches Schulterklopfen als Erwiderung; dann wandte der Mann sich um zu mir. Er nickte mir zu und lüftete den Hut gerade lange genug, um mir einen ungehinderten Blick in seine Augen zu gewähren. Diese waren tiefblau und zeugten von Entschlossenheit. Ein Funke Humor sprühte aus ihnen hervor, wenn seine Lippen auch unbewegt blieben. Plötzlich wünschte ich mir nichts lieber, als ihn einmal lächeln zu sehen, doch bevor ich ihn mit einem Lächeln meinerseits dazu auffordern konnte, hatte er sich schon zum Gehen gewendet.

Ich begriff nicht, was in mir vorging. Seltsamerweise hätte ich keinerlei Protest erhoben, wenn Jonathan in diesem Fall eine Ausnahme von seiner streng befolgten Regel gemacht hätte, um mich seinem Bekannten vorzustellen. Noch nie zuvor hatte ein Mann ein derartig starkes Interesse in mir erweckt. Ich starrte ihm wie ein mondsüchtiges Schulmädchen nach.

„Ein ... ein Freund?" stotterte ich, um gleich darauf wegen meiner dummen Bemerkung zu erröten. Jon mußte mich für vollkommen albern halten; es war schließlich offensichtlich, daß die beiden Männer befreundet waren.

„Ja."

Mehr sagte mein Bruder nicht. Kein Name, kein Herkunftsort – nichts. Ich nahm mir vor, ihm keine weiteren Fragen diesbezüglich zu stellen.

Des folgenden Tages meldete sich Herr Higgins gegen zwei Uhr bei mir. Ich hatte gehofft, er würde ohne lange Umschweife zum Thema kommen, doch statt dessen hatte er eine Ausfahrt mit mir geplant. Zögernd willigte ich ein. Im Grunde paßte mir dieser Ausflug ganz und gar nicht, und ich war dankbar, zum Abendessen verabredet zu sein, so daß ich mit Recht darauf bestehen konnte, zeitig wieder nach Hause gebracht zu werden.

Ich drängte ihn, mir den Namen der Schule zu nennen, die er für mich vorgesehen hatte, doch er gab mir zu verstehen, daß noch kein Entschluß in dieser Hinsicht gefaßt worden war. Ich bestand darauf, daß es an der Zeit war, mich über meine künftige Arbeitsstelle in Kenntnis zu setzen, damit ich mich auf meinen Dienst vorbereiten konnte. Wieder wich er mir aus. Ich erinnerte ihn daran, daß bis zum Beginn des Unterrichts nur noch eine Woche verblieb. Er erwiderte theatralisch, daß sich in einer Woche eine Menge ereignen könne, und brach dann in ein dröhnendes Gelächter aus. Schließlich ließ ich das Thema fallen.

Er brachte mich bis an die Haustür und bemerkte, wie schnell der Nachmittag vergangen sei. Dann bat er, mich am Freitag wieder aufsuchen zu dürfen. Da ich dringend Näheres über meinen neuen Posten als Lehrerin erfahren mußte, erlaubte ich es ihm. Dreist legte er mir seine Linke auf den Arm, während er mir zum Abschied die Hand schüttelte. „Ich werde Ihnen schon alles Nähere erklären, meine Liebe", sagte er. „Nur keine Sorge!"

„So etwas von Unverschämtheit!" kochte es in mir, als ich die Treppe hinaufstieg. Nie war mir ein größeres Ausbund an Widerwärtigkeit begegnet. Und ausgerechnet er sollte mein Vorgesetzter werden! Ich hoffte inständig, daß unsere jeweiligen Pflichten uns recht selten eine Begegnung erlauben würden.

Plötzlich sah ich wieder das Gesicht von Jons Freund vor mir. „Wie schade, daß er nicht Herr Higgins ist!" dachte ich, schalt mich aber im nächsten Moment schon deswegen aus. Wie dumm von mir, so etwas überhaupt zu denken! Dennoch war ich von der Lebhaftigkeit meiner eigenen Gefühle überrascht. Diesen Mann hatte ich nicht länger als ein paar Sekunden gesehen. Warum hatte er mich nur so tief beeindruckt? Ich wußte mir keine Antwort, doch diese blauen, lächelnden Augen sah ich noch vor mir, als ich mein Zimmer betrat. Schließlich schob ich das Bild mit Macht von mir, um mich nun auf die Auswahl eines Kleides für den Abend zu konzentrieren.

Die näheren Absichten des Herrn Higgins

Am Freitag vormittag, gegen elf Uhr, erschien Herr Higgins. Ich las Sarah und Kathleen gerade ein Buch vor und war nicht im geringsten auf einen Besucher zu dieser Stunde gefaßt. Er bahnte sich ungebeten einen Weg durch das Haus und verkündete, daß er gekommen sei, um mich zu einem Picknick abzuholen. Den Korb mit den Eßwaren trug er bei sich zum Beweis, daß alles schon vorbereitet war. Ich stotterte eine Ablehnung, doch er unterbrach mich mit einem lauten Lachen.

„Sie brauchen sich Ihren hübschen Kopf über nichts zu zerbrechen. Na schön, ich habe Sie also überrascht – aber man wird Ihnen zu berichten wissen, daß ich voller Überraschungen stecke."

Diese Seite seines Charakters schien er mit großer Genugtuung anzupreisen.

Er faßte mich bei der Hand und zerrte mich von dem Sofa, ohne mir auch nur die Gelegenheit zu geben, die letzte halbe Seite des Kapitels vorzulesen.

„Kommen Sie schon!" drängte er. „Picknicks mögen es nicht, wenn man sie warten läßt!"

„Ich geh' gern auf Picknicks", meldete sich Kathleen hoffnungsvoll zu Wort.

„Und eines schönen Tages werden deine Tante und ich dich einmal auf eins mitnehmen. Heute ist das Picknick aber nur für zwei." Er wandte sich zu mir, um mir ein Augenzwinkern zuzuwerfen. „Nun laufen Sie schnell und ziehen Sie sich etwas Passenderes für ein Picknick an." Er starrte auf meine Schuhe hinunter. „Besonders an Ihre Füße", fügte er hinzu. „Mit diesen eleganten Dingern, die Sie da tragen, werden Sie draußen in der freien Natur nicht weit kommen, und wir wollen doch unter uns sein, um Ihre Zukunft in Ruhe besprechen zu können."

Ich hastete auf mein Zimmer und zog mich schnell um, jedoch nicht ohne ständig die wütendsten Androhungen zu murmeln. Ich wählte das einfachste der Kleider, die ich hier in Calgary gekauft hatte, wünschte mir aber von ganzem Herzen, daß ich ein Kleid aus Mehlsäcken zur Hand gehabt hätte. Ich durchsuchte meinen Schrank nach den flachen Laufschuhen, die ich mir für den Schulunterricht gekauft hatte, und zog diese an. „Die sind tatsächlich sehr schlicht – beinahe schon häßlich zu nennen", dachte ich, doch im Augenblick war ich darüber nur erfreut.

„Herr Higgins", drohte ich in Gedanken, „heute werden Sie mir endlich sagen, wo ich unterrichten soll, sonst können Sie sich auf ein Donnerwetter gefaßt machen ..."

Ich trat auf die Veranda hinaus, wo mein Gast auf mich wartete, nahm ein leichtes Schultertuch von der Sommerschaukel, steckte mir meinen unpassendsten Hut auf dem Kopf zurecht und wandte mich endlich widerwillig zu dem ungeduldigen Herrn Higgins, der vor Erleichterung laut aufseufzte.

Dann ließ er seinen kritischen Blick an mir auf- und abwandern.

„Den Hut werden Sie nicht brauchen. In der warmen Sonne ..."

„Eine Dame verläßt niemals das Haus ohne einen Hut", gab ich zurück.

„Hier im Westen ..."

„Ich stamme aus dem Osten."

Er lachte schallend los, als sei meine Bemerkung ein Witz, wie er schon lange keinen mehr gehört hatte. Den Hut hatte er jedoch schnell vergessen, als sein Blick auf meine Schuhe fiel.

„Und diese Schuhe!" kam es dann. „Wie wollen Sie nur darin laufen? Sie sind ja viel zu ..."

„Herr Higgins", unterbrach ich ihn, „mir kommen allmählich Zweifel, was Ihren Picknick betrifft. Wenn Ihnen diese Schuhe nicht gut genug sind, dann muß ich mich ernsthaft fragen, wohin in aller Welt ich Sie begleiten soll."

Er ersparte mir weitere Beanstandungen an meiner Garderobe und bot mir statt dessen seinen Arm. Ich gab vor, das nicht bemerkt zu haben, und ging entschlossen auf seine überraschend komfortabel aussehende Kutsche zu.

Wortreich machte er mich auf das herrlich bunte Herbstlaub aufmerksam, und ich hätte mich gern daran erfreut, wäre ich nicht ausgerechnet in Herrn Higgins' Begleitung gewesen. Ich vermißte zwar das tiefe Rot der Eichen und Ahornbäume von daheim, doch das reiche Gold der Pappeln, die sich überall zwischen den Kiefern und Fichten im Tal am Fluß verstreut fanden, bot eine wahre Augenweide.

Mein Begleiter steuerte seine Kutsche westwärts aus der Stadt hinaus. Vor uns erhob sich ein Hügel, hinter dessen Gipfel ich den Anblick des atemberaubenden Gebirgsmassivs wußte. In der Gesellschaft dieses Mannes lag mir jedoch recht wenig daran, das Gebirge zu bestaunen, weshalb ich auch unsagbar erleichtert war, als er kurz vor dem Gipfel sein Pferd anhielt.

Er sprang vom Wagen und reichte mir eine Hand, um mir beim Aussteigen behilflich zu sein. Mir blieb nichts anderes übrig, als seine Hilfe anzunehmen, doch ich zog meine Hand zurück, sobald ich festen Boden unter den Füßen hatte. Er sah sich nach einem Fleckchen um, das ihm zusagte, und breitete zuerst eine Decke, dann das Picknick darauf aus. Das Essen war durchaus schmackhaft. Wir unterhielten uns über allerhand Dinge, doch da ich mich an sein Motto erinnerte, niemals Geschäftliches beim Essen zu besprechen, unternahm ich keinen Versuch, etwas über meine neue Anstellung zu erfahren. Ich war jedoch felsenfest entschlossen, das Thema anzuschneiden, sobald die Mahlzeit beendet war, falls Herr Higgins es nicht von sich aus tat.

Als er gegessen hatte, stand er unvermittelt auf.

„Kommen Sie, meine Liebe!“ sagte er und reichte mir seine Hand.

Wenn er mich doch nur nicht mit einer derartigen Vertrautheit anreden wollte! Das störte mich erheblich.

„Kommen Sie schon!“ drängte er. „Ich habe Ihnen etwas zu zeigen.“

Ich deutete auf die verstreut liegenden Essensreste.

„Aber das ...“

„Die Reste werden uns schon nicht davonlaufen. Wir räumen sie zusammen, wenn wir zurückkommen“, ordnete er an.

„Bis dahin haben die Ameisen und Fliegen längst...“

„Meine Güte, Sie sind aber von der überängstlichen Sorte, was?“ Er schien kurz davor zu stehen, die Geduld mit mir zu verlieren, so daß ich den Resten kurzerhand den Rücken kehrte und seiner Aufforderung folgte. Schließlich gehörte der Korb ihm, und wenn es ihm nichts ausmachte, eine ganze Kolonie von Ameisen heimzubringen, wozu sollte ich mir dann Sorgen machen?

Wir kletterten den grasbewachsenen Hügel hinauf. Nun wurde mir klar, warum er mein Schuhwerk kritisiert hatte. Der steile Hang war gänzlich ohne Pfade belassen, und der Aufstieg war beschwerlich. Jedesmal, wenn ich hinter ihm zurückfiel, bot er mir seine Hand, weshalb ich mir die größte Mühe gab, ihm stets ein Stück voraus zu sein. Als er endlich zum Stehenbleiben rief, war ich vollkommen außer Atem.

Er nahm mich bei der Hand und drehte mich langsam um, damit ich auf das herbstlich bunte Tal hinunterschauen konnte. Aus der Höhe wirkten die Häuser von Calgary im Schatten der Hügel geborgen und sicher. Ich versuchte, Jons und Marys Haus dort unten ausfindig zu machen, doch ohne Erfolg.

„Ich habe Neuigkeiten für Sie.“ Seine Stimme verriet freudige Erregung und tiefe Genugtuung.

„Meine Schule? Sie haben sich also entschieden?“

Er ließ sein dröhnendes Gelächter erschallen. Ich wandte mich zu ihm um. Sein Anzug wies Schmutzspuren und Knitterfalten auf, wie ich im stillen bemerkte.

„Der Grund und Boden, auf dem Sie stehen, gehört mir! Ich habe das Land gerade gekauft!"

Ich war vollkommen verdutzt. Es wollte mir nicht gelingen, eine Verbindung zwischen Herrn Higgins' Worten und meinen persönlichen Interessen herzustellen. Ich zwang mich dazu, höflichkeitshalber zu erwidern: „Sehr hübsch. Das freut mich aber für Sie! Sie haben sich ein Grundstück mit einem netten Blick ausgesucht. Was haben Sie sich denn vorgestellt ...?"

„Ein Haus hier drüben mit einem vollen Ausblick auf das Tal."

Ich sah in das Tal hinunter.

„Sehr hübsch", bemerkte ich abwesend.

„Gefällt es Ihnen wirklich?"

„Ja, selbstverständlich. Ja, es ist wirklich zauberhaft." Ich hoffte, mich nicht zu übertrieben geäußert zu haben. Zugegeben, es war ein nettes Grundstück, doch ich konnte nicht behaupten, vor Begeisterung hingerissen zu sein.

„Ich habe gleich gewußt, daß es Ihnen gefallen würde." Das alte Selbstbewußtsein schwang wieder in seinen Worten mit. „Wir bauen das Haus dort drüben hin."

Das „wir" erfüllte mich mit einem tiefen Mitleid für diejenige Person, die damit gemeint war, doch zugleich war es tröstlich zu wissen, daß selbst ein Mann wie Herr Higgins jemanden gefunden hatte, mit dem er sein Leben teilen konnte.

„Wir setzen den Eingang hierher. Hier dann die Diele, dort das Wohnzimmer", sagte er und gestikulierte ausschweifend mit den Armen. „Was halten Sie davon?"

Ich konnte mir um nichts in der Welt vorstellen, warum ihm so sehr an meiner Meinung gelegen sein mochte, murmelte jedoch, daß das alles in Ordnung zu gehen schien.

„Ich denke, wir werden es aus Ziegelsteinen bauen

anstatt aus Holz, obwohl Holz leichter erhältlich ist. Vier bis fünf Schlafzimmer – oder was meinen Sie?"

„Herr Higgins, ich ..."

„Aber Sie brauchen mich doch nicht ‚Herr Higgins' zu nennen, meine liebe Betty", sagte er schmeichelnd. Ich war schockiert. Was erlaubte er sich nur, mich bei meinem Vornamen anzureden? „Ich heiße Thomas ... Tom, wenn Sie mögen ..." Gefühlvoll sah er mich nun an. „Reden Sie mich nur an, wie Sie mögen!"

„Herr Higgins", wiederholte ich starrsinnig, „ich fürchte, ich habe Sie nicht recht verstanden. Wir sind hierhergekommen, um meine Lehrtätigkeit zu besprechen, und statt dessen ..."

„Aha, mein Turteltäubchen, ich habe mich also nicht klar genug ausgedrückt. Sie werden sich wegen der Anstellung nicht den Kopf zerbrechen müssen. Wir können bald heiraten, und dann ..."

„Heiraten?" Es klang schrill und erschrocken. „Heiraten? Wovon reden Sie eigentlich?"

„Seien Sie nur nicht so zimperlich! Ich wüßte nicht, weshalb wir noch lange damit warten sollten. Mancher mag es für überstürzt halten, aber hier im Westen hat man als Mann das Vorrecht, schnelle Entscheidungen zu treffen. Hier schreiben einem die Sitten und Bräuche keine lange Wartezeit vor. Die Hochzeit ..."

„Aber ich bin gekommen, um zu unterrichten!"

„Aber natürlich", nickte er wissend, „bis sich ein passender Mann ..."

„Herr Higgins, mir scheint, wir verstehen einander nicht recht." Ich rang um meine Fassung. „Der Osten steckt voller ‚passender' Männer. Ich habe nicht im geringsten die Absicht, meine Lehrtätigkeit aufzugeben, nur um ... um jemanden wie ... wie Sie zu heiraten!"

Es brauchte mehrere Minuten, bis ich Herrn Higgins davon überzeugt hatte, daß ich es ernst meinte. Er konnte nicht begreifen, wie eine Frau bei klarem Verstand nur sein Angebot ausschlagen konnte. Folglich sank ich von einer Sekunde zur nächsten in seinem Ansehen. Mit abgrundtiefer Verachtung ließ er mich stehen, um sich an den Abstieg von der Anhöhe zu machen. Ich hatte alle Mühe, ihm zu folgen. Ohne ein weiteres Wort warf er, bei unserem Gefährt angekommen, Essensreste, Geschirr und Besteck samt Ameisen in den Korb zurück, packte alles in den Wagen und kutschierte mich unter peinlichstem Schweigen zu Jons Haus zurück.

„Vergessen Sie nicht“, brummte er schließlich, als wir uns dem Haus meines Bruders genähert hatten, „daß ich hier der Schulrat bin. Ich stelle Lehrkräfte ein, und ich schreibe auch die Kündigungen aus.“

„Vielleicht wäre es Ihnen lieber, wenn ich wieder an die Ostküste zurückkehre. Ich werde Jonathan sagen, daß ...“

„Unsinn“, knurrte er. „Wir haben jede Menge Schulen hier, wo dringend Lehrerinnen gebraucht werden. Ich finde schon eine passende Stelle für Sie, darauf können Sie sich verlassen.“

„Vielen Dank“, sagte ich hölzern. „Genau dafür bin ich hergekommen.“

Ich erhielt meinen Anstellungsvertrag per Post. Die Notiz war kurz und förmlich gehalten. Nach eingehender Erwägung, so hieß es darin, sei ich der Schule in Pine Springs zugeteilt worden. Beiliegend ein Eisenbahnbillett, für den kommenden Mittwoch ausgestellt. Mit der Bahn sollte ich nach Lacombe reisen, wo Herr Laverly, der Beauftragte für die Schule am Ort, mich in Empfang nehmen würde. Die verbleibenden Tage bis zum Schulbeginn am nächsten Montag standen mir zum Einrichten meiner Wohnung zur freien Verfügung.

„Lacombe“, sagte ich. „Wo liegt das eigentlich?“

„Nördlich von hier“, gab Jon mir hinter seiner Zeitung zur Antwort. „Warum?“

„Dort soll ich hinfahren.“

Die Zeitung sank. Jons überraschtes Gesicht kam dahinter zum Vorschein.

„Dorthin fahren? Wozu denn das?"
„Zum Unterrichten."
„Das ist unmöglich!"
„Aber hier steht es doch. Das Billett ist sogar beigefügt worden."
„Lacombe liegt über hundert Meilen von hier entfernt. Das kann einfach nicht stimmen."
„Über hundert Meilen?"
„Ja, richtig. Das Ganze muß ein Irrtum sein."
Plötzlich wurde mir alles klar. Herr Higgins hatte sorgfältig Vorkehrungen getroffen, meinen Einsatzort so weit wie möglich von Calgary festzulegen. Tat er es aus Rache? Möglicherweise hoffte er sogar, daß ich die Stelle nicht annehmen würde und mich kleinlaut wieder auf den Heimweg nach Osten machen würde. Nun, er sollte sich kräftig getäuscht haben.
„Ich bin sicher, daß es kein Irrtum ist, Jon", erwiderte ich ruhig. „Es klingt sogar recht interessant."
„Willst du damit sagen, daß du es eventuell in Betracht ziehen würdest?"
„Aber gewiß doch."
„Nach Lacombe also, nicht wahr?"
„Der Ort selbst heißt Pine Springs."
„Aber das ist doch am Ende der Welt!"
„Klingt interessant", wiederholte ich.
„Dort herrscht praktisch noch die reinste Wildnis; es gibt kaum eine Siedlung weit und breit. Es muß sich einfach um einen Irrtum handeln. Ich werde mit Thomas sprechen."
„Nein, Jon, bitte nicht!" beeilte ich mich zu sagen. „Ich möchte die Stelle wirklich gern annehmen."
Jons Blick verriet Verwirrung und verletzte Gefühle. Ich erklärte hastig: „Ach, Jon, ich verlasse euch alle, dich, Mary und die Kinder, nur sehr ungern. Ich habe euch allesamt sooo liebgewonnen – aber weißt du, diese Stelle wird mir guttun. Kannst du das denn gar nicht verstehen? Ich habe bisher ein solch behütetes, langweiliges

Leben geführt. Ich möchte gern herausfinden, ob ich tatsächlich auch auf eigenen Füßen stehen kann."

„Bist du ganz sicher?" Jons Blick streifte meine sorgfältig zurechtgesteckte Frisur, meine gepflegten Hände mit den in Form gefeilten Fingernägeln und mein teures Kleid.

Ich erriet seine Gedanken.

„Ja", erwiderte ich bestimmt.

„Nun, ich weiß nicht recht, was Mutter von der Sache halten wird. Ich sollte dich eigentlich ein wenig unter meinen Fittichen behalten."

„Mutter braucht es nicht zu erfahren – jedenfalls nicht gleich."

„Aber ..."

„Sie soll natürlich wissen, daß ich allein wohnen werde, das versteht sich. Welche Entfernung aber zwischen uns liegt, das würde sie nur unnötig beunruhigen."

„Das Ganze will mir immer noch nicht gefallen, aber wenn du meinst ..."

„Aber sicher! Ich möchte es wirklich versuchen, Jon."

Wieder vergrub er das Gesicht hinter seiner Zeitung. Er schien das Thema für abgeschlossen zu halten. Ich saß still da und drehte das Billett in den Händen hin und her.

„Warte, mir fällt gerade etwas ein", begann Jon dann erneut und ließ die Zeitung wieder sinken. „Pine Springs ... das ist doch Wynns Bezirk."

„Wessen Bezirk?"

„Wynn, mein guter Freund, mit dem du mich neulich auf dem Bürgersteig gesehen hast, als du vom Einkaufen zurückkamst. Erinnerst du dich?"

Und ob ich mich erinnerte! Ich bemühte mich um einen leichtfertigen Tonfall.

„Ach, natürlich, ich glaube, ich weiß, wen du meinst. Er stammt nicht aus Calgary?"

„Nein; er reist viel und kommt häufig her. Als ich ihn traf, hatte er gerade seinen Bruder Philipp besucht. Philipp liegt hier im Krankenhaus."

„Aha."

Plötzlich spürte ich, wie meine Wangen vor Aufregung heiß wurden. Ich war froh, daß Jon sich wieder hinter seiner Zeitung verschanzt hatte.

Entschlossen griff ich nach meinem Brief und dem nun willkommenen Billett, murmelte etwas davon, daß ich am besten gleich mit dem Kofferpacken beginnen sollte, und zog mich auf mein Zimmer zurück.

Jons Bekannter namens Wynn kam also aus Pine Springs. Vielleicht würde ich nach meiner Ankunft dort das Vergnügen haben, ihn persönlich kennenzulernen. Immerhin hatte Jon es vermieden, ihn mir vorzustellen, obwohl er die Gelegenheit dazu gehabt hatte. Wenn ich die Dinge recht durchschaute, bedeutete das, daß Wynn alleinstehend war. Zufrieden lächelte ich vor mich hin.

„Du albernes Ding!" schalt ich mich dann. „Selbst Julie würde dich für vollkommen verrückt erklären. Reiß dich auf der Stelle zusammen und komm zur Vernunft! Ich verstehe wirklich nicht, was in dich gefahren ist!"

Trotzdem konnte ich es nicht unterlassen, beim Anblick des Billetts zu flüstern: „Haben Sie verbindlichsten Dank, Herr Thomas Higgins!"

Die neue Schule

Der Zeitpunkt meiner Abreise nach Lacombe rückte immer näher. Ich war gespannt und zugleich auch bedrückt darüber. Wie sehr würde ich meine Verwandten, die ich endlich kennengelernt hatte, vermissen! Jon und Mary waren herzensgute Menschen, und die Kinder hatten sich schnell meine Liebe und Zuneigung erobert. William hielt sich ständig in meiner Nähe auf, um mir allerlei Handgriffe abzunehmen, und Sarah konnte nur mühsam die Tränen zurückhalten, während ich meine Koffer packte. Kathleen bestand darauf, mir beim Zusammenlegen meines grünen Samtkleids zu helfen, das ich anschließend in eine schützende Lage Papiers wickelte. Die Kleine beklagte es sehr, daß ich das Kleid während meines Aufenthalts in Calgary kein einziges Mal getragen hatte.

Dann hielt ich das Nesthäkchen Elisabeth ein letztes Mal in meinen Armen. Sie schenkte mir ein allerliebstes Lächeln. Mit Tränen in den Augen drückte ich ihr einen Kuß auf die niedlichen Wangengrübchen.

Mary betonte ein ums andere Mal, daß ich der ganzen Familie jederzeit willkommen war.

„Betty“, bat sie mich eindringlich, „du mußt uns besuchen, sobald du nur kannst, selbst wenn es nur für eine Nacht ist!“

Ich versprach es.

„Und wenn es dir an irgend etwas ...“

„Es wird schon alles seine Ordnung haben, da bin ich mir ganz sicher.“ Die gute Mary! Sie hatte mir die unausgesprochene Einladung gegeben, mich wieder zu ihr und ihrer Familie zu flüchten, falls sich die Umstände als unerträglich erweisen sollten. Ich nahm ihre Besorgnis dankbar zur Kenntnis, wollte mir aber auf der anderen Seite nicht die Schwäche eines verwöhnten Großstadtmädchens geben – insbesondere nicht vor diesem unausstehlichen Herrn Higgins!

„Aber du weißt nicht, bei welcher Sorte Familie du untergebracht wirst", gab Mary zögernd zu bedenken.

„Sie werden mich schon nicht zu einer Räuberbande schicken", sagte ich mit der ganzen Zuversicht, die mir zu Gebot stand. In Wirklichkeit bezweifelte ich, daß Herr Higgins auch nur im geringsten an meiner Unterbringung interessiert war.

„Also schön, aber du weißt ja ..." sagte Mary, und ich versicherte ihr, daß es gewiß keinen Anlaß zur Sorge gab.

Jon fuhr mich zum Bahnhof. William, Sarah und Kathleen begleiteten uns. Kathleen fragte mich mit ernstem Blick: „Tante Betty, wirst du mich auch wiedererkennen, wenn ich erwachsen werde, während du weg bist?"

„Aber natürlich, Schätzchen!" tröstete ich sie. „Weißt du, gar so lange bleibe ich aber nicht fort."

Das schien sie unsagbar zu erleichtern.

„Am liebsten hätte ich dich zur Lehrerin", sagte William mit vorgeschobener Unterlippe.

„Ich auch!" pflichtete Sarah ihm aus tiefstem Herzen bei. Der folgende Montag war ihr allererster Schultag, und so sehr sie sich auch darauf freute, so bedrückten sie insgeheim doch allerlei Ängste.

„Das wäre wunderbar, nicht wahr?" erwiderte ich und nahm die beiden in meine Arme. „Ich verspreche euch, daß ich euch bald einen langen Brief schreibe und euch von Pine Springs und den Kindern in der Schule dort erzähle, und ihr könnt mir zurückschreiben und mir von euren Lehrern und Schulkameraden hier erzählen."

Die Aussicht auf einen Brief von ihrer Tante schien die beiden sichtlich aufzumuntern.

Nachdem ich ein letztes Mal Abschied von Jon und den Kindern genommen hatte, stieg ich in den Zug und wählte einen, wie ich hoffte, bequemen Platz für die

Reise. Daß ich meine Absicht verfehlt hatte, wurde mir schnell klar. Auf der gegenüberliegenden Seite des Waggons saß ein Mann, der ohne Unterlaß an einer dicken Zigarre rauchte. Da ich jedoch nicht vollkommen unhöflich erscheinen wollte, blieb mir nichts anderes übrig, als geduldig mein Schicksal zu ertragen. Endlich war es seine Frau, der ich meine Erlösung von dieser Qual zu verdanken hatte. Sie bestand darauf, daß er „dieses übelriechende Kraut" fortschaffte, was er dann auch widerwillig tat.

Allmählich kamen mir Zweifel, ob wir Lacombe jemals erreichen würden. Der Zug ratterte im Schneckentempo voran und machte an jedem Ort Station, der aus mehr als einem Gebäude bestand. Dort zischte, spie und stöhnte die Lokomotive eine geraume Zeit im Stillstand, bevor die Reise endlich weiterging.

Besonders lang war der Aufenthalt in einer Siedlung namens Red Deer. Ich schaute interessiert zu, wie ein Rollkarren nach dem anderen mit Bergen von Gepäckgut davongeschoben wurde; Mehlsäcke, unbeschriftete Holzkisten und sogar ein Küchenherd befanden sich unter den verladenen Stücken. Als ich zu befürchten begann, daß sich möglicherweise auch mein Gepäck unter der ausgeladenen Fracht befand, setzte die Eisenbahn unter dröhnendem Lärm die Fahrt wieder fort.

Mit der Zeit hatte die Landschaft ihr Gesicht verändert. Die Prärie lag weit hinter uns; der Boden war nun dicht bewaldet. Hier und dort waren Felder zu sehen, die zum Ackerbau gerodet worden waren. Die Baumstämme lagen zu großen Stapeln aufeinandergeschichtet teils inmitten eines bestellten Getreidefeldes.

Die Äcker waren fast reif zur Ernte, und um mich her hörte ich meine Mitpassagiere über Erträge, Qualität und Witterung fachsimpeln. Das alles war neu für mich, so daß ich ihnen aufmerksam zuhörte.

Die Nachmittagssonne stand schon schräg am Himmel, als der Schaffner durch die Waggons ging, um anzukündigen: „Lacombe! Nächste Station Lacombe!"

Ich stapelte meine Habseligkeiten auf den freien Sitz neben mir auf. Die Verpackung meines Proviants, den Mary mir mitgegeben hatte, räumte ich säuberlich beiseite. Anfangs hatte ich abgewehrt, ein Mittagessen mit auf die Reise zu nehmen, doch Mary hatte sich nicht beirren lassen, wofür ich ihr nun sehr dankbar war. Ich hatte tatsächlich alles bis auf den letzten Bissen verzehrt. Mit der flachen Hand strich ich mir etwaige Krumen vom Schoß und stand auf, um meinen Rock zu glätten.

Der Zug kam mit einem quietschenden Ruck zum Stehen. Ich nahm mein Handgepäck und stieg aus, um nach Herrn Laverly Ausschau zu halten. Von den wenigen Stunden in der Bahn schmerzten mich die steifen Gelenke. Es war mir selbst ein Rätsel, wie ich die vier Tage auf der Reise von Toronto nach Calgary nur überstanden hatte.

Mit suchendem Blick schaute ich mich nach einem Mann um, der Herr Laverly sein könnte. Es dauerte nicht lange, bis ich meinen Abholer entdeckt hatte. Er war der einzige auf dem Bahnsteig, der ebenso nervös wie ich wirkte. Ich ging auf ihn zu, um mich vorzustellen, und er schlug mir vor, eine Tasse Kaffee trinken zu gehen, während er mein Gepäck verlud. Seine Tochter Pearlie erhielt Anweisung, mich in den Teesalon des Hotels am Ort zu führen. Nur zu gern folgte ich dem Mädchen. Das Hotel lag in der Nähe, und sie schritt munter voraus.

Wir ließen uns an einem Tisch in einer Ecke nieder, und nachdem wir unsere Bestellungen aufgegeben hatten und ich wieder zu Atem gekommen war, begannen wir, miteinander zu plaudern. Zu meiner Erleichterung war Pearlie ein offenherziges, gutmütiges Mädchen, das mir bereitwillig auf meine Fragen antwortete. Ich brannte darauf, soviel wie möglich über Pine Springs in Erfahrung zu bringen.

„Wie gefällt es dir denn in der Schule?“ erkundigte ich mich. Von einer Lehrerin erwartete sie gewiß eine solche Frage, hatte ich mir überlegt.

„Gut, aber meine letzte Lehrerin mochte ich nicht so gern wie die davor. – Aber wenigstens“, beeilte sie sich hinzuzufügen, „war die noch besser als die, die wir davor hatten.“

„Habt ihr denn jedes Jahr eine neue Lehrerin?“

„Meistens. Einmal hatte ich eine, die blieb ein halbes Jahr länger.“

Sie zuckte mit den Achseln, als sei das alles ohne große Bedeutung.

„Wie weit ist es bis nach Pine Springs?“

„Papa meint, wir fahren eine halbe Stunde.“

„Wie sieht es dort aus?“

„Weiß nicht. Bin noch nie dort gewesen.“

Ich muß sie aus weit geöffneten Augen angestarrt haben.

„Du wohnst also gar nicht in Pine Springs?“

„Nein. Ich wohne hier in Lacombe.“

„Aber … aber ich dachte, dein Vater würde mich nach Pine Springs bringen.“

„Das tut er auch. In Pine Springs hat niemand ein Automobil, und deshalb hat Herr Laverly meinen Papa gebeten, Sie hinzufahren. Mit Pferd und Wagen dauert es viel länger, und Herr Laverly hat gemeint, wenn Sie mit dem Gespann kommen müßten, würden Sie auf der Stelle ihre Koffer packen und wieder nach Osten zurückfahren. Und das will er nun ganz und gar nicht.“

„Aha.“ Bei dem Gedanken an Herrn Laverlys Vorstellungen von einer Dame aus dem Osten mußte ich schmunzeln. „Dann heißt du am Ende auch gar nicht Laverly, nicht wahr?“

„Nee. Wir heißen Ainsworth.“

„Ihr wohnt also hier in Lacombe, und du gehst auch hier zur Schule?“

„Mhm.“

„Weißt du zufällig, wie viele Kinder die Schule in Pine Springs besuchen?“

„Da hat's noch nie eine gegeben.“

„Wie bitte?“

„Die Schule ist ganz neu. Sie wurde gerade erst gebaut. Man hat schwer nach einem Lehrer gesucht, aber Herr Higgins hat noch keinen finden können. Die Schule ist vor zwei Jahren gebaut worden – aber weit und breit war kein Lehrer zu kriegen. Dieses Jahr sollte nun endlich jemand kommen. Herr Laverly war ganz aus dem Häuschen. Deshalb hat er Papa auch gefragt, ob er Sie wohl abholen würde. Mein Papa ist nämlich der einzige hier, der ein brauchbares Automobil hat." Ihr Stolz war unverhohlen.

„Das ist aber schön für euch! Was macht dein Vater denn beruflich?"

„Er ist Bestatter, und das Geschäft läuft neuerdings prima. Ich hab' selbst gehört, wie er's zu Mama gesagt hat. Er hat gemeint, er kann ihr endlich die Waschmaschine kaufen, die sie sich schon so lange gewünscht hat. Dann kann sie das alte Waschbrett in die Ecke stellen!"

Ich nickte lächelnd.

„Da wird deine Mutter sich aber freuen!"

Pearlie verfolgte jede meiner Bewegungen aufmerksam. Kaum hatte ich meine Teetasse geleert, als sie auch schon aufsprang.

„Am besten gehen wir jetzt wieder zum Bahnhof zurück. Papa ist bestimmt schon mit Ihrem Gepäck fertig."

„Fährst du auch mit nach Pine Springs?" erkundigte ich mich hoffnungsvoll.

„Klar, muß ich doch", kam es zurück. „Ohne mich kriegt Papa das Automobil nicht zum Laufen."

„Du hilfst ihm beim Autofahren? Was mußt du denn da tun?"

„Den Anlaßhebel ziehen, während er kurbelt."

Wir gingen zum Bahnhof zurück, wo Pearlies Vater schon aufgeregt hin- und herging. Auf dem Boden vor ihm war mein Gepäck aufgestapelt. Dem Blick des Bahnhofsvorstehers nach zu urteilen, den er mir zuschoß, hatte es schon hitzige Auseinandersetzungen zwischen den beiden Männern wegen des Gepäcks gegeben. Ohne lange

Vorrede erklärte Pearlies Vater kategorisch: „Das Gepäck bleibt hier. Ich habe keinen Platz dafür in meinem Automobil."

„Aber ich brauche es doch!" protestierte ich. „Meine gesamte Garderobe ist darin, und ..."

„Tut mir leid. Ihr Handgepäck kann ich mitnehmen, aber die Koffer müssen hierbleiben. Es muß halt jemand mit Pferd und Wagen kommen und die Sachen holen."

Offensichtlich gab es nichts, das ihn von seinem Entschluß abbringen konnte. Außerdem schien er recht zu haben. In seinem Automobil war tatsächlich kein Platz für meine Koffer und Kisten.

„Ich habe Ihre Sachen auf den Rücksitz gelegt. Sie können sich daneben setzen!"

Ich tat, wie er mir geheißen hatte. Der Bahnhofsvorsteher wurde herbeigewinkt und erhielt Anweisungen bezüglich meines Gepäcks. Dieses verschwand bald darauf auf einem Karren, um in einem kleinen Holzgebäude untergebracht zu werden.

Pearlie setzte sich ans Steuer und zog fachmännisch an allerhand Hebeln und Knöpfen, während ihr Vater mit dem Kurbeln begann. Es war ein hartes Stück Arbeit, bis der Motor sich endlich keuchend in Bewegung setzte. Pearlies Vater sprang seitwärts auf die Tür zu, schob das Mädchen beiseite und warf sich, das Gesicht vor Anstrengung gerötet und schweißnaß, auf den Fahrersitz.

An Schlaglöchern, Fußgängern und Gespannen vorüber bahnten wir uns einen Weg durch das Städtchen. Überall schnappten kläffende Hunde nach dem sensationellen Gefährt und begleiteten uns in wachsenden Scharen. Ich hielt vor Angst den Atem an, daß wir einen von ihnen überrollen könnten. Doch Pearlies Vater schien völlig unbesorgt zu sein. Er steuerte sein Automobil, als gäbe es die Hunde gar nicht.

Die Fahrt war lang. Die staubige, unebene Straße war alles andere als eine Rennstrecke, und überhöhte Geschwindigkeit konnte man Pearlies Vater wahrhaftig nicht zum Vorwurf machen. Um nicht undankbar zu scheinen, muß ich hinzufügen, daß ich ehrlich froh war, die Strecke nicht per Pferd und Wagen zurücklegen zu müssen.

Ich suchte den Horizont nach meinen geliebten Bergen ab, doch von meinem Platz im Automobil aus sah ich nur eine bewaldete Hügellandschaft.

Wir fuhren an mehreren Feldern vorüber, die in den Wald hinein gerodet waren. Das Getreide darauf war unterschiedlich reif. Hier und da weideten Kühe oder Pferde, und mitunter sah ich sogar ein paar Schafe. Die Farmhäuser waren aus Holzstämmen gebaut, was ein ungewohnter Anblick für mich war.

Ich wollte Pearlie gerade anstoßen, um mich zu erkundigen, wie weit es noch bis Pine Springs war, als ich mich besann, daß das Mädchen die Antwort ja ebensowenig wußte wie ich, da auch sie noch nie dort gewesen war. Kurze Zeit später bogen wir in eine Einfahrt ein, die auf ein Holzgebäude zuführte. Das mußte meine Schule sein, vermutete ich.

Wir fuhren an dem Haus vorbei, überquerten einen vertrockneten Grasstreifen und machten vor einem ähnlichen, jedoch kleineren Gebäude schräg hinter der Schule halt.

„Da wär'n wir!“ rief Pearlies Vater mit über das dröhnende Motorengeräusch hinweg zu. Mir wurde klar, daß er nicht die geringste Absicht hegte, den Motor auszuschalten, da es keine Kleinigkeit war, ihn anschließend wieder anzukurbeln.

Ich muß wohl ein wenig hilflos dreingeschaut haben, denn nun rief er mir zu: „Das Lehrerhaus – Ihre Wohnung!“

Lehrerhaus? Ich sammelte sowohl meine Gedanken als auch mein Handgepäck zusammen, um aus dem Automobil ins Freie zu klettern. Meine Begleiter blieben derweil auf ihren Plätzen sitzen.

„Aber ich habe ja gar keinen Schlüssel!“ jammerte ich durchs Autofenster.

„Schlüssel?“

Er machte ein Gesicht, als habe er das Wort noch nie im Leben gehört.

„Ja, einen Schlüssel für die Haustür.“

„Dafür werden Sie keinen Schlüssel brauchen. Das Haus hat kein Schloß. Wiedersehen, Ma'am!“ Damit lüftete er seinen Hut, und schon keuchte und schnaufte das Automobil vom Hof.

Ich sah ihnen nach. Pearlie winkte heftig, und ich hob zaghaft die Hand zum Abschiedsgruß. Als sie meinen Blicken entschwunden waren, nahm ich mein Gepäck und drehte an dem Türknauf. Pearlies Vater hatte recht: die Tür öffnete sich widerstandslos, und ich betrat mein neues Zuhause.

Ich hatte fest damit gerechnet, bei einer Familie in der Nähe untergebracht zu werden. Nun wollte mich die Angst beschleichen. Doch schließlich wies ich mich selbst zurecht. Immerhin würde ich mich in meinen eigenen vier Wänden viel wohler fühlen, sagte ich mir, und dazu wohnte ich unmittelbar neben der Schule.

Später sollte ich erfahren, daß das Lehrerhaus erst im vergangenen Winter errichtet worden war. Die Leute am Ort hatten gehofft, Herrn Higgins damit einen weiteren Anreiz zu geben, eine Lehrkraft zu schicken. Ich war also die erste Bewohnerin dieses Häuschens.

Durch den Eingang betrat ich einen kleinen Raum, der als Küche und Wohnstube zugleich diente. In einer Ecke stand ein Schränkchen, neben dem sich ein abgenutzter Herd befand. Ein Feuer brannte darin; demnach mußte jemand vor kurzem noch dem Lehrerhaus einen Besuch abgestattet haben. Auf der Herdplatte dampfte ein Wasserkessel anheimelnd vor sich hin. Der Anblick des Kessels wirkte wie ein freundlicher Willkommensgruß auf mich. Ich atmete auf. Nun fühlte ich mich schon viel wohler hier. Ich sah mich in der Stube um. Außer dem Regal und dem Herd gehörten noch ein Tisch mit zwei geflickten, hellgrün angestrichenen Stühlen zur Einrichtung.

Zwei Sessel, die mit handgenähten Decken ausgelegt waren, und ein kleiner Tisch zwischen ihnen stellten eine gemütliche Sitzecke dar. An der Wand stand eine Truhe.

Eine Tür führte in einen zweiten Raum, den ich im Anschluß an den ersten besichtigte. Hier fanden sich ein Bett und eine Kommode. Die Möbelstücke machten einen abgenutzten, aber sauberen Eindruck. Die Matratze sah ein wenig uneben aus, doch sie schien mit neuem, frischgewaschenem Mehlsackstoff überzogen zu sein. Am Kopfende des Bettes lag ein nagelneues, wunderbar weiches Federkissen. Ob einer der Nachbarn die Gänsefedern dazu gestiftet hatte? Eine bunte Steppdecke lag fein säuberlich gefaltet am Fußende.

Erst jetzt bemerkte ich, daß ich noch immer meine Tasche in den Händen trug. Ich ging in die Stube zurück und stellte sie auf einem der beiden Sessel ab. Wie eine Schlafwandelnde ging ich auf den Herd zu, um nachzuschauen, ob das Feuer nach frischem Holz verlangte. Da ich noch nie in meinem ganzen Leben einen Herd zu versorgen gehabt hatte, war es mir zuerst ein Rätsel, wie man Brennmaterial nachlegte, aber es bedurfte keines langen Rätselratens, bis ich die Holzklappe entdeckt hatte.

Ich warf einen Blick um mich. Auf dem Tisch befanden sich mehrere Gegenstände, und ich trat näher, um sie zu begutachten. Ein Zettel fiel mir ins Auge. Ich las:

Geährtes Fräulein,

Sie sind bestimmt müde und hungrich nach der langen Raise. Deshalb hab ich ihnen ein par Sachen hingestellt. Wir kommen morgen mal vorbei und fragen ob Sie sonst noch was brauchen. Hoffentlich wirds ihnen hier bei uns gefallen. Wir sind jedenfalls schwer froh das Sie gekommen sind.

Ihre Martha Laverly

Auf dem Tisch standen Behälter mit Tee, Zucker, Kaffee und Salz, dazu Käse, frisches Brot und ein einfacher

Sandkuchen. Ich ging an das Schränkchen und öffnete die Türen. Eine Sammlung von unterschiedlich gemusterten Tellern und Tassen schaute mir entgegen. Ich holte eine braune Teekanne mit einem Sprung im Deckel hervor, eine blaue, blumenverzierte Tasse dazu, stellte diese auf eine gelbe Untertasse und machte mich daran, mir eine Kanne Tee zu kochen.

Während der Tee zog, untersuchte ich den übrigen Schrankinhalt. Allerhand Lebensmittel in kleinen Behältern kamen zum Vorschein. Da ich vom Kochen nicht viel Ahnung hatte, war ich dankbar für die sorgfältige Beschriftung eines jeden Behälters.

Auf dem Schränkchen stand eine Schüssel, deren Boden mit Wasser bedeckt war. Darin standen drei Glasbehälter, die jeweils mit Sahne, Milch und Butter gefüllt waren. „Aha! So hilft man sich also, wenn kein Eisschrank zur Verfügung steht“, dachte ich bei mir. Ich steckte einen Finger in das Wasser und war überrascht, wie kühl es sich anfühlte.

Auf der Truhe neben der Tür waren ein gefüllter Wassereimer, eine kleine Waschschüssel und ein Blechdöschen mit Seife angeordnet. Ich goß etwas Wasser in die Schüssel, um mir die Hände zu waschen. Da meine gesamte Ausstattung an Handtüchern jedoch noch in meinen Koffern am Bahnhof ihres Schicksals harrten, trat ich ins Freie, schleuderte mir die Tropfen, so gut es ging, von den Händen und rieb diese dann gegeneinander, bis das restliche Wasser an der Luft getrocknet war.

Drinnen erwartete mich mein Tee. Ich schnitt mir eine Scheibe von dem frischen Brot ab, bestrich sie mit Butter und nahm mir eine gute Portion Käse dazu. Mit dieser Mahlzeit ließ ich mich in dem freien Sessel nieder. Der heiße Tee und das frische Brot schmeckten einfach köstlich. Ich konnte mich nicht erinnern, je eine Mahlzeit so sehr genossen zu haben wie diese.

Anschließend begann ich, mein neues Zuhause eingehender zu untersuchen. An den Fenstern hingen weiße, schwere Gardinen. Als Tischdecke diente der gleiche Stoff, der jedoch hier mit einem Kreuzstichmuster verziert war. Die Wände waren bis auf einen Kalender leer. Die Teppiche waren allesamt kleine, farbenfrohe Inseln auf dem schlichten Holzfußboden. Die Möbel stammten offensichtlich aus zweiter Hand. Ich versuchte, mir die Spender dieser Stücke vorzustellen. Ob es wohl ein großes Opfer für sie gewesen war, das Lehrerhaus auszustatten? Ich stellte meine leere Tasse ab, um mich noch einmal im Schlafzimmer umzuschauen.

Auch hier waren die Vorhänge aus dem gleichen groben Stoff genäht. Zwei zusätzliche Steppdecken lagen ordentlich gefaltet auf einem Wandregal. Sie waren vermutlich aus den besser erhaltenen Teilen abgetragener Kleidung angefertigt worden. Es mußte eine geübte, begabte Hand gewesen sein, die diese Arbeit geleistet hatte, denn die bunten Muster waren eine wahre Augenweide. Drei kleine Flickenteppiche zierten den Fußboden: einer vor dem Bett, ein zweiter vor der Kommode und der dritte vor der Tür. An der Wand hing ein Spiegel, der an einer der unteren Ecken einen Sprung hatte.

„Ich wohne also nicht bei einer der hiesigen Familien“, stellte ich fest. „Dieses Holzhäuschen werde ich ganz für mich allein haben.“

Ich ging zu meinem Sessel zurück und schenkte mir eine zweite Tasse Tee ein. Dann schaute ich mich in meinem Nest voller gebrauchter Möbel um. Ein tiefer Respekt vor den Menschen, die ihr Hab und Gut so bereitwillig mit ihrer neuen Lehrerin teilten, erfüllte mich. Der letzte Rest von Furcht verflüchtigte sich; statt dessen fühlte ich mich auf freundschaftliche Weise mit diesen Pionieren des Westens verbunden. Schon jetzt freute ich mich von Herzen darauf, meine neuen Nachbarn kennenzulernen. „Ich werde ihren Kindern meine ganze Liebe entgegenbringen und mein Bestes tun, um ihnen eine gute Lehrerin zu sein“, nahm ich mir vor.

Ich lächelte und nahm einen Schluck von meinem Tee.

Laut sagte ich dann: „Vielen Dank, Herr Higgins. Sie hätten es gar nicht besser machen können!“

Erst als ich mich auf die Suche nach einer Spülschüssel und heißem Wasser für mein Teegeschirr machte, entdeckte ich den Kochtopf mit heißer Suppe auf der Herdplatte. Ich hob den Deckel und rührte. Die Suppe verbreitete einen unwiderstehlich köstlichen Duft, und obwohl ich von dem Brot und dem Käse völlig satt geworden war, füllte ich mir eine kleine Portion von der Suppe in eine Schale. Sie schmeckte tatsächlich so köstlich, wie sie duftete. Den Rest würde ich mir für das nächste Mittagessen aufheben.

Das Leben in der Prärie

Den Rest des Tages verwandte ich darauf, meine neue Umgebung genauer zu erforschen. Neben der Schule, deren Tür fest vernagelt war, und meinem Haus gab es noch einen Bretterverschlag, in dem das Brennholz lagerte, eine kleine Scheune und zwei Schuppen, die jeweils ein Schild mit der Aufschrift „Jungen“ und „Mädchen“ trugen. Im Hof stand eine Pumpe, die von nun an meine Wasserversorgung darstellte. Ich mußte mich einfach einmal daran versuchen! Es dauerte geraume Zeit, bis ich ihr endlich einen Wasserstrahl entlockt hatte. Ich ließ das Wasser über meine Hand laufen, doch es war so eisig, daß ich vor Kälte zu schaudern begann. Dann setzte ich mich auf den Sockel und wärmte mir die Hand an meinen erhitzten Wangen.

Der Hof hätte besser gepflegt sein können, stellte ich im stillen fest, doch auf der anderen Seite hatte bislang kaum die Notwendigkeit dazu bestanden. Das hohe Gras war gemäht worden, ohne anschließend beiseite geharkt zu werden. Das trockene Heu roch leicht moderig, und Schwärme von Insekten summten darüber.

Ich spähte durch eins der Fenster in das Innere des kleinen Schulhauses und entdeckte eine Anzahl von Bänken unterschiedlicher Größe und Machart, einen großen, bauchigen Ofen am Eingang und ein Pult vor einer Wandtafel.

Bis zum Einbruch der Dunkelheit blieb ich draußen. Der Sonnenuntergang war ein atemberaubendes Schauspiel. Ich fragte mich, ob dies wohl eine alltägliche Erscheinung oder eine besondere Begrüßungsgeste des westlichen Horizonts an mich war. Eine solche Farbenpracht hatte ich noch nie gesehen. Der ganze Himmel war von flammenden Gold- und Rottönen überzogen. Überall zwitscherten die Vögel schon ihr Abendlied, doch noch immer war das Land in ein sanftes Licht getaucht. „Nun weiß ich endlich, was das Wort ‚Zwielicht' bedeutet", dachte ich. „Damit ist gerade diese Abendstimmung gemeint – auf diesem Fleckchen Erde!"

Allmählich wurde es kühler, und die Dunkelheit brach herein. Langsam ging ich in mein Häuschen zurück. Am liebsten hätte ich laut gesungen, verwehrte es mir jedoch. Diese neue Welt war so voller Frieden und Harmonie!

Bei dem Schulhaus blieb ich stehen, um einen letzten Blick in das nun finstere Innere durch das Fenster zu erhaschen, als urplötzlich ein entsetzliches, wildes Geheul die Abendstille zerriß. Mir gefror das Blut in den Adern. Ich zitterte vor Angst. Kaum war der Schrei verklungen, als ein zweiter darauf folgte, und dann noch einer.

Ich löste mich aus meiner Erstarrung. Ein Rudel Wölfe! Und das mitten auf dem Schulgelände! Sie hatten sicher Blut gewittert und kamen näher, um zu töten.

Ich rannte, so schnell ich nur konnte, auf mein kleines Heim zu und betete dabei unablässig, daß Gott die wilden Tiere doch irgendwie zurückhalten möge, bis ich die Tür erreicht hatte. Meine Füße verfingen sich in dem Heu, und ich landete auf meinen Knien. Mit einem leisen Aufschrei stürzte ich weiter, ohne mich erst wieder auf die Füße zu stellen. Die scharfen Grasstoppeln bohrten sich in meine Handflächen, doch ich kroch hastig weiter. Da! Wieder ein durchdringendes Heulen!

„O lieber Gott, rette mich doch!" schrie ich verzweifelt. Heiße Tränen rannen mir über das Gesicht.

Nun war ich von dem Geheul der Wölfe umringt. Kaum hatte einer von ihnen zu heulen begonnen, als das ganze Rudel auch schon einfiel. Was mochten sie einander nur zurufen? Ich war überzeugt, daß sie sich im Verein über mich hermachen wollten.

Irgendwie gelang es mir endlich, mein Haus zu erreichen. Ich riß die Tür auf und stürzte in die Stube. Mit dem Rücken stemmte ich mich gegen die dünne Holztür. Jeden Moment konnten die Wölfe angreifen. Ich hörte die Tiere nicht herankommen, sondern nur das Geheul aus der Ferne, aber Julie hatte mir erzählt, daß die Wölfe des Westens sich an ihre Opfer heranschleichen, katzenartig, lautlos und hinterlistig.

Mein Blick fiel auf die Fenster. O nein, die Fenster! Würden die Bestien nicht die Scheiben durchbrechen?

Ich zwang mich dazu, mich von der Tür abzuwenden, doch nicht ohne zuerst nach einem Schloß zu suchen. Die einzige Sicherung bestand aus einem Drahthaken, der einem Wolf von einer halben Tonne Gewicht wohl kaum standhalten würde.

Julie hatte mir die Wölfe als riesige Bestien beschrieben, die Augen glutrot und blutrünstig, die Schnauzen zu einem bösartigen Grinsen verzogen und den borstigen Hals drohend aufgebläht.

Mit bebenden Fingern befestigte ich den Haken am Türrahmen und hastete in die Küche. Womit konnte ich die Tiere nur abschrecken? Vielleicht sollte ich die Fenster mit Bettdecken verhängen, damit sie mein warmes Blut nicht wittern konnten. Was hatte Julie nur gesagt? Ach, natürlich ... Feuer! Genau, das war es. Feuer war das einzige Mittel, um sich diese Raubtiere vom Leib zu halten.

Ich lief an den Herd. Das Feuer war völlig erloschen.

„Ich muß unbedingt ein Feuer machen. Unbedingt!" schluchzte ich und warf Papier und Zündspäne hinein. Diese Vorräte waren zwar für morgen früh bestimmt, aber ich brauchte sie jetzt auf der Stelle.

Gerade fingerte ich fieberhaft an einem Streichholz herum, als eine neue Heulsalve die Luft zerriß. Es klang zwar nicht danach, als seien sie näher gekommen, doch vielleicht war gerade das ihre List: womöglich waren ein paar von ihnen zurückgeblieben, um das Opfer durch ihr fernes Geheul zu täuschen, während die übrigen Tiere sich heranschlichen, um es zu erlegen.

Endlich fing das Papier an zu brennen, und ich warf einen Holzscheit darauf. Gierig verschlang ihn das Feuer. Ich legte den Deckel auf die Brennkammer, doch nun war zu meinem großen Kummer nichts mehr von dem Feuer zu sehen; statt dessen begann die gußeiserne Herdplatte, eine wohlige Wärme im Raum zu verbreiten.

„Wenn ich es abdecke, nützt es mir nichts!" überlegte ich verzweifelt.

Also hob ich entschlossen den Deckel wieder aus der Halterung heraus. Das Feuer loderte nun lebhaft, und ich legte frisches Holz nach.

Allmählich füllte sich die Luft um mich her mit Rauch, und da ich mich so dicht, wie ich es nur wagen konnte, an den Ofen gekauert hatte, fing ich bald an zu husten. Ich zog mein Taschentuch aus der Rocktasche und hielt es mir über Mund und Nase. Erst jetzt fiel mir auf, daß mein Kleid völlig zerrissen war und schlaff an mir herunterhing. Der Rock war weitgehend vom Oberteil abgetrennt. Das mußte bei meiner Flucht auf allen vieren geschehen sein.

Immer wieder legte ich frisches Holz nach und kauerte mich zwischendurch neben den Herd. Der Qualm trieb mir die Tränen in die Augen und stieg mir beißend in die Lungen. Plötzlich wurde mir bewußt, daß ich schon seit mehreren Minuten kein Wolfsgeheul mehr gehört hatte. War es eine Falle? Hatten sie sich aus dem Staub gemacht, oder wollten sie mich mit ihrem Schweigen nur von meiner Feuerstelle weglocken? Oh, hätte ich mir doch nur die Zeit genommen, um mein Wissen über die Tierwelt des Westens zu vertiefen, wie Julie es mir nahegelegt hatte! Es war einfach leichtsinnig gewesen, mich in die Wildnis zu wagen, ohne mich darauf vorzubereiten. Ich hatte ja nicht einmal ein Gewehr zur Hand – aber selbst wenn ich eines gehabt hätte, hätte ich nicht gewußt, wie man damit umgeht.

In der Stille pochte mein Herz um so heftiger. Ich hörte einen Uhu krächzen, bevor er davonflog. Dennoch blieb ich in der Nähe des Herdes; ich wagte es nicht einmal, ans Fenster zu gehen, um hinauszuschauen.

Bald fiel bleiches Mondlicht in meine Stube. Die Helligkeit ließ darauf schließen, daß der Mond voll und gelb wie ein Herbstkürbis am Himmel hing. Ich blieb, wo ich war, und starrte zwischen heftigen Hustenanfällen aus dem Fenster, um die Schatten unter den Bäumen abzusuchen. Je höher der Mond stieg, desto klarer wurde die Sicht. Doch so sehr ich meine Augen auch anstrengte, ich konnte nichts Verdächtiges ausmachen. Plötzlich entdeckte ich zu meinem unbeschreiblichen Erstaunen zwei Rehe, die furchtlos aus den dunklen Schatten hervortraten und mitten im Hof zu grasen begannen. Ich schöpfte Hoffnung. Gewiß würden diese Tiere sich niemals so offen zeigen, wenn die Wölfe noch in der Nähe wären. Oder waren diese Raubtiere so listig, daß sie sich selbst vor dem scharfen Witterungssinn der Rehe verbergen konnten? Gegen den Wind – schlich sich der Mörder nicht stets gegen den Wind an? Wehte draußen überhaupt ein Wind? Wieder strengte ich meine Augen an, konnte aber kein einziges Blatt entdecken, das sich im Wind bewegte. Auch kein noch so leises Säuseln war zu hören.

Ich ließ das Feuer brennen. Der Rauch in der Stube war nun inzwischen unerträglich geworden. Ich mußte den Herd unbedingt abdecken, wenn ich nicht ersticken wollte. Trotz des Taschentuches und des Stücks von meinem Rocksaum vor dem Mund konnte ich kaum noch atmen. Meine Augen hatten so stark getränt, daß das Taschentuch vollkommen durchnäßt war.

Was sollte ich nur tun? Wenn ich den Deckel auf den Herd zurücklegte, würde mein Feuer nicht mehr zu sehen sein, aber wenn ich es offen brennen ließ, würde ich vor Atemnot das Haus verlassen müssen. Vielleicht war es das, worauf die Wölfe nur gewartet hatten! Vielleicht wußten sie genau, daß ich den Qualm nicht mehr lange ertragen konnte. Vielleicht hatte sich das ganze Rudel schon vor dem Haus versammelt, um mich in Stücke zu reißen, sobald ich die Tür auch nur einen spaltbreit geöffnet hatte. Also schob ich frisches Holz nach und verschloß den Deckel.

Quälend langsam verstrichen die Minuten. Ich wartete lange, bis ich es wagte, mich von dem Herd zu entfernen. Noch immer überlegte ich fieberhaft, wie ich mein Leben retten konnte. „Die Lampe!“ fiel es mir plötzlich ein. „Die Lampe wirkt sicherlich genauso abschreckend wie das Feuer.“

Ich stolperte in der Stube umher, bis ich die Lampe und die Zündhölzer gefunden hatte. Als ich sie endlich zum Brennen gebracht hatte, sah ich, daß das ganze Haus mit dichten, blauen Rauchschwaden erfüllt war. Kein Wunder, daß ich kaum noch Luft bekam!

Ich sah mich verzweifelt um. Ich hatte keine Waffe, mit der ich mich verteidigen könnte, und es war spät in der Nacht. Zu dieser Stunde ritt gewiß niemand mehr am Schulgelände vorüber. Dem Stand des Mondes nach zu urteilen, war die Nacht schon zur Hälfte vorbei. Vor Furcht und Müdigkeit war mir ganz elend zumute, und meine von den Grasstoppeln zerschnittenen Hände und Knie schmerzten. Was sollte ich nur tun?

Auf einmal wurde mir blitzartig klar, daß ich absolut nichts unternehmen konnte und daß jeglicher Versuch, mich gegen die Wölfe zu verteidigen, fruchtlos bleiben würde.

Wieder schob ich frisches Holz nach, stellte meine Lampe auf dem Tisch am Fenster ab und ging in das Schlafzimmer. Irgendwo mußte sich eins meiner Nachthemden befinden, doch ich machte mir nicht einmal die Mühe, es zu suchen. Mit immer noch zitternden Händen zog ich die Vorhänge zu und ließ mein zerrissenes, verrußtes Kleid einfach zu Boden fallen. Darauf warf ich den einen meiner beiden Unterröcke. In dem anderen schlüpfte ich unter die Steppdecke. Bisher hatte ich noch nie ohne richtige Bettwäsche geschlafen, und unter anderen Bedingungen hätte mich dieser Umstand erheblich gestört, doch nun war mir alle Bettwäsche der Welt gleichgültig. Gerade wollte ich mich auf der Matratze ausstrecken, als mir der frische Bezug einfiel. Ich wischte mir mit letzter Kraft die Hände und Füße an einem Zipfel meines ohnehin ruinierten Kleids ab. Dann legte ich mich zu Bett und zog mir die Decke bis über den Kopf.

„Herr Jesus", betete ich, „ich habe mein Bestes getan. Jetzt mußt du mir weiterhelfen."

Unter der Decke bekam ich ebensowenig Luft wie in der raucherfüllten Kammer. Also war ich gezwungen, wenigstens meine Nase unter der Decke hervorzustecken. Irgendwie gelang es mir dann, mich in den Schlaf zu husten.

Lars

Als ich am nächsten Morgen aufwachte, stand die Sonne schon hoch am Himmel. Ich hustete noch immer heftig, und es dauerte mehrere Minuten, bis mir das Geschehen der vergangenen Nacht wieder gegenwärtig war. Ein Blick auf meine verschmutzte Kleidung am Boden führte mir alles schlagartig wieder vor Augen.

Alle Angst war nun verflogen. Julie hatte zu berichten gehabt, daß Wölfe ihren Opfern niemals bei hellichtem Tage nachstellen. Erleichtert schob ich die Decke zurück und wollte die Beine aus dem Bett schwingen, hielt aber vor Schmerz erschrocken inne. Ich hätte meine verletzten Knie unbedingt verbinden sollen, bevor ich zu Bett gegangen war. Langsam setzte ich mich auf und zog den Unterrock beiseite, um die Wunden zu untersuchen. Glücklicherweise handelte es sich jedoch nur um ein paar geschwollene Kratzer, die in ein paar Tagen von selbst abgeheilt sein würden. Das gleiche galt für meine schmerzenden Handflächen. Viel schockierender war der Anblick des Schmutzes, mit dem sie überzogen waren. Ich schauderte bei dem Gedanken, daß ich tatsächlich so voller Ruß und Schmutz zu Bett gegangen war.

Vorsichtig stand ich auf und hinkte im Haus umher, um alle Fenster zu öffnen und den hartnäckigen Qualm durch frische Luft zu vertreiben. Dann wusch ich mich, so gut es ging, mit dem kalten Wasser und trocknete mich mit der saubersten Stoffbahn meines Kleides ab.

Meine Schürfwunden schmerzten heftig, als ich sie mit Seife reinigte und anschließend trockentupfte. Hätte ich doch nur die weise Voraussicht besessen und Heilsalbe in mein Köfferchen gepackt! Da ich nichts Geeigneteres zur

Stelle hatte, nahm ich etwas von der Sahne aus dem Schränkchen und strich sie über die Wunden, was den Schmerz tatsächlich ein wenig linderte. Mit steifen Gliedern kleidete ich mich an und tat mein Bestes, um etwas Ähnliches wie eine Frisur zustande zu bringen. Mein Haar schrie förmlich nach einer gründlichen Wäsche, besonders nach der staubigen Fahrt in dem Ainsworthschen Automobil und dem Qualm der vergangenen Nacht.

Kaum hatte ich die Ordnung im Haus wiederhergestellt, ein Feuer im Herd gemacht und das Kaffeewasser aufgesetzt, als jemand an meine Tür klopfte. Ich war gerade im Begriff, mich auf den Weg zu dem Holzverschlag zu machen, um meinen Vorrat an Brennholz aufzufüllen. Das Holz in der Kiste neben dem Herd hatte ich in meinem fieberhaften Bestreben, mir die blutrünstigen Wölfe vom Leib zu halten, fast vollständig aufgebraucht. „Meine Güte!" dachte ich im stillen, „die Leute hier müssen während der Wintermonate ja wahre Berge von Brennholz verbrauchen – schon allein wegen der Wölfe und der wüsten Schneestürme!" In diesem Moment klopfte es an die Tür.

Als ich öffnete, stand ein Junge vor mir, der acht oder neun Jahre alt sein mochte. Er trug geflickte Drillichhosen und ein frisch gebügeltes Hemd. Sein blonder Schopf war zerzaust, doch sein von Sommersprossen übersätes Gesicht glänzte noch von der Morgenwäsche.

„Guten Morgen!" begrüßte er mich. Ein schüchternes Lächeln kämpfte gegen die scheue Furcht in seinen Augen an.

„Guten Morgen", grüßte ich zurück. Ich freute mich so unbändig, einen Besucher zu haben, daß ich ihn am liebsten umarmt hätte. Er mußte mir die Freude angesehen haben, denn nun verzog sich sein Gesicht zu einem breiten Grinsen.

„Komm nur herein!" lud ich ihn ein. „Ich bin Miss Thatcher."

Er kam unbeholfen näher und warf einen unsicheren

Blick um sich. Dann beschloß er, besser gleich zur Sache zu kommen.

„Mama schickt mich her. Ich soll fragen, ob wir Sie helfen können." Seine Worte trugen einen schweren skandinavischen Akzent.

„‚Ihnen', heißt es richtig", wollte meine Lehrernatur verbessern, doch ich verkniff mir diese Bemerkung.

„Das ist aber nett", erwiderte ich statt dessen.

„Ich kann Brennholz und Wasser für Sie holen", fuhr der Junge fort. Dann zog er die Stirn in Falten. „Hier riecht's nach Rauch", stellte er fest. „Kommen Sie nicht mit dem Feuer klar?"

„Keine Sorge, es wird schon werden", beruhigte ich ihn. Auf keinen Fall wollte ich die Schuld dem bewährten alten Herd zuschieben, wußte aber auf der anderen Seite nicht recht, wie ich die Sache mit den Wölfen zur Sprache bringen sollte.

Der Duft des frischen Kaffees ließ meinem hungrigen Magen keine Ruhe.

„Möchtest du mit mir frühstücken, bevor du das Holz und das Wasser holen gehst?"

„Danke, aber ich hab' schon gefrühstückt."

„Dann ist dies eben dein Mittagessen", schlug ich vor, und der Junge lachte.

„Setz dich nur schon!" sagte ich und deutete auf die beiden grünen Stühle. „Du darfst dir aussuchen, wo du sitzen möchtest."

Er ging auf den Stuhl, der ihm am nächsten stand, zu und setzte sich. Ich bestrich vier Scheiben Brot mit Butter und Erdbeermarmelade, schenkte ihm Milch und mir Kaffee ein und setzte mich zu ihm an den Tisch. Dann neigte ich den Kopf und sprach ein kurzes Tischgebet. Seine Augen zeigten keine Spur von Verwunderung. Das Brot mit der Marmelade war köstlich, und ihm schien es genauso gut zu schmecken wie mir.

„Ihre Lampe brennt ja noch!" sagte er dann plötzlich. Im hellen Tageslicht hatte ich es völlig übersehen. Der

Docht war so weit heruntergebrannt, daß nur noch eine schwache Flamme daran flackerte. Vor Verlegenheit stieg mir die Röte in die Wangen, doch ohne ein weiteres Wort beugte der Junge sich vor und blies sie einfach aus.

Ich überlegte noch, wie ich ein Gespräch beginnen sollte, durch das wir einander näher kennenlernen konnten, als er mir schon zuvorkam.

„Ich wohne auf dem Gut dort drüben", sagte er und deutete mit dem ausgestreckten Finger in Richtung Nordosten. „Wenn die vielen Bäume nicht wären, könnten sie's ganz deutlich von hier aus sehen."

Das waren willkommene Neuigkeiten. Ich hatte nicht gewußt, daß ich Nachbarn in der Nähe der Schule hatte.

„Gehörst du auch zu meinen neuen Schülern?"

„Sie meinen, ob ich auch zur Schule komme?"

„Ja, richtig."

„Ich und meine Schwestern Else und Olga, und mein Bruder Peter auch."

„Das ist ja prächtig!" Ich freute mich aufrichtig. „Und wie heißt du?"

„Lars. Lars Peterson. Ich bin nach meinem Opa genannt."

Darauf war er offensichtlich sehr stolz.

„Und wie heißt dein Vater?"

„Henry Peterson. Und Mama heißt Anna."

„Und in welche Klasse wirst du gehen, Lars?"

„Keine Ahnung. Ich war noch nie in der Schule, aber Papa hat sich riesige Mühe gegeben, uns ein paar Buchstaben und Wörter beizubringen. Mama kennt sich mit englischen Wörtern noch nicht so gut aus. Papa hat Englisch gelernt, als er eingewandert ist. Mama ist ein halbes Jahr später mit uns Kindern nachgekommen, und da hat sie keine Zeit zum Lernen gehabt. Aber rechnen kann sie prima. Zahlen sind wohl in allen Ländern überall gleich."

Ich nickte mit einem Lächeln. Dann mußte ich jedoch

daran denken, welche Schande es war, ein nahezu zehnjähriges Kind vor sich zu haben, das in seinem Leben noch nie eine Schule besucht hatte.

„Ich war noch ziemlich klein, als wir hier ankamen", fuhr Lars fort. „Olga war noch keine drei, und die Zwillinge waren Babys."

„Wie alt sind sie denn jetzt?"

„Olga ist siebeneinhalb, und Else und Peter sind gerade sechs geworden."

„Und du?"

„Ich bin neun."

Er rieb sich die letzten Brotkrumen von den Wangen und stand auf.

„Ich hole am besten erst mal neues Holz", beschloß er. „Sie haben ja fast keins mehr." Ich war erleichtert darüber, daß er mir jegliche Bemerkung über meinen übermäßigen Verbrauch an Brennholz ersparte. „Und vielen Dank für das Früh... äh, Mittagessen", sagte er dann mit einem fröhlichen Grinsen. „Frisches Wasser hole ich Ihnen auch eben."

Ich stand auf, um ihm meinen Wassereimer zu reichen; den Rest Wasser darin goß ich in die kleine Waschschüssel auf dem Herd.

„Lars" – begann ich dann zögernd. Ich mußte es unbedingt in Erfahrung bringen, wußte aber nicht recht, wie ich es anstellen sollte. „Lars, wie helfen sich die Leute hier eigentlich gegen all die Wölfe?"

„Wölfe?" Überrascht und verwirrt starrte er mich an. Dann antwortete er mit Bestimmtheit: „Wölfe gibt's hier nicht."

„Aber gestern abend habe ich sie doch deutlich gehört. Und wenn euer Gut so dicht an der Schule liegt, müßt ihr sie eigentlich auch gehört haben."

„Ach so! Das sind Kojoten."

„Kojoten?"

„Ja, bloß ein paar Kojoten, nichts weiter. Papa sagt, Kojoten sind echte Hasenfüße. Die haben Angst vor ihrem eigenen Schatten. Die wagen sich an nichts Größeres als ein Huhn oder ’ne Maus heran.“

„Aber dieses Geheul ...“

„Ja, einen Höllenlärm machen sie, das stimmt allerdings!“ Aus seinen Augen sprühte es. „Ich hör’ ihnen furchtbar gern zu. Man meint direkt, sie stehen vor einem, so laut heulen sie, und wenn sie alle auf einmal heulen, klingt es richtig unheimlich, und ...“

„Da hast du recht, man vermutet sie tatsächlich ganz in der Nähe“, nickte ich und dachte schaudernd an die vergangene Nacht zurück. „Und sie stellen Menschen niemals nach?“

„Kojoten? Im Leben nicht! Die haben doch furchtbare Angst vor allem, besonders vor Menschen. Mit eingezogenem Schwanz laufen sie davon. Ich wollte mir schon öfter ein paar aus der Nähe angucken, aber man kommt einfach nicht nahe genug an sie ran. Kaum sehen sie einen, da rennen sie auch schon los, so schnell sie können.“

Ich fühlte mich unsagbar erleichtert und beschämt zugleich. Wegen ein paar harmloser Kojoten hatte ich ernsthaft um mein Leben gebangt! O, wie ich mich jetzt schämte wegen meiner Dummheit.

Plötzlich wandte sich Lars, den leeren Wassereimer noch in der Hand, zu mir um.

„Miss Tätcher, wissen Sie was? Als ich klein war, hab’ ich Angst vor ihnen gehabt. Ich hab’ mir die Bettdecke über den Kopf gezogen und vor Angst geflennt.“ Er wurde ein wenig rot. „Aber dann hat Papa mir erklärt, was für’n riesiger Angsthase so ein Kojote eigentlich ist. Der hätte ja mehr Angst als ich, wenn ich mal einem begegnen sollte! Papa sagt, er will sich ein paar Hofhunde anschaffen, um die Kojoten von den Hühnern fernzuhalten. Hühner sind so ziemlich die einzigen, die sich vor denen in acht nehmen müssen.“ Er schickte sich an, ins Freie zu gehen. „Aber sagen Sie’s keinem weiter, nicht?“ bat er dann. „Ich mein’, daß ich früher Angst vor Kojoten hatte.“

„Keine Sorge, das bleibt unter uns, Lars. Ich werde es niemandem verraten", versprach ich. Erleichtert machte er sich auf den Weg.

„Nein, ich werde keinem Menschen davon erzählen", schwor ich mir im stillen. „Niemand soll je etwas von dem Kopf unter der Bettdecke erfahren – auch nicht von dem Feuer im Herd oder der brennenden Lampe ... gar nichts werde ich sagen. Niemals!"

Familie Peterson

Nachdem Lars das frische Wasser bei mir abgeliefert hatte, begann er, Brennholz zu holen. Er ließ sich erst davon überzeugen, daß ich nun wirklich genug Vorrat hatte, als ich bemerkte, das Haus würde aus allen Fugen bersten, wenn er auch nur einen einzigen Scheit dazuholen würde. Anschließend machte er sich daran, mir einen stattlichen Berg Anbrennholz zu spalten. Am liebsten hätte ich ihm ein Geldstück für die geleistete Arbeit gegeben, doch seiner Mutter, die ihn zum Helfen hergeschickt hatte, wäre das gewiß nicht recht gewesen. Deshalb bestrich ich ihm statt dessen zum Dank noch ein paar Scheiben Brot mit Butter und Marmelade. Er setzte sich auf die Stufen vor meiner Tür, um sie genüßlich zu verzehren, und ich setzte mich neben ihn.

„Was meinst du, wie viele Schüler werde ich wohl insgesamt haben?"

„Na, so um die achtzehn oder neunzehn. Vielleicht noch mehr, wenn die älteren Jungs auch kommen."

Rund zwanzig Schüler also, und zwar in allen Altersstufen und von unterschiedlichster Begabung. Ein überwältigendes Vorhaben!

„Wir haben nur sechzehn Bänke; die anderen müssen an Tischen sitzen", fuhr Lars fort.

„Und wer wird für diese zusätzlichen Tische sorgen?" fragte ich ihn. Was die Bänke betraf, so hatte Lars völlig recht. Am Vorabend hatte ich sie selbst gezählt, doch ich hatte keine Tische entdecken können.

„Herr Laverly hat Herrn Johnson gesagt, er soll welche schreinern. Herr Johnson ist nämlich Tischler."

Ich lächelte.

„Aha. Was meinst du? Ob sie wohl bis Montag fertig sein werden?“

„Ich denk’ schon.“

Lars steckte sich den letzten Bissen Brot in den Mund.

„Ich muß nach Hause. Mama braucht mich. Danke für das Brot und die Marmelade. – Ach ja, Mama läßt Ihnen ausrichten, Sie sollen zum Abendessen zu uns kommen. Sechs Uhr. Dort drüben wohnen wir, hinter dem Feld da. Können Sie kommen?“

„Aber mit Vergnügen, Lars!“

„Heißt das, daß Sie kommen?“

„Ja, ich komme gern.“

„Na, prima!“

Mit einem breiten Grinsen rannte er auch schon davon.

„Vielen Dank für das Brennholz und das Wasser!“ rief ich ihm nach.

Den Rest des Tages verwandte ich darauf, eine genaue Bestandsaufnahme meiner Einrichtung zu machen und eine Einkaufsliste aufzustellen. Ich wünschte mir nun sehnlichst, meine Kisten und Koffer zur Stelle zu haben. Herr Laverly stattete mir keinen Besuch ab, wie ich es mir erhofft hatte, und ich hatte nicht die geringste Ahnung, wie ich mich mit ihm in Verbindung setzen konnte.

Um zwanzig vor sechs frischte ich meine Frisur auf, strich mir das Kleid glatt und machte mich auf den Weg zu dem Petersonschen Anwesen. Lars hatte recht gehabt. Kaum hatte ich das Wäldchen hinter dem Schulgelände hinter mir gelassen, als ich an dem nächsten Hügel auch schon die Farm entdeckte. Zwischendurch verlor ich sie für kurze Zeit aus den Augen, wenn ich eine Baumgruppe zu durchqueren hatte, doch mein Richtungssinn ließ mich nicht im Stich, und nach jedem Wäldchen fand ich die Farm genau dort wieder, wo ich sie vermutet hatte.

Anna Peterson begrüßte mich herzlich. Ihr Englisch war gebrochen, und sie sprach mit einem schweren Akzent, doch in ihren Augen tanzte es lustig, wenn sie über ihre eigenen Fehler lachen mußte.

„Wir sinn sehr froh, daß Sie gekommen sein. Wir brauchen so dringend Schule – damit die Kindern nicht wie mich reden!"

Auch Mr. Peterson hieß mich willkommen, und ich fühlte mich auf Anhieb wohl in diesem Haus, wo Freundlichkeit und Wärme wohnten. Olga und Peter waren furchtbar schüchtern; Else zeigte dagegen etwas mehr Mut, wenn sie auch schnell den Blick senkte, als ich sie ansprach.

Frau Peterson war eine gute Köchin. Aus den einfachsten Zutaten hatte sie es verstanden, wunderbare Köstlichkeiten herzustellen. Ich genoß es von Herzen, endlich einmal wieder im Kreis einer Familie zu einer Mahlzeit am Tisch zu sitzen.

Der Abend verging wie im Flug, und schon sah ich die Sonne hinter den Baumwipfeln verschwinden. Mit dem hereinbrechenden Zwielicht breitete sich ein solches Wohlbehagen in mir aus, daß ich mich am liebsten wie eine Katze zusammengerollt und zufrieden geschnurrt hätte.

„Es wird Zeit, daß ich aufbreche", sagte ich statt dessen. „Ich habe fast vergessen, daß es ja bald dunkel sein wird, und ich kenne mich doch hier noch nicht aus."

„Lars geht mit. Er kennt den Weg."

Dankbar nahm ich die Hilfe an.

Frau Peterson bestand darauf, mir einen Korb voller Lebensmittel mitzugeben: Milch, Sahne, Butter, Eier, Brot und frisches Gemüse aus dem Garten. Ich bemühte mich, ihr zu erklären, daß ich noch einen Vorrat an Milch und Sahne im Haus hatte.

„Schütten Sie die Milch fort. Sie ist sauer", riet sie mir. „Die Sahne können Sie verwahren zum Backen. Saure Sahne ist gut für viel, viel Sachen. Wir schicken Ihnen mehr Essen. Lars bringt es zur Schule."

„Aber ich bezahle Ihnen gern Ihre ..."

„Nichts bezahlen. Ich schenke. Ich bin froh, Sie hier sind. Jetzt lernen meine Kinder endlich lesen und schreiben. Ich kann es nicht beibringen – ich kann nicht Englisch so gut. Die Kinder können mir beibringen."

„Ich bring's dir bei, Mama", meldete sich Else. „Ich zeig' dir alles, was ich in der Schule lerne."

„Ja, ja, die Kleinen bringen die Großen alles bei", lächelte Mama Peterson und strich ihrer Tochter liebevoll über den Kopf. „Das ist gut."

Lars und ich gingen langsam miteinander durch die abendliche Dämmerung. Ich überließ ihm, da er darauf bestand, den Korb mit den Lebensmitteln. Er und seine Angehörigen waren mir schon jetzt ans Herz gewachsen, und ich konnte es kaum erwarten, die übrigen Kinder der Umgebung am Montag ebenfalls kennenzulernen.

Etwa auf halber Strecke zwischen den Petersons und der Schule hörten wir plötzlich wieder einen nun nicht mehr fremden, aber dennoch grauenerregenden Schrei. Am liebsten hätte ich meine Röcke gerafft und wäre losgestürzt, doch ich beherrschte mich. Mein Gesicht mußte alle Farbe verloren haben, und unwillkürlich fing ich wieder an zu zittern, doch Lars schien nichts davon zu bemerken. Er erzählte mir gerade von seinem kleinen Kälbchen und schien nicht die Absicht zu haben, sich von dem Geheul unterbrechen zu lassen.

Ein erneuter Schrei durchbrach die Abendstimmung, und im nächsten Moment brach auch schon ein ganzes Heulkonzert los. Lars erzählte unbeirrt weiter; er sprach nun lediglich etwas lauter, um den Lärm zu übertönen.

Es kostete mich alle Überwindung, nicht vor Angst davonzulaufen. Endlich schien Lars meine Unruhe zu spüren.

„Diese schrecklichen Kojoten!" schimpfte er. „Machen so einen Höllenlärm! Man könnte meinen, sie säßen allesamt hinter der nächsten Biegung, aber in Wirklichkeit sind sie drüben in dem Feld dort."

Dann fuhr er mit seiner Geschichte fort.

Lars hatte eine Art, das Geheul der Tiere als harmlos abzutun, die sehr beruhigend auf mich wirkte, und bald war mein rasender Herzschlag wieder zu seinem normalen Rhythmus zurückgekehrt.

Als wir das Lehrerhaus erreicht hatten, ging Lars mit hinein. Er zündete die Lampe für mich an und stellte die Lebensmittel auf dem kleinen Schränkchen ab.

„Brauchen Sie ein Feuer?"

„Nein, heute abend nicht. Es ist recht warm draußen, und ich werde ohnehin bald zu Bett gehen."

Nach der vergangenen Nacht, in der ich nur wenig Schlaf bekommen hatte, fühlte ich mich tatsächlich nun sehr müde.

„Dann geh' ich jetzt nach Hause", erklärte Lars. Er nahm den Korb und ging auf die Tür zu.

„Hab herzlichen Dank, Lars, daß du mich begleitet hast – und daß du den Korb für mich getragen hast."

Er hatte ja keine Vorstellung davon, wie sehr mich seine Gegenwart beruhigt hatte, als die Kojoten ihr Geheul angestimmt hatten!

„Gern geschehen!"

„Ich wünschte, ich hätte ein paar Bücher, die ich dir mitgeben könnte, damit du und deine Schwestern euch im Lesen üben könnt, aber meine Bücher sind noch nicht hier. Sie sind noch in meinen Kisten, und ich muß unbedingt mit Herrn Laverly sprechen, daß er sie mir schickt."

„Mit Herrn Laverly? Wo sind denn Ihre Kisten?"

„Noch in Lacombe. Im Automobil war kein Platz mehr für sie."

„Brauchen Sie sie dringend?"

„Allerdings", gestand ich.

Er nickte und schob die Tür dann lächelnd auf.

„Nacht, Miss Thompson."

„Gute Nacht, Lars."

Ich sah ihm nach, wie er in der Dunkelheit verschwand. Bald würde der Vollmond die Landschaft mit seinem silbrigen Licht übergießen, doch bis zum Aufgang des Mondes herrschte völlige Dunkelheit. Dennoch schritt Lars ohne Furcht mit festen Schritten los. Wieder heulten die Kojoten, doch der Junge schien sie kaum zu beachten.

Das Geheul der Kojoten jagte mir noch immer ein leises Schaudern über den Rücken, doch nun weigerte ich mich einfach, mich von panischer Angst übermannen zu lassen.

„Schert euch davon, ihr Bösewichte!“ rief ich ihnen zu. „Gestern habt ihr es geschafft, mir Angst einzujagen. Aber das soll euch nicht wieder gelingen. Nie wieder!“

Trotz meiner Worte war ich erleichtert, als ich endlich die Tür durch den Haken gesichert hatte, um in meinem neuen Heim eine ruhigere Nacht zu verbringen als die vergangene.

Ausflug in die Stadt

Am kommenden Morgen, als ich noch beim Frühstück saß, sah ich, wie ein Pferdegespann in meinen Hof fuhr. Der Kutscher stieg vom Bock und klopfte, den Hut in der Hand, an meine Tür. Er stellte sich als Herr Laverly vor. Lars, mein treuer Gehilfe, war schon in aller Frühe zu seiner Farm geritten, um ihm bezüglich meiner Kisten und Koffer Bescheid zu sagen.

„Tut mir leid, Ma'am", entschuldigte sich der Mann. „Ich wollte Sie gestern schon begrüßen, aber ein Rad an meinem Wagen war gebrochen, und es hat fast den ganzen Tag gedauert, es zu flicken. Hätt' ich gewußt, daß Sie Ihr Gepäck brauchen, dann hätt' ich mir schnell ein Gespann vom Nachbarn geborgt." Aufrichtiges Bedauern stand in seinem runden Gesicht.

„Tut mir wirklich leid, daß Ihr Gepäck nicht gleich mit Ihnen hier angekommen ist", sprach er hastig weiter und fuhr sich mit einem gewürfelten Taschentuch über Gesicht und Hände. „Die Fahrt mit Pferd und Wagen über die staubige Straße würde ich Ihnen gern ersparen. Ich hol' Ihnen gern Ihre Sachen am Bahnhof ab und sie hierher."

„Aber nicht doch, Herr Laverly! Ich komme selbstverständlich mit", protestierte ich. „Es ist ein wunderschöner Tag heute. Der Staub macht mir gar nichts aus, wirklich nicht!"

Er schien erleichtert zu sein und lächelte sogar ein wenig.

„Darf ich Ihnen eine Tasse Kaffee anbieten, während ich meinen Hut hole?" erkundigte ich mich, und er nickte.

Ich bedeutete ihm, sich auf einen der beiden hellgrünen Stühle zu setzen, und füllte die Tasse mit den wenigsten Kratzern für ihn mit der dampfenden Flüssigkeit. Anschließend schaffte ich geschwind ein wenig Ordnung auf dem Tisch und ging in mein Schlafzimmer.

Nun wünschte ich mir sehnlichst, ein besseres Kleid zur Hand zu haben. Dasjenige, das ich bei meiner Ankunft getragen hatte, hing völlig verschmutzt und zerrissen an einem Haken an der Wand. Ich hatte weder Nadel noch Faden, um es zu flicken. Das Hauskleid, das ich am Leib trug, war das einzige, das mir blieb. Es war nicht nur zerknittert und angeschmutzt, es wäre ohnehin nicht die richtige Ausstattung für meinen ersten Ausflug in die Stadt gewesen. Obendrein paßte es ganz und gar nicht zu meinem Hut.

Ein wenig unglücklich betrachtete ich meinen Anblick in dem kleinen Spiegel. Mit einem Achselzucken steckte ich mir dann den Hut auf der Frisur zurecht. Ich glättete die Falten in meinem Rock, so gut es ging, nahm meine Tasche zur Hand und ging zu Herrn Laverly in die Stube zurück, um ihm zu melden, daß ich bereit sei. Er trank den Rest seines Kaffees aus und erhob sich.

Herr Laverly war ein schweigsamer Mann, wie sich bald herausstellte. Dennoch berichtete er mir, wie sehr die Eltern in der Gegend um Pine Springs sich bemüht hatten, ihren Kindern eine gute Schulbildung zu ermöglichen. Ich bewunderte diese Menschen, die keine Mühe gescheut hatten, eine Lehrerin zu finden. Es sollte mir eine hohe Ehre sein, ihre Kinder zu unterrichten.

In Lacombe angekommen, ließ Herr Laverly mich vor dem Gemischtwarenladen aussteigen, um sich dann um mein Gepäck zu kümmern. Ich verschwendete keine Zeit, sondern machte mich sogleich daran, meine lange Einkaufsliste so zügig wie möglich zu erledigen. Eigentlich brauchte ich eine Unmenge an Waren für meinen Haushalt, doch ich beschränkte mich heute auf das Notwendigste – mit einer Ausnahme, wie ich gestehen muß.

Ich hatte den festen Entschluß gefaßt, wenigstens meinen Tee wie eine echte Dame zu trinken, auch wenn ich es in einem Haus aus Baumstämmen tun mußte. Deshalb erstand ich nun eine Teekanne und zwei passende Tassen und Untertassen dazu aus feinem Porzellan. Irgendwie dachte ich, daß es Mutter ungemein beruhigen würde, mich in dem Besitz eines ordentlichen Teegeschirrs zu wissen. Wahre Kultur konnte schließlich nie weit von einer Tasse Tee aus echtem Porzellan entfernt sein!

Ich war noch mit meinen Einkäufen beschäftigt, als Herr Laverly zurückkehrte. Er versicherte mir, daß absolut kein Grund zur Eile bestand, und schlug vor, gegen ein Uhr die Rückfahrt anzutreten. Vielleicht würde ich in der Zwischenzeit in dem Hotel am Ort zu Mittag essen wollen, meinte er, bevor wir uns auf den Heimweg machten. Ich stimmte zu, und er machte sich auf den Weg, um ein paar Besorgungen zu machen. Anschließend wandte ich mich wieder meinen Einkäufen zu und vervollständigte die Liste mit allerhand Lebensmitteln, bevor ich das Hotel aufsuchte.

Während ich auf mein Essen wartete, schrieb ich einen kurzen Brief an meine Angehörigen und einen weiteren an Jon und Mary. Ich versprach, bald ausführlicher zu berichten; für heute wollte ich mich nur aus meiner neuen Umgebung melden und mitteilen, daß ich mit meiner Unterkunft und meiner Schule sehr zufrieden war. Dabei unterließ ich es, Mutter genauer zu beschreiben, wo meine Schule sich befand. Sie hatte mich Jonathans Obhut anbefohlen und erwartete selbstverständlich, daß ich auch unter seinen Fittichen bleiben würde. Ich schauderte bei dem Gedanken, wie sehr sie erschrecken würde, wenn sie wüßte, daß ich nun einhundertundfünfzig lange Meilen von Jonathan entfernt war.

Mein Essen wurde serviert, und ich steckte die beiden Briefe in ihre Umschläge. Von der Kellnerin erfuhr ich, daß ich sie gleich hier im Hotel in den Briefkasten werfen könnte.

Pünktlich um ein Uhr erschien Herr Laverly wieder. Wir gingen zu dem Gemischtwarenladen zurück, wo er, gemeinsam mit dem Verkäufer, meine Waren in den Wagen lud. Ich schaute mich sehnsüchtig in der einladenden Kleinstadt um. Hätte ich doch nur Gelegenheit, sie auf eigene Faust ein wenig zu erforschen! Herr Laverly schien es jedoch nun eilig zu haben, das Gespann wieder heimwärts zu kutschieren.

Glühend heiß brannte die Septembersonne vom Himmel. Die Pferde trotteten gemächlich dahin, und der Wagen ratterte unsanft von Schlagloch zu Schlagloch. Mit jeder Meile, die wir auf diese Weise zurücklegten, wurde mir deutlicher, warum Herr Laverly mir diese Fahrt ersparen wollte. Vor lauter Spannung und Freude an dem herrlichen Morgen und der lieblichen Landschaft um mich her hatte ich nicht viel von den Unbequemlichkeiten der Hinfahrt gespürt, doch nun fürchtete ich, die Heimfahrt würde niemals enden.

Als wir das Lehrerhaus endlich erreicht hatten, war ich völlig überhitzt, erschöpft, schmutzig und unsicher auf den Beinen. Ich sehnte mich nach nichts so sehr wie nach einem ausgiebigen heißen Bad, doch dann fiel mir zu meinem großen Bedauern ein, daß ich leider nicht im Besitz einer Badewanne war; statt dessen würde ich mit der Waschwanne vorliebnehmen müssen, die ich heute in dem Gemischtwarenladen erstanden hatte.

Herr Laverly lud mein Gepäck für mich aus. Die Kisten waren schwer, und ich bestand darauf, ihm wenigstens hier und da zur Hand gehen zu dürfen. Es war ein mühseliges Unterfangen, mein gesamtes Hab und Gut von dem Wagen ins Lehrerhaus zu tragen, und trotz meiner Hilfe dauerte es geraume Zeit, bis alles im Haus untergebracht war.

Als Herr Laverly sich anschließend wieder auf den Heimweg machen wollte, fragte ich ihn, was es mit der zugenagelten Schultür auf sich habe. Er hatte die Nägel im Handumdrehen aus dem Holz gezogen, schwang sich auf den Kutschbock und lenkte das ratternde Gefährt aus dem Hof.

Plötzlich war alle Sehnsucht nach einem heißen Bad verflogen. Statt dessen stürzte ich mich mit fieberhaftem Eifer auf meine Kisten und Pakete und machte mich daran, mein Häuschen in der Wildnis auf das sorgfältigste einzurichten. Darüber wurde es Abend, und ich begann zu befürchten, meine Kräfte überschätzt zu haben. Müde, aber zufrieden schaute ich mich in meiner Behausung um. Alles wirkte viel gemütlicher und gepflegter. Doch nun stand der Einbruch der Dunkelheit bevor, und wenn ich tatsächlich noch baden wollte, so wurde es höchste Zeit, das Wasser ins Haus zu holen.

Ich stellte meinen neuen Kochtopf auf die Herdplatte, füllte ihn mit Wasser aus dem Eimer und lief geschwind nach draußen, um in beinahe panischer Angst die Pumpe zu betätigen. Wenn die Kojoten nur nicht ausgerechnet jetzt wieder ihr Geschrei anstimmten! Ich war mir nicht sicher, ob ich dem grauenerregenden Geheul allein standhalten konnte. Zu meiner großen Erleichterung brach der Lärm jedoch erst los, als ich mit meinem zweiten Eimer in der Hand das Haus erreicht hatte. Nun, die beiden Eimerfüllungen würden halt für heute ausreichen müssen, entschied ich und legte den Riegel vor.

Ich schürte das Feuer im Herd und schob den Kochtopf ein Stück beiseite, um Teewasser im Kessel aufzusetzen. Ich machte mir eine schlichte Mahlzeit zurecht, die ich mit Heißhunger verschlang. Dann trank ich meinen Tee genüßlich aus einer der beiden neuen Teetassen. Die andere starrte ich dabei gedankenversunken an. Würde ich das kleine Lehrerhaus je mit jemandem teilen, dem ich Tee aus dieser anderen Tasse anbieten konnte? Plötzlich fühlte ich mich unsagbar einsam. Ich war zwar glücklich hier, aber ich war allein. Wenn Julie doch nur hier wäre! Doch auch sie hätte die Leere, die ich tief in meinem Innern spürte, nicht ausfüllen können. Julie war ein fröhlicher, unterhaltsamer Mensch, der die Zeit gern mit Plaudern verbrachte. Ich dagegen brauchte eher jemanden um mich, der sich durch Ernsthaftigkeit, Festigkeit und Zielbewußtsein auszeichnete. Jemand wie ... Unwillkürlich ließ ich eine ganze Galerie von Gesichtern an meinem inneren Auge vorüberziehen, Gesichter von Männern, die ich im Laufe der Jahre kennengelernt hatte. Keiner von ihnen hielt meinem forschenden Suchen stand. Dann sah ich wie aus heiterem Himmel das Gesicht von Jons Bekanntem vor mir: sein gerader Blick, das verhaltene Lächeln, die innere Festigkeit, die er ausstrahlte – das alles gefiel mir sehr an ihm, und doch erfüllte mich der Gedanke an ihn mit einer gewissen Unruhe. Obwohl ich weit und breit niemanden in meiner Nähe wußte, errötete ich vor Verlegenheit. Noch mit der Teetasse in der Hand stand ich unvermittelt auf, um frisches Holz nachzulegen, und zwang mich, meine Gedanken auf praktischere Dinge zu lenken.

Während sich das Wasser auf dem Herd allmählich erhitzte, trug ich das kleine Waschfaß in mein Schlafzimmer und stellte es auf einer der Fußmatten dort ab. Dann begann ich damit, es Kessel für Kessel mit warmem Wasser zu füllen. Bis diese Arbeit beendet war, hatte sich das Wasser erheblich abgekühlt. Ich beschloß, beim nächsten Mal nahezu siedendes Wasser zu verwenden.

Ich stieg in das Faß und machte mehrere Versuche, darin Platz zu finden. Warum hatte ich nur nicht die größte Schüssel im Geschäft gekauft? So sehr ich mich auch drehte und wendete, so war es mir schier unmöglich, vollständig in die Wanne zu passen. Schließlich gab ich auf und ließ die Beine über den Rand hängen, um wenigstens meinen schmerzenden Rücken in das inzwischen lauwarme Wasser zu tauchen. Es war ein äußerst unbequemes Bad. Noch immer am ganzen Körper an den Folgen der unsanften Wagenfahrt leidend, stieg ich seufzend aus der Wanne und trocknete mich ab. Dann schlüpfte ich in mein wärmstes Nachthemd und streckte mich unter der

Bettdecke aus. Das Badewasser würde ich morgen früh ausschütten, nahm ich mir vor.

In der Geborgenheit meines Bettes lauschte ich auf das Heulen der Kojoten. Nun klang es schon längst nicht mehr so furchterregend wie anfangs. Ich konnte mir sogar vorstellen, daß man sich mit der Zeit vielleicht daran gewöhnte.

Samstag

Als ich am nächsten Morgen aufwachte, schmerzten mich alle Glieder meines Körpers. Am liebsten wäre ich regungslos im Bett geblieben, doch meine Blase gönnte mir diesen Luxus nicht. Ich dachte an den kleinen Schuppen hinter dem Schulgebäude mit der Aufschrift „Mädchen" und überlegte allen Ernstes, ob meine Beine mich bis dorthin tragen würden. Nun wünschte ich mir, daß man diesen Schuppen aus Rücksicht auf mich ein wenig näher an das Lehrerhaus gebaut hätte.

Mühsam kleidete ich mich an und machte mich langsam auf den Weg. Die Sonne strahlte schon vom Himmel. Die ganze Natur atmete Glanz und Frische. Bis ich mein Haus wieder erreicht hatte, hatten sich die Knoten in meinen Armen und Beinen schon ein wenig gelöst, so daß ich mich jetzt eher in der Lage sah, den neuen Tag in Angriff zu nehmen. Vielleicht würde es mir sogar gelingen, das Badewasser vom Vorabend auszuleeren!

Während ich auf das Kaffeewasser wartete, nahm ich meine Bibel zur Hand und schlug die Geschichte von Nehemia auf, die ich kürzlich zu lesen begonnen hatte. Obwohl Nehemia an der Spitze eines ganzen Volkes gestanden und eine Stadt wiederaufzubauen hatte, fand ich manche Gemeinsamkeit zwischen diesem Mann Gottes und meinem neuen Dasein hier im Nordwesten Kanadas. Plötzlich lag der neue Tag verheißungsvoll vor mir. Der Kessel pfiff schon sein fröhliches Lied, als ich meine Morgenandacht beendet hatte, und ich stand auf, um mein Frühstück zuzubereiten.

Den Morgen verbrachte ich damit, meine Bücher und das Anschauungsmaterial für den Unterricht in die kleine

Schule zu tragen. Ich gönnte mir nur eine kurze Mittagspause und legte mir dann alles für den Schulbeginn zurecht. Das Klassenzimmer machte bald einen einladenden Eindruck. Ich schrieb sogar einige einfache Rechenaufgaben an die Tafel. Die Karten mit dem Alphabet, dem kleinen Einmaleins und allerhand Geographie-Abbildungen fanden ihren Platz an der Wand, und der Raum schien plötzlich mit Leben erfüllt zu sein.

Gegen fünf Uhr, als ich noch damit beschäftigt war, die Psalmen für meine Begrüßungsrede an die Schüler am Montag auszusuchen, hörte ich ein Gespann vorfahren. Es war Herr Johnson, der die Tische und Sitzbänke brachte. Er hatte seinen beinahe erwachsenen Sohn mitgebracht. Dieser errötete bei meinem Anblick bis in die Haarspitzen, was ich nicht zu bemerken vorgab, um ihm jede weitere Verlegenheit zu ersparen. Statt dessen zeigte ich Vater und Sohn, wo sie die Möbel abstellen sollten. Herr Johnson schaute sich in dem Klassenzimmer um, und plötzlich liefen ihm die hellen Tränen über das wetterzerfurchte Gesicht.

„Gott sei's gedankt!“ rief er voller Freude. „Es ist wirklich wahr. Wir haben endlich eine Schule!“

Seine tiefe Dankbarkeit ging mir ans Herz.

Als die beiden wieder gegangen waren, ließ ich meinen Blick nochmals prüfend umherschweifen. Dabei schwankten meine Gefühle zwischen Stolz und Besorgnis. Ich ging in dem Klassenzimmer hin und her, strich mit der Hand über jeden Gegenstand, rückte dieses und jenes zurecht, ordnete einige Dinge neu und wußte dabei tief in meinem Herzen, daß ich erbärmlich wenig Lehrhilfen zum Unterrichten der Kinder hier zur Hand hatte. Wie sehr wünschte ich mir, mehr Material zur Verfügung zu haben! Doch das war töricht von mir. Ich hatte keine andere Wahl, als aus dem Vorhandenen das Beste zu machen.

Zum Schluß schrieb ich noch in großen Blockbuchstaben an die Tafel: „Ich heiße Fräulein Thompson“ und wandte mich dann widerwillig zum Gehen, um mir mein Abendessen zuzubereiten.

„Hoffentlich kommt der Montag schnell herbei – sonst platze ich noch vor Ungeduld!“ sagte ich mir.

Auf dem Weg zur Tür fiel mir eine gedruckte Liste ins Auge. Ich hatte sie zuvor nicht bemerkt und blieb nun stehen, um sie zu lesen. Die Überschrift lautete: „Regeln für die Lehrer und Lehrerinnen“. Ich las:

1. Lehrern ist es untersagt, während des Schuljahrs zu heiraten.

2. Lehrerinnen ist jegliche männliche Begleitung untersagt.

3. Lehrerinnen haben sich zwischen 8 Uhr abends und 6 Uhr in der Frühe daheim aufzuhalten, außer an Abenden, an denen eine Veranstaltung in der Schule stattfindet.

4. Lehrern ist das Kauen von Tabak untersagt.

5. Weder Lehrer noch Lehrerinnen dürfen sich müßig in den Geschäften oder Eiskremläden der Stadt aufhalten.

6. Ein Lehrer hat den Bezirk nur mit Genehmigung der Schulaufsicht zu verlassen.

7. Weder Lehrern noch Lehrerinnen ist das Rauchen gestattet.

8. Bunte Kleidung ist sowohl während als auch außerhalb der Unterrichtszeit untersagt.

9. Unter keinen Umständen ist es einer Lehrerin gestattet, ihr Haar zu färben.

10. Eine Lehrerin hat nicht weniger als zwei Unterröcke zu tragen.

11. Kleider müssen mindestens bis an den Knöchel reichen.

12. Der Lehrer bzw. die Lehrerin hat täglich nach Schulschluß den Fußboden zu kehren und die Tafel zu wischen.

13. Der Fußboden muß mindestens einmal wöchentlich mit Wasser und Seife gereinigt werden.

14. Der Lehrer bzw. die Lehrerin hat das Feuer im Win-

ter vor 8 Uhr morgens anzuzünden, damit der Raum bis zum Eintreffen der Schüler um 9 Uhr geheizt ist.

Die Liste enthielt nichts, was ich ohnehin nicht befolgt hätte, doch es ärgerte mich, eine solche Litanei an Vorschriften vorzufinden. Zuerst hatte ich Herrn Higgins in Verdacht, diese Liste zu meiner Erniedrigung verfaßt zu haben, doch dann erinnerte ich mich an ähnliche Listen, die ich in anderen Schulen gesehen hatte, und stellte fest, daß diese Vorschriften durchaus den normalen Regelungen entsprachen. Ich beschloß, so zu tun, als hätte ich die Liste nie gelesen. Ich hätte mich ohnehin an die Regeln gehalten.

Sonntag

Es gab keinen einzigen Grund für mein zeitiges Aufstehen am Sonntag – außer vielleicht der Macht der Gewohnheit. Nachdem ich mich mit aller Sorgfalt angekleidet und frisiert hatte, machte ich mir in der Küche zu schaffen, um mir ein besonders gutes Frühstück zuzubereiten, wie es auch bei meiner Familie daheim üblich war. Der Erfolg meiner Bemühungen war jedoch nur mäßig, und ich nahm mir vor, mich auf dem Gebiet des Kochens unbedingt fortzubilden. Immerhin sollte eine Frau, ob sie nun einen Beruf ausübte oder nicht, Meisterin ihrer Küche sein, hielt ich mir vor.

Nachdem ich wieder Ordnung geschaffen hatte, ging ich draußen ein wenig spazieren. Der warme Sonnenschein wirkte lindernd auf meine von der unsanften Wagenfahrt noch immer schmerzenden Schultern. Am liebsten hätte ich mich einfach flach im Gras ausgestreckt, um die Sonnenwärme zu genießen, nachdem mir der Genuß eines erfrischenden, heißen Bades versagt geblieben war.

Der Morgen verging nur langsam. Ich beschloß, ins Haus zurückzukehren, und hoffte, die Zeiger meiner Uhr gegen Mittag vorgerückt zu finden. Obwohl es, wie sich herausstellte, noch reichlich früh war, begann ich mit den Vorbereitungen für mein Mittagessen.

Wieder aß ich meine Mahlzeit, räumte den Tisch ab und spülte das Geschirr. Darüber vergingen jedoch nur wenige Minuten dieses quälenden langen Sonntags.

Am Nachmittag las ich in der Geschichte von Nehemia weiter und nahm mir Zeit zum Beten. Ich hätte es nie für möglich gehalten, wie sehr ich den Gottesdienst zu Hause vermißte. Ich dachte auch an Jon und Mary und die Kinder in Calgary und an die Sonntage, an denen ich sie zum Gottesdienst in die kleine Kirche begleitet hatte. Ich hätte mich bei den Petersons erkundigen sollen, ob es eine Kirche in der Nähe gab, deren Gottesdienste ich besuchen konnte. Ein Leben ohne regelmäßige Gottesdienstbesuche konnte ich mir nicht vorstellen. Wie sehr litt doch meine Seele, wenn sie nicht durch Predigt und Gemeinschaft mit anderen Christen erquickt wurde!

Ich war versucht, den Petersons unter einem Vorwand einen Besuch abzustatten, doch mein von der Ostküste geprägtes Anstandsgefühl hielt mich davon ab. Ich war schließlich nicht eingeladen worden; man zwang sich anderen nicht einfach auf.

Ich bemühte mich, eine Weile zu lesen, machte mehrere kurze Spaziergänge, kochte eine Kanne Nachmittagstee, und dennoch konnte ich das bedrückende Gefühl der Einsamkeit nicht abschütteln. Der Tag schleppte sich quälend langsam dahin.

Gegen halb sieben hörte ich Stimmen. Es waren Lars und Else. Die Ankunft von Gästen hatte mich noch nie so glücklich gestimmt wie jetzt. Ich lief ihnen geradezu vor Freude entgegen. Gewiß spürten sie mir meinen Eifer ab, doch Else hielt Lars vor meiner Tür zurück.

„Lars“, flüsterte sie, „denk dran, ja?“

„Na klar“, antwortete er und ging unbeirrt weiter.

„Aber Mama hat's gesagt“, beharrte Else.

„Schon gut“, gab Lars ein wenig verärgert zurück.

„Was ist denn los?“ erkundigte ich mich.

„Mama hat gesagt, wir sollen Sie nicht stören.“

„Sie hat bloß gesagt: wenn Miss Thompson zu arbeiten hat oder lieber allein sein will“, erklärte Lars seiner Schwester. „Sie hat aber gar nicht zu arbeiten.“ Er warf mir einen fragenden Blick zu. „Oder doch?“

„Aber nein!“ versicherte ich den beiden schnell, damit

sie sich nur nicht auf der Stelle wieder auf den Heimweg machten. „Und ich freue mich wirklich über euren Besuch."

Ich setzte mich auf die Stufen vor der Tür, und sie folgten meinem Beispiel.

„Ich bin es gar nicht gewöhnt, einen ganzen Sonntag lang allein zu sein, und ein Sonntag ohne Gottesdienst ist mir schon ganz und gar fremd. Gibt es denn keine Kirche in der Nähe?"

„Nein, noch nicht", antwortete Lars. „Mama hätte gern eine Kirche, aber es gibt nur zwei Lutheraner-Familien hier, und das reicht nicht für eine Kirche."

„Wir haben aber wohl eine Kirche", widersprach Else empört.

„Aber keine richtige", gab Lars zurück.

„Ist trotzdem eine Kirche", beharrte sie.

„Wo ist sie denn?" fragte ich voller Spannung.

„Hier in der Schule", erklärte Else.

Ich sah sie verständnislos an.

„Aber ich bin doch den ganzen Tag lang hier gewesen, und niemand ist gekommen."

„Das stimmt", warf Lars ein. „Herr Laverly hat gesagt, heute lassen wir die Kirche ausfallen. Er hat gemeint, vielleicht ist es der neuen Lehrerin nicht recht, wenn wir allesamt zum Gottesdienst in die Schule kommen und alles durcheinanderbringen. Wir müssen halt abwarten, hat er gesagt."

„Ach, so ist das also!" Ein Stein fiel mir vom Herzen. Ein weiterer einsamer Sonntag würde mir demnach erspart bleiben. „Ich werde mit Herr Laverly sprechen, und nächste Woche findet der Gottesdienst wieder wie üblich statt."

In Elses Augen leuchtete eine stille Freude auf, und ich konnte ihr anmerken, daß sie den Gottesdienst nicht weniger als ich selbst vermißt hatte. Lars dagegen schien es einerlei zu sein, ob nun ein Gottesdienst stattfand oder nicht.

„Mama läßt fragen, ob Sie was brauchen."

„Nein ... nein, wirklich nicht. Du hast mir solche Berge von Holz herbeigeschafft, daß ich noch eine Weile damit auskomme. Tagsüber ist es noch herrlich warm, und außer zum Kochen habe ich kein Feuer angezündet."

„Und Wasser?"

„Es tut mir gut, mein Wasser selbst zu holen. Ich habe gerade einen Eimer voll gepumpt."

Mein Blick fiel auf meine Hände. Die Schürfwunden waren fast vollständig verheilt, aber von dem einst so gepflegten Aussehen war kaum noch etwas übrig. Wenn mich das auch nicht besonders bekümmerte, so war ich doch alles andere als erfreut darüber. Julie hätte bei dem Anblick meiner Hände gelacht oder vor Entsetzen aufgeschrien.

Ich warf Lars einen Blick zu und wurde plötzlich an Matthew erinnert. Wie schön wäre es doch, ihn hier bei mir zu haben! Aus Gründen, die mir selbst nicht recht klar waren, war ich der Meinung, daß dieses Land ideale Bedingungen für meinen Bruder Matthew bot.

Elses schüchterne Frage riß mich aus meinen Gedanken.

„Haben Sie die Bücher bekommen?" flüsterte sie.

„Aber ja! Herr Laverly ist gleich zu mir gekommen, als du ihn benachrichtigt hattest, Lars. Ich danke dir vielmals, daß du so prompt gehandelt hast."

Lars errötete leicht über das Lob, und ich beeilte mich fortzufahren.

„Wir sind zusammen nach Lacombe gefahren und haben mein Gepäck dort am Bahnhof abgeholt. Ich habe schon alles ausgepackt und mein Haus und das Klassenzimmer eingerichtet. Möchtet ihr's euch mal anschauen?"

In Elses Blick stand eine stumme Bitte. Ich stand auf und ging voraus.

Die Räume waren alles andere als vornehm. Ich hatte nur wenig an Einrichtungsgegenständen mitbringen können: einige Familienporträts, einen Überwurf für mein Bett, einen weichen Teppich, ein paar meiner Lieblingsvasen, einige Spitzendeckchen für die Kommode und mehrere Zierkissen. Diese wenigen, schlichten Dinge hatten das ganze Haus mit Gemütlichkeit erfüllt. Else war sichtlich beeindruckt. Selbst Lars schien den Unterschied bemerkt zu haben.

„Ist nett hier“, sagte er.

Ich sah, wie Elses Blick über jeden einzelnen Gegenstand glitt und endlich an der Teekanne und den beiden Tassen dazu hängenblieb. Plötzlich wußte ich, wer mein erster Gast zur Teestunde sein würde – wenn sie auch erst ganze sechs Jahre alt war. Nun, vielleicht würde sie es vorziehen, statt Tee heiße Milch aus der Tasse zu trinken.

Wenn meine Einrichtungsgegenstände auch großes Gefallen in Elses Augen gefunden hatten, so schien sie doch etwas zu vermissen. Nach einer Weile wagte sie es, ihre Bedenken auszusprechen.

„Sind das da alle Bücher, die Sie haben?“ Sie zeigte auf meine Bibel und den Gedichtband, mit dessen Hilfe ich mir die Zeit zu vertreiben versucht hatte.

„Aber nicht doch! Ich habe kein Bücherregal im Haus, weißt du, deshalb habe ich die Bücher vorerst in der Kiste gelassen.“

Ich hob den Deckel von einer meiner Kisten, um ihr meine Sammlung an Lieblingsbüchern zu zeigen. Sehnsüchtig wanderte ihr Blick von einem Titel zum anderen.

„Vielleicht mögt ihr euch auch gern im Klassenzimmer umschauen. Die Bücher für den Unterricht habe ich schon dorthin getragen.“

Die beiden tauschten einen begeisterten Blick aus, und gemeinsam machten wir uns auf den Weg zu dem Schulhaus.

Wenn ich je Zweifel an meiner Fähigkeit gehegt hatte, Schüler aller Altersstufen in einem einzigen Klassenzimmer zu unterrichten, so verflogen diese nun, als meine beiden Besucher das Schulhaus betraten.

Zuerst blieben sie andächtig an der Schwelle stehen und betrachteten das Innere des Klassenzimmers eingehend. Dann begann Lars, die Buchstaben auf der Karte mit dem Alphabet flüsternd zu entziffern, während Else auf die kümmerliche Anzahl an Lesefibeln und Büchern in einem Regal hinter dem Pult zuging. Ich folgte ihr und nahm eins der Bücher aus dem Regal.

„Hier, versuch dich einmal an diesem!“ forderte ich sie auf. „Du kannst dir die Bilder anschauen, wenn du magst.“

Sie nahm das Buch, ging damit auf eine der Bänke zu und setzte sich. Behutsam wendete sie die Seiten, während ihrem forschenden Blick keine Einzelheit entging. Sie sog jede Abbildung förmlich in sich auf und bemühte sich, die gedruckten Beschreibungen darunter zu buchstabieren.

Nun verging die Zeit wie im Flug. Schon ging die Sonne unter. Lars, der ebenfalls mit einem Buch auf einer Bank saß, schaute erschrocken auf.

„Mensch, wir müssen los!“ sagte er. „Mama macht sich sonst Sorgen. Komm, Else!“

Mit einem bedauernden Seufzen reichte Else mir ihr Buch.

„Du darfst es gern mit nach Hause nehmen. Vielleicht zeigst du es auch Olga und Peter. Morgen bringst du es dann wieder mit.“

Sie zögerte, als zweifle sie daran, eines solchen Schatzes überhaupt würdig zu sein.

„Nur zu, nimm es ruhig mit!“ ermutigte ich sie. „Lars, du darfst deins auch mitnehmen.“

Wie zwei Pfeile stoben die beiden davon. Sie konnten es kaum erwarten, ihr Elternhaus zu erreichen. Langsam ging ich wieder zu dem Lehrerhaus zurück.

Ich war glücklich. Heute würde ich mir die langen Abendstunden mit der Lektüre von Wordsworth, Longfellow und Keats versüßen. Vielleicht würde mich dabei das Heulen der Kojoten nicht einmal aus der Fassung bringen. Ich ließ mich in meinem ungleichmäßig gepolsterten Sessel nieder und trank Tee aus meiner Porzellantasse. Vor mir lag ein großer Tag.

Der erste Schultag

Am Montag stand ich mit dem ersten Vogelgezwitscher auf. Ich war viel zu aufgeregt, um weiterzuschlafen. Mein Beruf hatte mir eigentlich von jeher Freude gemacht, doch so voller Tatendrang hatte ich noch nie dem Unterrichtsbeginn entgegengesehen. Der Eifer der hiesigen Bevölkerung war ansteckend.

Die Glocke sollte um neun Uhr geläutet werden. Die Zeit bis zum Eintreffen der Schüler erschien mir so lang wie zwei volle Tage.

Ich kleidete mich sorgfältig an und verwendete besondere Mühe auf meine Frisur. Für das Klassenzimmer war sie eigentlich viel zu aufwendig, doch ich konnte mich zu keiner einfacheren Haartracht entschließen. Ich bemühte mich, mein Frühstück zu essen, verspürte jedoch nur wenig Appetit, so daß ich die Reste bald wieder abräumte.

Schließlich machte ich mich auf den Weg ins Schulhaus und staubte hier ein wenig ab, ordnete dort die Fibeln neu an und erledigte ein paar letzte Vorbereitungen. Doch noch immer schien es, als hätten sich die Uhrzeiger kaum vom Fleck gerührt.

Um zwanzig Minuten vor neun trafen die ersten Schüler ein. Cindy und Sally Blake kamen mit ihren Eltern. Herr Blake war ein schweigsamer Mann; doch jede Familie tut gut daran, wenigstens ein schweigsames Mitglied zu besitzen, überlegte ich im stillen. Frau Blake plauderte schon munter darauf los, bevor sie überhaupt aus der Kutsche gestiegen war, und stellte den Wortschwall erst ein, als sie die Schultür wieder hinter sich geschlossen hatte.

Die Clarks kamen zu siebt. Es brauchte einen Moment, bis ich mir die Namen gemerkt hatte, und je mehr ich mich bemühte, desto verwirrter wurde ich. Erst als ich begriffen hatte, daß es sich um die Kinder aus zwei miteinander verwandten Familien handelte – drei aus der einen, vier aus der anderen –, fiel mir das Zuordnen von Namen und Gesichtern leichter.

Frau Dickerson führte ihren kleinen Sohn an der Hand in das Klassenzimmer. Wenn sie gehofft hatte, er würde sich ängstlich an ihren Rockzipfel klammern, so sollte sie sich getäuscht haben. Der Kleine strahlte vor Freude beim Anblick der neuen Schule.

Die übrigen Schüler trafen in Scharen ein, so daß ich keine Gelegenheit hatte, mich nach ihren Namen zu erkundigen. Damit würde ich nun warten, bis die Glocke geläutet hatte und alle Eltern das Schulhaus wieder verlassen hatten.

Ich lächelte die Peterson-Kinder an. Else und Lars überreichten mir jeweils ein sauber verschnürtes Paket. Ihre Mutter hatte die ausgeliehenen Bücher auf das sorgfältigste in braunes Ladenpapier verpackt, um sie vor Staub und Schmutz zu schützen.

Den Morgen verbrachte ich damit, eine Aufrufliste zu erstellen und die Kinder in Schuljahre aufzuteilen. Selbst die älteren unter ihnen hatten bislang wenig Gelegenheit zum Lernen gehabt, so daß ich während der ersten Wochen gezwungen sein würde, die einfachsten Grundsätze des Schulwissens zu vermitteln. Ich betete darum, diese Lektionen so gestalten zu können, daß sich keins der älteren Kinder in seinem Stolz verletzt fühlen würde. Es war ein rechtes Kunststück, ein vierzehnjähriges Mädchen inmitten von Sechsjährigen im Buchstabieren zu unterrichten, ohne Grund zur Verlegenheit aufkommen zu lassen, doch ich mußte einfach einen Weg finden, genau das zu tun.

Nicht alle Schüler, die ich heute vor mir hatte, waren mit Feuereifer bei der Sache. Drei unter ihnen schienen davon zu träumen, an diesem sonnigen Herbstmorgen draußen zu spielen.

Sally Clark machte einen abwesenden Eindruck. Sie war schon fünfzehn Jahre alt und redete sich gewiß im stillen ein, daß der Schulbesuch für sie die reinste Zeitvergeudung sei. Immerhin würde sie in wenigen Jahren alt genug zum Heiraten sein, und das Brotbacken, Nähen und Versorgen von Säuglingen ging ihr schon lange gut von der Hand. Sie sah keine Notwendigkeit, mit all diesen viel jüngeren Kindern gemeinsam die Schulbank zu drücken.

Der achtjährige Andy Pastaschuck mochte zwar lernbegierig sein, doch schien er nur über sehr begrenzte Fähigkeiten zu verfügen. Andy war als Dreijähriger von einem Pferd getreten worden, erfuhr ich später. Er trug eine tiefe, unebene Narbe am Kopf, und sein zartes Kinderherz war gewiß von einer ähnlichen Narbe geprägt. Ich nahm mir vor, mein Allerbestes für Andy zu tun. Gemeinsam mit seiner älteren Schwester Teresa wünschte ich mir sehnlichst, ihn vor der grausamen Wirklichkeit des Alltags beschützen zu können.

David Dickerson dagegen litt ganz und gar nicht an mangelnden Fähigkeiten. Er war ein kaum zu zähmendes Bündel von Energie. Am liebsten wäre er im Klassenzimmer umhergesprungen, um überall mit von der Partie zu sein; es war ihm nahezu unmöglich, stillzusitzen und die Anweisungen seiner Lehrerin zu befolgen. Dieser Sechsjährige besaß eine ungeheuer lebhafte Vorstellungskraft, die ihn zu den wildesten Gedankensprüngen verleitete. „Wenn es mir je gelingen sollte, dieses Feuerwerk an Energie in die richtigen Bahnen zu lenken", dachte ich, „dann werde ich einen außerordentlich begabten Schüler in meinem Klassenzimmer haben." Zunächst jedoch schien David es kaum erwarten zu können, durch ein Weizenfeld zu stürmen, mit seinen Kameraden zu spielen und sein Pony zu reiten – und möglichst alles auf einmal. Das Stillsitzen war ihm eine rechte Qual. Dennoch hatte er einen beachtlichen Wissensdurst, und wenn ich ihn nur lange genug an seine Bank fesseln konnte, würde er seine flinke Auffassungsgabe bald unter Beweis stellen.

Mit dem Verlauf dieses ersten Schultags hatte ich den Kindern die Tür in das Reich des Lernens einen Spaltbreit öffnen können, doch ich wußte nur zu gut, daß noch manch ein schwieriger Tag vor mir lag, bis ich meine Schüler in einzelnen Klassen unterrichten würde. Eine Einteilung nach Altersgruppen war ausgeschlossen. Ich würde sie mit der Zeit nach ihren Fähigkeiten einschätzen und in Gruppen fassen müssen.

Erschöpft, aber glücklich machte ich mich nach dem Unterrichtsschluß wieder auf den Heimweg. Jeder einzelne meiner neunzehn Schüler erforderte gezielte Hilfe. War ich der Aufgabe überhaupt gewachsen? Woher sollte ich nur die Zeit nehmen, um mich jedem von ihnen einzeln zu widmen? Und wann würden die ersten unter ihnen in der Lage sein, selbständig an ihren Lektionen zu arbeiten?

Vorerst blieb mir keine andere Wahl, als jeden meiner Schüler mit einer besonderen Aufgabe zu versehen, damit ich unterdessen Einzelunterricht erteilen konnte. Die Vorbereitungen dazu würde ich abends nach Schulschluß und morgens vor dem Eintreffen der Kinder erledigen müssen.

Ich seufzte tief. Die Arbeit, die vor mir lag, war beinahe nicht zu bewältigen. Andererseits, so machte ich mir dann klar, war dies eine Herausforderung an mich und gewiß kein Ding der Unmöglichkeit. Ich straffte die Schultern und betrat das kleine Lehrerhaus.

Zunächst kochte ich mir eine Kanne Tee und trug das Teegeschirr zu meinem Sessel. Nachdem ich mir das unbequeme Polster ein wenig zurechtgeschoben hatte, überlegte ich, daß ich mir unbedingt einen Schemel für meine Füße besorgen sollte, damit ich abends die Beine wenigstens für kurze Zeit hochlegen konnte. Ich erinnerte mich, eine kleine Holzkiste in dem Brennholzverschlag gesehen zu haben. Bestimmt würden sich genügend Stoffreste in meinem Nähkorb für einen einfachen Bezug finden. Ich nahm mir vor, gleich am nächsten Samstag ans Werk zu gehen.

Während ich in meinem Sessel an meinem Tee nippte, dachte ich über jeden meiner Schüler nach und überlegte, wie ich die Kinder in meinem Unterricht am besten fördern könnte. Als ich die Tasse geleert hatte, begann ich, eine Reihe von einfachen Aufgaben für jedes der Kinder aufzustellen. Im flackernden Licht der Lampe arbeitete ich bis spät in die Nacht hinein. Nicht einmal das Heulen der Kojoten konnte mich heute von meinem Tun ablenken.

Die Woche brachte wenig Zeit zur Muße mit sich. Jeden Morgen stand ich in aller Frühe auf, um die Tafel mit Aufgaben zu füllen und den abends zuvor ausgearbeiteten Lektionen den letzten Schliff zu geben. Den ganzen Tag über war ich ausschließlich mit den Schülern beschäftigt. Einige von ihnen zeigten schon jetzt eine ausgesprochene Begabung in dem einen oder anderen Fach. Eine kleine Gruppe unter ihnen machte glänzende Fortschritte im Rechnen. Eine zweite würde bald mit der nächsten Lesefibel beginnen können. Zwei der Kinder besaßen beachtliches künstlerisches Talent, und drei unter ihnen waren sehr musikalisch.

Tag für Tag litt ich unter dem Mangel an Unterrichtsmaterial. „Hätte ich doch nur ..." dachte ich oft, doch da ich schlichtweg nicht über den ersehnten Gegenstand verfügte, bemühte ich mich, den Mangel durch Phantasie wettzumachen.

Nach Unterrichtsschluß blieb ich gewöhnlich noch eine Weile im Klassenzimmer, um Hefte zu korrigieren und den Unterricht für den nächsten Tag vorzubereiten. Dann hastete ich heim, kochte meinen Tee und ruhte mich einen Moment in meinem Sessel aus. Währenddessen arbeitete es in meinem Kopf unablässig weiter. Ich überlegte und plante, ohne mir eine Pause zu gönnen. Sobald ich meine Tasse geleert hatte, machte ich mich wieder auf den Weg ins Klassenzimmer, um meine Ideen in die Tat umzusetzen.

Am Ende der ersten Woche war ich erschöpft, doch ich

fühlte mich glücklicher als je zuvor in meinem ganzen Leben. Eigentlich hatte ich mir vorgenommen, den Samstag für das Herrichten eines Fußschemels zu verwenden, doch statt dessen erkundigte ich mich bei meinen Schülern, ob mich jemand zum Einkaufen mit in die Stadt nehmen könnte. Meine Liste an Gegenständen, die ich dringend für den Unterricht brauchte, war beträchtlich angewachsen. Einerseits graute mir vor der langen, unbequemen Wagenfahrt, doch andererseits konnte ich kaum erwarten, daß jemand anders meine Einkäufe für mich erledigte.

Zu meiner großen Freude richtete Sally Clark mir am Freitag aus, daß ihre Eltern am nächsten Tag in die Stadt fahren wollten und mich um acht Uhr in der Frühe abholen würden.

Untermieter

Wie ausgemacht, kamen die Clarks wenige Minuten vor acht bei mir an. Sie brauchten nicht lange auf mich zu warten. Da ich nicht vorhatte, eine allwöchentliche Einkaufsfahrt nach Lacombe zu unternehmen, hatte ich eine lange Liste von Dingen aufgestellt, die ich während der nächsten Wochen und Monate benötigen würde.

Einer der Gegenstände, die ich dringend brauchte, stand mit meiner Entdeckung, daß ich nicht allein lebte, im Zusammenhang. Ich wußte zwar nicht genau, wie viele Mitbewohner das Haus mit mir teilten, doch aus den Spuren, die ich jeden Morgen vorfand, konnte ich schließen, daß eine Mäusefamilie bei mir zu Gast sein mußte. Gewiß waren die Mäuse ihrerseits jedoch der festen Ansicht, daß ich der ungebetene Gast in ihrem Heim war – anstatt umgekehrt.

Als ich die Spuren, die sie hinterlassen hatten, zum ersten Mal vorgefunden hatte, war ich vor Entsetzen bleich geworden. Noch nie in meinem Leben hatte ich mein Quartier mit Mäusen geteilt. Was sollte ich nur tun, wenn sie bei Nacht in mein Bett krochen und meine Finger anknabberten oder sich, o Schreck, in meinem Haar verfingen? Wie in aller Welt hielt man sich diese Untiere vom Leibe? Unverzüglich schrieb ich: „Mausefallen“ auf meine Einkaufsliste, wenn ich mir auch nicht sicher war, wie eine solche Vorrichtung überhaupt funktionierte. Ich hatte zeit meines Lebens noch nie eine Mausefalle gesehen, geschweige denn aufgestellt.

Am nächsten Morgen fehlte eine Ecke von meinem frischen Brotlaib. Nun siegte der schiere Zorn über meine Ängstlichkeit. So eine Unverschämtheit von diesen Nagetieren, sich obendrein auch noch an meinen Vorräten zu bedienen! Ich unterstrich das Wort „Mausefalle“ dick auf meiner Liste.

Am folgenden Abend verstaute ich meine Lebensmittel sorgfältig in den Regalen und Schränken, um sie vor den Tieren zu sichern. Am vierten Morgen der ersten Schulwoche fand ich zu meinem fassungslosen Erstaunen Spuren von hungrigen Mäusen mitten in meinem Schrank vor. Nun war es mit meiner Geduld vorbei. Ich nahm mein gesamtes Geschirr aus dem Schrank, wusch es in siedendheißer Seifenlauge ab und übergoß es anschließend mit heißem Wasser aus dem Teekessel. Währenddessen schwor ich den gierigen Bestien unablässig Rache. Ich mußte wirklich dringend etwas gegen diese Plage unternehmen. Ob ich einem der Schüler einen Brief an Herrn Laverly mitgeben sollte? Nein, unmöglich. Von einer erwachsenen Frau sollte man immerhin erwarten können, ein lächerliches Problem wie ein paar Mäuse im Haus selbst zu lösen.

Als ich nun an diesem bewölkten Samstag morgen auf meinem Klappsitz in der Clarkschen Kutsche saß, dachte ich über meine ungebetenen Untermieter nach. Von heute an sollte es ein Ende mit ihnen haben, denn ich würde das Haus über und über mit Fallen bestücken. Ich konnte mir nicht die Spur von Mitleid für diese lästigen Kreaturen abringen, die auf meinem Grund und Boden ihr Unwesen trieben.

Sobald die Clarks mich vor dem Gemischtwarenladen abgesetzt hatten, machte ich mich daran, meine umfangreichen Einkäufe zu erledigen. Von den Gegenständen, die ich für den Unterricht benötigte, konnte ich nur einen kleinen Teil finden. In einigen Fällen half ich mir mit Ersatz, und auf die restlichen Dinge würde ich wohl oder übel verzichten müssen.

Unter anderem erstand ich das größte Waschfaß im ganzen Laden. Ich war fest entschlossen, bei meinem nächsten Bad etwas bequemer sitzen zu können.

Sorgfältig suchte ich dann alle Lebensmittel aus, die ich brauchen würde, und kaufte auch eine Reihe von Blechkanistern dazu, um sie darin zu lagern. Auf diese Weise würde mein Brotlaib vor den Mäusen sicher sein, bis die Fallen ihren Zweck erfüllt hatten.

„Und nun", sagte ich zu dem Verkäufer mit der spitzen Nase, „hätte ich gern einige Mausefallen – von der besten Sorte, bitte."

Ich weiß zwar nicht, was ich erwartet hatte, doch gewiß nicht das kleine Etwas aus Holz und Draht, das ich nun gezeigt bekam.

„Das ist also eine Mausefalle?"

„Jawohl, Ma'am."

„Haben Sie denn nichts anderes?"

„Was haben Sie sich denn vorgestellt, Ma'am?"

„Ja, also ... Nun, ich weiß nicht recht. Ich habe noch nie ... Aber ich hatte gedacht ... Wie funktioniert sie denn, und wie bekommt man die Maus in die Falle hinein? Da ist ja gar kein Käfig!"

„Nein, Ma'am." Ich glaubte, ein verhaltenes Lächeln auf den Lippen des Verkäufers bemerkt zu haben, doch dann hatte er sich schon abgewandt.

„Wie kann man sicher sein, daß die Maus nicht einfach davonläuft?" beharrte ich.

„Sie läuft schon nicht davon, Ma'am. Dazu ist sie viel zu tot", antwortete er ernst, wenn es um seine Augen auch verräterisch zuckte.

„Tot?"

„Jawohl, Ma'am."

„Wie kommen sie denn zu Tode, die Mäuse?"

„Durch die Falle natürlich, Ma'am."

Verständnislos starrte ich die winzige Vorrichtung an.

Endlich nahm er die Falle in die Hand und erklärte mir ihre Funktion Schritt für Schritt, als hätte er ein Kind vor sich.

„Schauen Sie mal her, Ma'am. Hier legen Sie den Köder hin – nur ein kleines Stück Speck vielleicht. Dann ziehen Sie an diesem Draht, bis er sich einhaken läßt – so, ganz vorsichtig. Dann stellen Sie die Falle an einem Ort auf, wo die Mäuse sich gern aufhalten. Die Maus kommt, um sich den Köder zu holen" – und er zog seinen Bleistift hinter seinem Ohr hervor – „und ..."

Ein lauter Knall, und die Falle machte einen Satz nach vorn – und ich einen Satz zurück. Der Bleistift klemmte unbeweglich zwischen dem Draht und dem Holzstück fest. Um ein Haar wäre ich über einen Stapel Zwirnrollen hinter mir gestolpert. Meine Wangen glühten. Der Verkäufer beugte sich über die Falle, um seinen Bleistift aus der Falle zu befreien und, wie ich vermutete, seine ernste Miene wiederzugewinnen.

„Also schön, ich nehme zehn Stück", sagte ich mit dem letzten Rest an Würde, der mir noch zu Gebote stand.

„Zehn?" Er räusperte sich. „So viele?"

„Nun, ich habe schließlich keine Ahnung, wie viele Mäuse es sind."

„Man kann die Fallen nach Gebrauch wieder aufstellen, Ma'am."

Auch das war mir vollkommen neu.

„Man spannt den Draht wieder zurück, nimmt die tote Maus heraus und legt einen frischen Köder ein."

Das klang im Grunde recht einfach.

„Gut, geben Sie mir also eine Falle", sagte ich.

Er legte die Falle zu den übrigen Einkäufen.

Als die Clarks zurückkehrten, um mich abzuholen, war ich mitsamt meinen soeben erstandenen Kostbarkeiten zur Heimfahrt bereit.

Daheim angekommen, begann ich mit der Arbeit an meinem Fußschemel, da die Dämmerung noch nicht hereingebrochen war. Anstelle von Stoffresten, die ich ursprünglich für den Bezug verwenden wollte, hatte ich ein Stück festen Stoff in der Stadt gekauft. Dazu hatte ich sogar etwas Wattiermaterial erstanden, um den Schemel weich und bequem zu polstern.

Bei der Arbeit summte ich fröhlich vor mich hin. Allmählich nahm der Schemel Gestalt an, und am Schluß betrachtete ich mein vollendetes Werk mit Stolz. Ich hatte sogar noch genügend von dem Stoff übrig, um einen passenden Kissenbezug daraus zu zaubern.

Bis ich meine Einkäufe sortiert und ein jedes Teil an seinen Platz geräumt hatte, war es spät geworden, und ich fühlte mich zum Umfallen müde.

Schließlich schob ich mein neues, großes Waschfaß ins Schlafzimmer, füllte es mit heißem Wasser und nahm ein genüßliches Bad. Zugegeben, mein Faß war nicht annähernd so luxuriös wie das Bad in meinem Elternhaus, doch wenigstens konnte ich nun halbwegs bequem sitzen und mich in Ruhe von oben bis unten säubern.

Eine rundherum erfolgreiche Woche lag hinter mir, dachte ich zufrieden, als ich mich dann zu Bett legte. Der Unterricht hatte Fortschritte gebracht. Die Kinder waren wißbegierig. Ich war nun die stolze Besitzerin eines Fasses, das sich als Badewanne eignete, und ich ... ich hatte die Mausefalle noch nicht aufgestellt! Mit einem Satz sprang ich aus dem warmen Bett und zündete die Lampe wieder an. Dabei verbrannte ich mir an dem noch heißen Kolben die Finger.

Im Laden hatte alles so einfach ausgesehen. Wenn ich jedoch gehofft hatte, das Aufstellen der Falle würde sich als Kinderspiel erweisen, so sollte ich mich bitter getäuscht haben. Ich rieb ein kleines Stück Butter auf die metallene Köderplatte und zog dann an dem Draht – und zwar mit aller Kraft. Gerade wollte ich den Draht an dem Haken befestigen, als – „päng!“ – die Falle zusammenklappte und aus meinen Händen quer durch das Zimmer flog. Erschrocken hob ich sie wieder auf. Es war geradezu, als trachte die Falle mir nach dem Leben! Mein nächster Versuch verlief dem ersten gleich. Beim sechsten Mal erwischte die Falle einen meiner Finger, und ich schrie entsetzt und ärgerlich auf. Ich wußte nicht einmal zu sagen, ob es die Mäuse oder die Falle war, worüber ich mich am meisten ärgerte.

Bei meinem zehnten Versuch gelang es mir endlich, den Draht in die Öse einzuhaken. Mit der größten Vorsicht stellte ich die widerspenstige Vorrichtung aus Holz und Draht auf den Boden vor dem Schrank. Um sicherzugehen, daß die Mäuse den Köder auch tatsächlich fanden, beschloß ich, das Ganze mit dem Fuß ein wenig zurechtzuschieben, als es mit einem lauten „Peng!“ auch schon wieder in die Luft sprang. Vor Schreck machte ich einen Satz zur Seite und prallte mit der Hüfte gegen den gußeisernen Ofen.

Den Tränen nahe, wiederholte ich meine Mühen. Es brauchte eine Weile, bis die Falle schließlich geködert und gespannt am richtigen Ort stand. Meinem prüfenden Blick fiel jedoch auf, daß nun von der Butter darauf keine Spur mehr zu sehen war, aber ich weigerte mich rundheraus, das Gestell auch nur ein einziges weiteres Mal anzurühren.

Ich blies die Lampe aus und kroch in mein Bett zurück. Mein Finger schmerzte, und in meiner Hüfte klopfte es noch dumpf als Folge der unsanften Begegnung mit dem schweren Ofen. Ich legte mich unter der warmen Bettdecke zurecht und bemühte mich, an etwas Angenehmeres als an Mausefallen und ungebetene Gäste zu denken.

Es muß gegen ein Uhr in der Frühe gewesen sein, als ein krachendes „Peng!“ mich aus meinem Schlaf riß. Ich fuhr von meinem Kissen hoch und starrte entsetzt auf die geöffnete Schlafzimmertür. Vor Schlaftrunkenheit konnte ich mir zuerst nicht die Ursache des störenden Lärms erklären, doch dann erinnerte ich mich wieder an meine verzweifelten Bemühungen, die Falle aufzustellen. Nun, wenigstens schien sie funktioniert zu haben. Vielleicht war ich nun dauerhaft von meinen unliebsamen Untermietern befreit.

Ich zog die Decke wieder über mich, doch nun wollte es mir nicht gelingen, wieder einzuschlafen. Der Gedanke an ein hilflos eingeklemmtes Nagetier zwischen dem Draht und dem Holzbrett dort in meiner Küche ließ mich nicht zur Ruhe kommen. Was sollte ich nur tun? Ob ich es geschwind aus der Falle befreien sollte? Oder war es dazu schon zu spät? Andererseits konnte ich auch nicht den Mut dazu aufbringen, mich bei flackerndem Lampenlicht dem Anblick zu stellen, der sich mir in der Küche bieten würde.

Die Dämmerung brach schon herein, als ich endlich wieder in einen unruhigen Schlaf fiel.

Als ich aufwachte, stand die Sonne schon hoch über dem Horizont. Erschrocken darüber, so lange geschlafen zu haben, richtete ich mich in meinem Bett auf. Dann fiel mir zu meiner großen Erleichterung wieder ein, daß ja heute Sonntag war. Ich sank in mein Kissen zurück, um mein Bett noch ein paar Minuten länger zu genießen. Ich beschloß, einen geruhsamen Tag zu verbringen. Auf den Gottesdienst, der heute in dem Klassenzimmer stattfinden sollte, freute ich mich besonders. Ich hatte den Nachbarn durch meine Schüler ausrichten lassen, daß ich das Schulhaus von Herzen gern mit den Gläubigen von nah und fern teilen würde, und die sonntägliche Zusammenkunft war für zwei Uhr nachmittags anberaumt worden.

Ich war es nicht gewohnt, erst nachmittags zum Gottesdienst zu gehen, und die Wartezeit erschien mir beinahe endlos lang, doch auf der anderen Seite hatte ich auf diese Weise keinen einsamen, unausgefüllten Nachmittag vor mir. Gewiß würde ich den Morgen mit allerhand nützlichen Vorhaben verbringen können, um mir die Zeit zu verkürzen. In Gedanken suchte ich schon nach geeignetem Lesematerial.

Ich stieg aus dem Bett und streckte meine Arme und Beine. Wenn ich des Nachts in einer unglücklichen Lage schlief, so wachte ich morgens stets mit schmerzenden Knoten in den Muskeln auf. Heute morgen schien ich mir mehrere davon eingehandelt zu haben. Das sollte mich jedoch nicht weiter stören, beschloß ich, denn ich hatte ja den ganzen Morgen vor mir, um sie durch Beugen und Strecken wieder zu vertreiben.

Ich schlüpfte in meinen Morgenmantel, zog meine Hausschuhe an und machte mich auf den Weg in die Küche, um ein Feuer anzuzünden und Kaffeewasser aufzusetzen.

In meiner fröhlichen Morgenstimmung wäre meiner Aufmerksamkeit um ein Haar ein unscheinbarer Gegenstand auf dem Fußboden entgangen. Beinahe hätte ich darauf getreten, als ich wie vom Donner gerührt zusammenfuhr. Die Mausefalle hatte das Zimmer zur Hälfte durchquert. Zwischen dem Draht und dem Holzbrett klemmte eine verendete Maus.

Den Anblick, der sich meinen schreckensgeweiteten Augen bot, will ich nicht weiter beschreiben. Mein erster Gedanke war, die Flucht zu ergreifen, doch dann gelangte ich mühsam zu der Überzeugung, daß weder die Falle noch ihr totes Opfer in der Lage waren, mir irgendwelche körperlichen Schäden zuzufügen.

Mein nächster Gedanke war ernüchternd. Niemand anders als ich hatte nun die unerfreuliche Aufgabe, den vierbeinigen Leichnam aus meiner Küche zu schaffen. Irgendwie mußte ich die Maus aus der Falle entfernen, wenn ich diese, wie der Verkäufer gesagt hatte, wieder neu verwenden wollte. Ich schauderte. Das tote Tier anzufassen, würde ich nicht über mich bringen. Niemals. Ich wußte es genau. Ich schöpfte tief Atem, nahm Besen und Kehrblech zur Hand und fegte die Falle in ihrer ganzen Widerwärtigkeit auf. Das Kehrblech in dem ausgestreckten Arm, marschierte ich ins Freie und überquerte den Hof. Der geduldige Verkäufer hatte mir erklärt, ich solle die tote Maus einfach aus der Falle entfernen und den Draht neu spannen. Wie klug – und wie absolut unmöglich!

Entschlossen ging ich weiter und vermied es dabei, den Inhalt des Kehrblechs in mein Blickfeld geraten zu lassen. Ich näherte mich den beiden kleinen Schuppen am Rand des Hofs. Mit einem verstohlenen Blick in alle Richtungen vergewisserte ich mich, daß sich niemand in der Nähe aufhielt, und ging dann schnurstracks auf den Schuppen mit der Aufschrift „Jungen" zu. Nicht einmal meinen Abort war ich gewillt, mit der toten Maus zu teilen.

So schnell ich konnte, stürzte ich in das Innere des Schuppens und ließ die Maus mitsamt der Falle in das Loch fallen. Dann hastete ich ins Freie, schaute mich nochmals mit dem argwöhnischen Blick eines Diebes um und machte mich wieder auf den Weg zu meinem Haus.

Dort angekommen, holte ich den Putzeimer hervor und säuberte den Fußboden, auf dem ich die tote Maus vorgefunden hatte, das Kehrblech und sogar den Besen auf das gründlichste; dann begann ich, meine Hände zu waschen. So sehr ich mich auch bemühte, so wollte es mir nicht gelingen, sie zu meiner Zufriedenheit zu reinigen, so daß ich mir die Zubereitung eines Frühstücks heute ersparte. Ich schenkte mir lediglich eine Tasse Kaffee ein, da ich den Kaffee nicht direkt mit den Händen zu berühren brauchte, nahm meine Bibel und ging damit ins Schulhaus. Dort würde ich meine Fassung allmählich wiedergewinnen, hoffte ich, und lesend und betend auf den Beginn des Gottesdienstes warten.

Sonntagsgottesdienst

Bis zwei Uhr hatte sich eine kleine Gruppe von Nachbarn in dem kleinen Schulhaus zum Gottesdienst eingefunden. Als erste kamen die Petersons an. Da der Nachmittag recht kühl war, wurde Lars damit beauftragt, ein Feuer im Ofen anzuzünden.

Die Dickersons kamen, und kurz darauf die Blakes; dann die Johnsons und eine Familie namens Thebeau. Letztere hatten zwei heranwachsende Söhne, die jedoch, falls überhaupt, die Schule erst nach der Erntezeit besuchen würden.

Herr Dickerson leitete den Gottesdienst. Wir sangen mehrere Choräle und hörten Abschnitte aus der Bibel. Frau Miller erzählte eine biblische Geschichte für die Kinder, und dann stand Herr Dickerson auf, um einige Gedanken zu einem bestimmten Kapitel der Bibel vorzutragen. Dies sei keine Predigt, betonte er, denn er sei kein richtiger Prediger. Die Gedanken, die er jedoch vortrug, waren sehr aufschlußreich, und seine schlichte, aufrichtige Art sagte mir sehr zu. Ich bedauerte es sogar, daß er nicht von Berufs wegen Prediger geworden war.

Während wir noch nach dem kurzen Gottesdienst plaudernd beieinanderstanden, fuhr plötzlich ein Gespann nach dem anderen in den Hof ein. Gewiß handelte es sich hier um Kirchgänger, die die Anfangszeit mißverstanden hatten, dachte ich. Wie schade!

Ich warf einen Blick um mich. Plötzlich war das ganze Klassenzimmer von geschäftigem Treiben erfüllt. Das Feuer flackerte fröhlich, und ein großer Wasserkessel dampfte auf der Herdplatte. Die Tische und Bänke waren zu einer langen Reihe zusammengeschoben worden, und darauf lagen allerhand Gegenstände ausgebreitet. Einige der Männer machten sich daran zu schaffen. Anna Peterson mußte die Verwirrung in meinem Gesicht bemerkt haben. Sie kam auf mich zu.

„Die Nachbarn möchten die neue Lehrerin kennenlernen. Dies ist eine gute Gelegenheit, ja?“

Ich war vollkommen überrascht, doch im Verlauf des Nachmittags mußte ich Anna immer mehr zustimmen. Ja, dies war eine glänzende Gelegenheit! Alle meine Schüler samt ihren Eltern hatten sich eingefunden – mit Ausnahme von Philipp Delaney, der mit seinen Eltern dringend nach Calgary reisen mußte, wie man mir sagte. Sie ließen ihr Bedauern ausrichten, daß sie nicht kommen konnten. Auch andere Familien, deren Kinder nicht zu meinen Schülern gehörten, waren gekommen, um bei dem geselligen Zusammensein die Lehrerin in Augenschein zu nehmen. Alle hießen mich von Herzen willkommen.

Einige unter den Männern waren allem Anschein nach alleinstehend. Zwei von ihnen schätzte ich auf Mitte der zwanziger Jahre, während die übrigen älter waren. Drei unter ihnen starrten mich so unverhohlen an, daß mir gar nicht wohl in meiner Haut war. Besonders einer unter ihnen schien eine unglaubliche Unverfrorenheit zu besitzen. Ich befürchtete schon, er würde mich in ein unliebsames Gespräch verwickeln, doch er blieb in Gesellschaft seiner beiden Kameraden stehen. Ich hoffte inständig, daß meine Pfade sich so selten wie möglich mit den seinen kreuzen würden.

Ohne mir dessen bewußt zu sein, forschte ich immer wieder unter den Anwesenden nach Wynn, konnte ihn jedoch nirgends entdecken. Offensichtlich war ihm nicht daran gelegen, die Lehrerin kennenzulernen. Ich wußte zwar, wie dumm es von mir war, doch ich konnte mich einer gewissen Enttäuschung nicht erwehren, als ich nun die Bekanntschaft meiner übrigen neuen Nachbarn machte. Ich bemühte mich, diese schulmädchenhaften Gefühle abzuschütteln.

Die Menschen hier sagten mir zu. Im Vergleich zu meiner eigenen Herkunft wirkten sie ungebildet und ländlich, doch sie besaßen eine erfrischende Herzlichkeit und Offenheit, und ich bewunderte ihren Pioniergeist und ihren Sinn für Humor. Sie waren nicht aus Zucker, diese Leute. Harte Arbeit war ihr tägliches Brot, doch auch das Lachen und die Lust am Leben waren ihnen nicht fremd.

Als sich auch die letzten Besucher verabschiedet hatten, ging ich langsam auf mein Lehrerhaus zu. In meinem Herzen jubelte ich vor Freude. Schon nach dieser kurzen Zeit fühlte ich mich hier heimisch. Ich war ein Teil der nachbarlichen Gemeinschaft in diesem Landstrich, und das stimmte mich sehr glücklich. Hier würde ich ein gutes Leben führen können. Doch plötzlich fielen mir meine restlichen Mitbewohner wieder ein, und das Lied in meinem Herzen verstummte. Was sollte ich nur unternehmen? Ich würde mich wohl oder übel an ihre Gegenwart gewöhnen müssen, dachte ich resigniert.

Post aus Calgary

Am folgenden Nachmittag war ich gerade damit beschäftigt, eine Aufgabe an die Tafel zu schreiben, als jemand energisch an die Tür klopfte. Bevor ich „Herein!" rufen konnte, schob sich die Tür auch schon auf, so daß ich mit meiner Aufgabe fortfuhr. Es handelte sich gewiß um einen meiner Schüler, der einen vergessenen Gegenstand abholen wollte.

„Moment bitte", sagte ich, ohne mich umzuwenden, und beeilte mich, den angefangenen Satz an der Tafel zu vollenden.

„Lassen Sie sich nur nicht stören, Fräulein Thompson", ertönte eine erwachsene, tiefe Männerstimme. Ich fuhr erschrocken auf dem Absatz herum, was das „g", das ich gerade schrieb, mit einem langen, schrägen Schwanz versah. Meine Überraschung muß mir im Gesicht gestanden haben. Der Eindringling war niemand anders als Wynn, der Bekannte meines Bruders aus Calgary. Ich starrte ihn eine halbe Ewigkeit lang verwundert an. Der Gruß, den ich ihm schuldete, blieb mir in der Kehle stecken.

„Tut mir leid, Sie so erschreckt zu haben", entschuldigte er sich.

„Aber nein, nicht doch ... Ich war nur nicht ... Ich meine, ..."

„Ich habe Ihnen einen gehörigen Schrecken eingejagt." Es klang aufrichtig.

Ich schüttelte den Kopf und versuchte zu lachen. Das Ergebnis war ein nervöses, gekünsteltes Kichern. Ich beschloß, es bei diesem Versuch zu belassen.

„Ich hatte Sie für einen meiner Schüler gehalten ..." Auch das wirkte nervös.

„Nun, ich muß zweifellos auch noch viel lernen." Er lächelte, und in seinen Augen blitzte es schelmisch. „Ich fürchte allerdings, daß ich nicht recht in Ihre Schülerschar passen würde."

Ich schluckte und begann, mir den Kreidestaub von den Händen zu wischen.

„Es tut mir leid, Ihre kleine Begrüßungsfeier versäumt zu haben, Fräulein Thompson. Es war ein voller Erfolg, hört man."

„Ja, es war ... es war sehr nett", brachte ich hervor.

Sein Blick fiel auf meine kreideverschmierten Hände, die sich unruhig ineinander wanden, und hob sich dann zu meinen Augen. In der Erwartung, eine Bemerkung über die hübsche Lehrerin, auf die die Schüler nun so stolz sein konnten, entgegennehmen zu müssen, straffte ich die Schultern. Die Bemerkung blieb jedoch aus. Statt dessen wanderte sein Blick nun über die Aufgaben an der Tafel und musterte dann den ganzen Raum eingehend. Dazu wandte er sich von mir ab und unternahm einen kurzen Rundgang durch das Klassenzimmer. Ich sah ihm nach. Selbst in diesem kleinen Raum bewegte er sich mit forschen, bestimmten Schritten. Die Kreidespuren auf meinem Kleid und die Haarsträhnen, die sich aus meiner Frisur gelöst hatten, um einen eigenwilligen Tanz um mein Gesicht aufzuführen, verursachten mir die größte Verlegenheit. „Welch einen Anblick ich abgebe! Bestimmt glänzt meine Nase zu allem Unglück auch noch!" überschlugen sich meine Gedanken.

Er hatte seinen Erkundungsgang beendet und schien alles zu seiner Zufriedenheit vorgefunden zu haben.

„Ich freue mich, daß wir endlich eine Schule haben", sagte er schließlich. Seine tiefe Stimme klang aufrichtig.

„Ja", erwiderte ich leise, „ich auch. Die Kinder sind so lernbegierig ..."

Meine Liebe zu den Schülern und seine Gegenwart ließen mich verstummen, so daß ich mich verlegen abwandte. Ich beseitigte das verunglückte „g" mit dem

Schwamm und ersetzte es durch einen wohlgeformten Buchstaben. Dann vollendete ich den Satz an der Tafel, legte die Kreide beiseite und wischte meine Hände an dem dafür vorgesehenen Tuch ab.

„Nun, Herr ..., Herr ... ?“ Wieder war ich steckengeblieben.

„Verzeihen Sie“, sagte er. „Ich war so von der neuen Schule eingenommen, daß ich ganz versäumt habe, mich vorzustellen. Ich bin Wynn Delaney, ein alter Bekannter Ihres Bruders Jonathan.“

Ich ersparte mir die Erklärung, daß mir letzteres bereits bekannt war.

„Nett, Sie kennenzulernen, Herr Delaney.“ Es gelang mir sogar ein schwaches Lächeln. Ich bewunderte meine eigene Unbefangenheit, die sich endlich wieder einzustellen begann.

„Nehmen Sie doch Platz, Herr Delaney!“

„Vielen Dank, aber ich muß gehen. Bitte entschuldigen Sie, daß ich so einfach in Ihre Schule hereingeplatzt bin, ohne meinen Besuch anzukündigen – wenn Sie mir auch wie eine alte Bekannte erscheinen, muß ich gestehen. Wie ich schon erwähnt habe, kenne ich Jon und Mary schon seit Jahren, und ich habe Sie in Calgary gesehen – allerdings ohne das Vergnügen, Ihnen vorgestellt zu werden.“

„‚Und‘“, fügte ich seiner Bemerkung in Gedanken hinzu, „‚ein hübsches Gesicht vergesse ich nie‘ – das wollten Sie doch sagen, Herr Delaney, nicht wahr?“

Er sagte jedoch nichts dergleichen, sondern fuhr fort: „Ich war am vergangenen Wochenende in Calgary und wurde gebeten, Ihnen diese Briefe auszuhändigen. Mary schien viel daran zu liegen, daß Sie sie so bald wie möglich erhalten, um Ihre Einsamkeit hier in der Wildnis des Nordens ein wenig zu lindern.“ Wieder funkelte es in seinen Augen. „Die beiden haben sich nach Ihrem Wohlergehen erkundigt, aber ich konnte ihnen zu meiner Schande keine Auskunft darüber geben – ausgenommen die Tatsache, daß der Unterricht plangemäß stattfindet."

Mit einem Lächeln reichte er mir einen großen Umschlag.

„Vielen Dank. Wie nett von Ihnen, die Dienste eines Laufburschen zu übernehmen!" Meinen kleinen Scherz hatte er, wie ich hoffte, als solchen aufgefaßt.

„Gern geschehen. Ich hatte ohnehin in der Nähe zu tun. Was darf ich Ihren Verwandten ausrichten, falls ich sie bald wiedersehen sollte? Sie scheinen sich bester Gesundheit zu erfreuen!"

„Aber ja, Mr. Delaney, und ich fühle mich hier ausgesprochen wohl. Die Arbeit macht mir viel Freude."

Er nickte mir zum Abschied mit einem leichten Lächeln zu, setzte den Hut, den er in der Hand trug, wieder auf, und verließ das Klassenzimmer.

Ich starrte die geschlossene Tür an. Vom Hof her hörte ich das Klirren des Pferdegeschirrs und das Knarren der Wagenräder, doch ich versagte es mir, ans Fenster zu stürzen und ihm nachzuschauen.

Er hatte nichts davon erwähnt, mich wiedersehen zu wollen. Er hatte keinerlei Vorwand für einen weiteren Besuch genannt. Und er hatte nicht die geringste schmeichelhafte Bemerkung gemacht, wie ich es von den Männern der Ostküste her zu hören gewohnt war.

Mit einem tiefen Seufzen wandte ich mich wieder der Tafel zu. Ach, es war sinnlos! Ich konnte keinen klaren Gedanken mehr fassen. In der Hand hielt ich noch das Bündel Briefe. Natürlich, die Briefe! Das war es, was mich von meiner Arbeit ablenkte. Am besten ging ich geschwind nach Hause, kochte mir eine Kanne Tee und las meine Post in Ruhe. Danach würde ich mich mit aller Kraft wieder an meine Vorbereitungen für den Unterricht des kommenden Tages machen.

Ich eilte nach Hause, zündete ein Feuer an und stellte den Kessel auf die Herdplatte. Dann öffnete ich gespannt den Umschlag. Ein kurzer Brief von William beschrieb mir seine neue Lehrerin, und Sarah hatte mühsam, Buchstabe für Buchstabe, ein paar Grüße aufgeschrieben. Mein Name füllte den Bogen beinahe schon zur Hälfte aus. Dazu hatte sie in riesigen Blockbuchstaben „DU FEHLST MIR SO“ geschrieben; für ihren eigenen Namen war nur noch eine kleine Ecke am unteren Rand geblieben. Ein weiterer Briefbogen war über und über mit Herzen bemalt – ein Zeichen der Liebe von Kathleen. Eins der Herzen sollte ein Gruß von Baby Elisabeth darstellen. Mary hatte in einer Randnotiz erklärt, daß Kathleen darauf bestanden hatte, auch Elisabeth solle ihrer Tante einen Gruß schicken.

Jons Brief war kurz und brüderlich gehalten. Er erkundigte sich nach meinem Wohlergehen und legte mir nahe, nur ja jede Gelegenheit zu einem Besuch in Calgary wahrzunehmen. Marys Brief dagegen war länger. Sie berichtete mir die wesentlichsten Ereignisse, die sich in der kurzen Zeit seit meiner Abreise zugetragen hatten. Dazu schrieb sie mir allerhand lustige Versprecher, für die die Kinder gesorgt hatten. Ich sog alles wißbegierig auf. Es tat so wohl, von ihnen zu hören! Wenn sie doch nur nicht so weit entfernt von hier wohnten! Ich hätte mein Glück gern mit ihnen geteilt.

Mein Teewasser hatte gekocht und war dann wieder abgekühlt, da ich versäumt hatte, rechtzeitig frisches Holz nachzuschieben. Schließlich stand ich auf, um eine winzige Flamme mit Hilfe von Anbrennholz wieder zum Leben zu erwecken, und schob dann größere Scheite nach. Während das Teewasser aufs neue aufkochte, legte ich mir Brot und Käse auf einem Teller zurecht.

Bei Tee und Käsebrot, die Füße auf meinem neuen Schemel (was, laut Mutter alles andere als damenhaft war), las ich meine Post nochmals genüßlich durch. Über Marys Beschreibung der Begegnung mit Herrn Higgins mußte ich herzlich lachen. Sie war in einem der Geschäfte in der Stadt auf ihn gestoßen, wo er sich höflichkeitshalber nach mir erkundigt hatte. Mary hatte ihm geantwortet, daß es mir an nichts zu fehlen schien, wenn sie auch seit meiner Ankunft wenig Post von mir erhalten hatte. Erstaunt hatte er gefragt: „Sie ist also dort geblieben?“ – „Aber natürlich!“ hatte Mary gesagt. „Hatten Sie etwas anderes erwartet?“ – „Nein, nein, gewiß nicht“, hatte Herr Higgins gemurmelt und war mit hochrotem Kopf davongegangen.

Immer wieder wollten meine Gedanken von den Briefen zu ihrem Boten wandern, doch ich erlaubte es ihnen nicht. Trotz meiner Bemühungen, nicht ständig an Wynn Delaney zu denken, schoben sich der Klang seines Namens und die Erinnerung an sein Gesicht immer wieder in mein Bewußtsein. Zu guter Letzt stellte ich meine Teetasse entschlossen beiseite, zog mich um und ging nach draußen, um mir einen Vorrat an Brennholz zu spalten. Vielleicht würde ein hartes Stück Arbeit mich zur Vernunft bringen, überlegte ich, und rückte dem Holzstoß gnadenlos zu Leibe.

Die lebendige Mausefalle

Am nächsten Morgen fand ich Spuren der kleinen Vierbeiner auf meinem so sorgfältig verriegelten Schränkchen. Ich mußte einfach etwas unternehmen! Kein Ort in meinem Haus war vor ihnen sicher. Der Gedanke, mein gemütliches Heim mit diesen Untieren zu teilen, war mir unerträglich.

Aufs neue wusch ich mein Geschirr in siedendheißer Seifenlauge und scheuerte und putzte alles, was nur mit den Mäusen in Berührung gewesen sein konnte. Mit großer Mühe zerrte ich zwei leere Metallkisten aus meinem Schlafzimmer in die Küche und verstaute sämtliches Geschirr aus dem Schränkchen in der einen und meine Lebensmittel in der anderen. Auf diese Weise waren wenigstens Geschirr und Eßwaren vor den Nagern in Sicherheit, dachte ich und ließ die Kistendeckel krachend ins Schloß fallen. Dann marschierte ich unverzüglich zur Schule. Jeglicher Appetit auf ein Frühstück war mir vergangen.

Bis die Schüler eintrafen, hatte sich meine Laune ein wenig gehoben, und ich konnte sie sogar wieder mit einem Lächeln begrüßen.

Die folgenden beiden Tage verliefen ohne Zwischenfälle, wenn es auch ausgesprochen umständlich war, zu jeder Mahlzeit meine Utensilien aus der Kiste hervorzusuchen.

Am Mittwoch kam Lars mit einem Korb frischer Lebensmittel zu mir. Er schaute verständnislos zu, wie ich Brot, Käse und Eier in der einen Metallkiste unterbrachte.

„Ich habe Mäuse im Haus, weißt du“, erklärte ich ihm,

während ich die Milch, Sahne und Butter in einen Blecheimer draußen in eine dafür ausgehobene Vertiefung stellte.

„Sie brauchen eine Katze“, stellte er sachlich fest, und ich fragte mich ernsthaft, warum ich noch nicht von selbst auf diese Idee gekommen war.

„Habt ihr vielleicht eine übrig, die ich mir ausleihen könnte?“

„Jede Menge. Es werden sogar immer mehr.“

„Nun, ich überlege es mir.“

Gemeinsam gingen wir zum Schulhaus.

Am Donnerstag früh fand ich eine ertrunkene Maus in meinem Regenfaß. Schaudernd betrachtete ich das nasse, leblose Etwas.

„Zum Glück hat es nicht meinen Kücheneimer getroffen!“ dachte ich erleichtert und trug das Faß in die entfernteste Ecke des Hofes, um es dort auszuleeren. Ich hatte insgeheim befürchtet, daß die tote Maus einen Sprung machen und sich geradewegs wieder in meinem Haus einnisten würde, doch glücklicherweise blieb sie tot im Gras liegen. So schnell ich konnte, wandte ich mich um und lief ins Haus zurück.

Am liebsten hätte ich mein Regenfaß mit Wasser und Seife ausgescheuert, doch das erschien mir bei näherer Überlegung nicht sehr zweckmäßig. Ich begnügte mich damit, es einfach nur auszuspülen, und stellte es in etwas größerer Entfernung zum Haus auf. Wieder verzichtete ich auf mein Frühstück und machte mich auf den Weg zum Schulhaus.

Am Abend dieses Tages setzte ich mich über alle Gebote der Höflichkeit hinweg und ging unaufgefordert zu den Petersons, um mir eine Katze zu erbitten – koste es, was es wolle!

Die Katze, die Lars mir anbot, war ein unansehnliches, großes, gelbgeflecktes Tier.

„Sie ist prima gegen Mäuse“, versicherte er mir, und ich zweifelte keine Sekunde lang an seinen Worten.

Er trug das Tier für mich nach Hause, wofür ich ihm außerordentlich dankbar war. Viel lieber hätte ich mich für eine der goldigen, winzigen Katzenjungen entschieden, doch Lars hatte mich eines Besseren belehrt. „Die taugen nichts, wenn man Mäuse hat", hatte er gemeint, und ich hatte mich seinem Urteil gefügt.

Lars stellte die große, ausgehungert wirkende Katze in meiner Küche ab und wandte sich zum Gehen.

„Passen Sie auf Ihre Tür auf!" warnte er mich. „Wenn Sie sie rauslassen, läuft sie Ihnen davon!"

Ich behielt sowohl die Katze als auch die Tür im Auge, während Lars sich verabschiedete! Die Katze war nun also mein Gast.

Später wünschte ich mir sehnlichst, sie sei dennoch entwischt. Sie veranstaltete ein solches Gezeter, daß ich meinte, es keine Sekunde länger ertragen zu können. Andererseits, so bemühte ich mich, meine gereizten Nerven zu beruhigen, sollte ein von unerwünschten Nagetieren befreites Haus mir ein wenig Lärm wert sein.

Als es Zeit zum Schlafengehen war, schloß ich die Tür, um vor ihren geräuschvollen Erkundungsgängen meine Ruhe zu haben. Es war zwecklos. Ich konnte sie klettern und umherstreichen, springen und miauen hören! Sogar an den Geräuschen konnte ich ihre Streifzüge genau verfolgen: mein Sessel, mein Tisch, mein Regal, meine Kisten – dieses Tier hatte keinerlei Respekt vor meinen Möbeln!

Plötzlich – ein lautes Klirren. Wenn das nur nicht meine Teekanne war!!! Ich zündete hastig die Lampe an. Nein, es hatte nur eine ohnehin von Sprüngen übersäte Tasse getroffen, die ich beim Abräumen des Tisches übersehen haben mußte. Ich kehrte die Scherben zusammen und warf sie in den Ofen. Die Teekanne nahm ich vorsichtshalber mit ins Schlafzimmer und stellte sie in die Kiste mit den Büchern. Dann blies ich die Lampe wieder aus und ging zu Bett. Ich zwang mich, meine Gedanken nicht von den Geräuschen der umherstreifenden Katze beherrschen zu lassen. „Bei diesem Lärm werden die Mäuse sich bestimmt nicht aus ihrem Loch hervorwagen!“ überlegte ich stirnrunzelnd. Ich sollte mich geirrt haben. Gegen vier Uhr morgens wurde ich von allerhand Geräuschen von der Küche her aus dem Schlaf geschreckt, und dann ertönte plötzlich ein hohes, herzzerreißendes Piepen. Die Katze hatte zugeschlagen.

Noch lange danach hallte der grelle Todesschrei in meinem Kopf nach. Wie entsetzlich für das winzige Tier, einer riesengroßen Katze zum Opfer zu fallen!

Am Morgen verspürte ich noch immer den Ekel gegen die Geschehnisse der Nacht in der Magengrube. Ich zögerte das Aufstehen hinaus, solange es eben möglich war. Ich war sicher, den Fußboden meiner Küche von toten Mäusen übersät vorzufinden. So war es jedoch nicht. Mieze war mutterseelenallein auf dem Plan; sie sah so hungrig und mager wie am Vorabend aus. Ich konnte keine Spuren ihrer nächtlichen Jagd entdecken.

Ich begann, die Geräusche der vergangenen Nacht als Traum oder Einbildung meinerseits abzutun, als ich beim Aufräumen in die Nähe meines Lieblingssessels geriet. Zuerst hielt ich es für einen kleinen Zweig, der irgendwie auf das Polster gelangt war. Ich hob es auf. Ich hielt es schon in der Hand, als ich meinen Irrtum bemerkte ... Es war ein Mauseschwanz! Die Katze hatte tatsächlich die Unverfrorenheit besessen, ihren Leckerbissen ausgerechnet auf meinem Lieblingssessel zu verspeisen!

Das gab mir den Rest. Ich ging an die Tür, öffnete sie einen Spaltbreit und rief die Katze. Während sie ins Freie schlich und sich mit Riesensprüngen auf den Heimweg machte, bat ich die Mäuse im stillen um Verzeihung. Gewiß gab es eine gepflegtere Art, die ungebetenen Gäste loszuwerden. Und ganz gewiß würde sich eine geräuscharmere Art dazu finden.

Ein unerwarteter Gast

Es dauerte nicht lange, bis ich aufs neue an die Gegenwart meiner ungebetenen Untermieter erinnert wurde. Ich wußte zwar nicht genau, um wie viele Mäuse es sich handelte, doch mit Sicherheit waren es erheblich mehr, als mir lieb war.

Mein Schränkchen stand nun leer, während die Kisten randvoll mit Geschirr und Utensilien angefüllt waren. Allein das Kochen einer Kanne Tee war mit außerordentlichen Umständen verbunden. Diejenigen Gegenstände, für die sich in den Kisten kein Platz mehr fand, deckte ich ab, so gut es ging. Auch meinen Wassereimer deckte ich ab. Sogar die Tülle meiner Teekanne versah ich mit einem Pfropfen. Ich unternahm nichts, ohne mich zuerst zu vergewissern, daß die Mäuse nicht an dieser Stelle ihr Unwesen getrieben hatten. Es war ein mühseliges Dasein, das ich führte, doch ich zwang mich zu jeder nur erdenklichen Vorsichtsmaßnahme.

Meine Schüler machten erfreuliche Fortschritte. Ich hatte in Erfahrung gebracht, daß sich nach der Erntezeit drei oder vier weitere Schüler zu den übrigen gesellen würden.

Philipp Delaney bereitete mir Kopfzerbrechen. Stets beschäftigte er sich mit anderen Dingen als den Aufgaben, die ich ihm gestellt hatte. Als er drei Tage lang seine Aufgaben nicht erledigt hatte, ließ ich ihn nach dem Unterricht allein zurückbleiben, um ein ernstes Gespräch mit ihm zu führen. Ich erklärte ihm, daß er das nächste Mal, wenn er faul gewesen war, mit Nachsitzen bezahlen würde.

Am nächsten Tag waren seine Aufgaben wieder unvollständig.

„Philipp, ich bin enttäuscht von dir“, sagte ich. „Du hattest ausreichend Zeit für deine Aufgaben.“

Er schien nicht im geringsten erschüttert.

„Soll ich heute nachsitzen wie Tommy?“

„Tommy braucht meine Hilfe. Er kommt mit seiner Lektion nicht allein zurecht. Deshalb bleibt er noch eine Weile hier, damit ich ihm helfen kann.“

„Aber Sie haben doch gesagt, daß ich nachsitzen muß, wenn ich meine Aufgaben nicht fertig abgebe.“

„Das stimmt.“

Er nickte schweigend, griff nach seinem Bleistift und machte sich an die Arbeit.

Kurze Zeit später reichte er mir sein Heft, blieb jedoch so lange sitzen, bis ich ihn endlich nach Hause schickte.

Am folgenden Tag hatte er wieder seine Aufgaben nicht erledigt.

„Du wirst das Versäumte wohl oder übel nach dem Unterricht nachholen müssen“, sprach ich das Urteil. „Vielleicht lernst du auf diese Weise bald, deine Aufgaben rechtzeitig zu machen.“ Ich wußte genau, daß Philipp nicht wie Thomas an mangelnden Fähigkeiten litt; er war ein ausgesprochen begabtes Kind.

Philipp wehrte sich mit keinem Wort. Wieder hatte er seine Aufgaben innerhalb kurzer Zeit erledigt, und wieder blieb er anschließend noch eine Weile im Klassenzimmer, bis ich ihn auf den Heimweg schickte.

Wenig später stellte sich ein unerwarteter Besucher ein. Ich war gerade damit beschäftigt, die Bücher, die die Kinder für den Unterricht benutzt hatten, wieder ins Regal zu räumen, als jemand an die Tür klopfte, und im nächsten Moment trat Wynn Delaney ein.

Wie schon zuvor, machte seine Gegenwart mich auch jetzt ungeheuer nervös, und ich spürte eine leichte Röte in meinem Gesicht aufsteigen.

„Ich hoffe, ich störe Sie nicht“, sagte er.

„Aber nein, gar nicht. Ich wollte ohnehin gerade gehen. Kommen Sie doch bitte herein.“

Er ging auf eine der vorderen Bänke zu und setzte sich. Ein so hochgewachsener Mann in einer Schulbank für Kinder bot einen wahrhaft seltsamen Anblick. Um darin Platz zu finden, mußte er seine langen Beine weit von sich strecken. Seine Ungezwungenheit wirkte beruhigend auf mich.

„Gibt's wieder Post?" erkundigte ich mich augenzwinkernd.

Lächelnd schüttelte er den Kopf.

„Nein, diesmal komme ich in Sachen Schule. Ich möchte gern mit Ihnen über Philipp sprechen. Er hat nun schon zwei Mal nachsitzen müssen."

Im stillen fragte ich mich verwundert, warum in aller Welt er wegen Philipp zu mir gekommen war, schob den Gedanken jedoch rasch wieder von mir. Die Tatsache, daß er meine Strafmaßnahmen in Frage stellte, war weitaus wichtiger.

„Haben Sie etwa Einwände gegen meine Methoden?"

„Nicht im geringsten", beeilte er sich. „Ich bin nur nicht sicher, ob Nachsitzen das geeignetste Mittel für Philipp ist."

„Wie meinen Sie das?"

„Sagen Sie, Fräulein Thompson, wie hat Philipp es aufgenommen, nachsitzen zu müssen? War er betroffen – oder wütend?"

„Nein, das war er ganz und gar nicht", verteidigte ich mich mit Bestimmtheit.

Er lächelte. Es war ein zögerndes, überlegtes Lächeln, und trotz meiner Abwehr bemerkte ich, welch ein sympathisches Aussehen es ihm verlieh. Dazu setzte sein Lächeln mich jedoch in Kenntnis, daß seine Vermutungen sich soeben bestätigt hatten. Er erläuterte mir die Lage nicht einmal; er wartete nur stumm darauf, daß ich von selbst begriff.

„Sie wollen doch nicht etwa damit sagen ...", begann ich.

„Doch, haargenau. Mit dem Nachsitzen hätten Sie

Philipp keinen größeren Gefallen tun können. Er liebt nichts so sehr wie ein wenig Beachtung und Zuwendung, Fräulein Thompson."

„Aha, so ist das also!" murmelte ich und dachte an die vergangenen Tage zurück. Er hatte zweifelsohne recht. Ich wandte mich ihm wieder zu.

„Also schön, was schlagen Sie vor?"

„Nun, seine Mutter und ich ..."

„Seine Mutter und ich." Es war wie ein Guß kalten Wassers. Mir wurde plötzlich schwindlig. Ich sank auf meinen Stuhl. „Seine Mutter und ich" – Delaney ... ja, natürlich: Philipp Delaney und Wynn Delaney. Ich hatte Philipps Vater vor mir. Welch ein Dummkopf ich doch gewesen war! Wie hatte ich mich nur irgendwelchen Illusionen hingeben können? Wynn Delaney war ein verheirateter Mann!

Ich faßte mich schnell wieder, als ich bemerkte, daß Herr Delaney auf meine Meinung über seinen soeben geäußerten Vorschlag wartete, den ich, in meine Gedanken versunken, vollkommen überhört hatte.

„Verzeihen Sie, aber ..." stotterte ich verlegen, „ich fürchte, ich habe Sie nicht recht verstanden ... muß wohl in Gedanken woanders gewesen sein und ..."

Ich verstummte, und er wiederholte das Gesagte: „Seine Mutter und ich dachten, daß Sie ihm die unfertigen Aufgaben mit nach Hause geben könnten, und wir sorgen dann dafür, daß er sie bis zum nächsten Morgen gemacht hat."

„Ja, natürlich." Ich schämte mich in Grund und Boden, daß er seinen Vorschlag wiederholen mußte.

Es klang recht einleuchtend, und obendrein hätte ich mein Einverständnis zu allem gegeben, was mich so schnell wie möglich von der Gegenwart dieses Mannes in meinem Klassenzimmer befreite.

Ich erhob mich und fuhr hastig fort: „Das ist gewiß eine gute Idee. Ich werde Philipp Bescheid geben. Und nun entschuldigen Sie mich bitte, Herr Delaney, aber ich habe zu arbeiten."

Mit einem fragenden Ausdruck in den Augen stand er auf. Erst jetzt fiel mir wieder ein, daß ich ihm bei seinem Eintreten versichert hatte, ich sei mit der Arbeit für heute beinahe fertig. Das erwähnte er jedoch mit keinem Wort, sondern verabschiedete sich auf das höflichste.

Ich sah ihm verstört nach. So eine unverzeihliche Dummheit von mir, ihn einfach für einen Junggesellen gehalten zu haben! Zugegeben, ich konnte es nicht leugnen, noch nie einem so gutaussehenden Mann wie ihm begegnet zu sein, doch hätte ich geahnt, daß er verheiratet war, so hätte ich keinen einzigen weiteren Gedanken an ihn verschwendet. Nun, ich wußte es nun, und damit Punktum! Entschlossen schob ich alles, was mit diesem Mann zusammenhing, von mir und verließ das Klassenzimmer mit festem Schritt. Ich beschloß, Anna auf eine Tasse ihres guten, starken Kaffees zu besuchen. Sie drängte mich oft, bei ihr hereinzuschauen, doch viel zu häufig lehnte ich wegen der Vorbereitungen für den nächsten Tag ab. Nun, heute abend würde ich mir die Zeit nehmen. Ich war nicht in der richtigen Stimmung für meine übliche Tasse Tee ohne Gesellschaft daheim. „Vielleicht lasse ich mich sogar dazu überreden, zum Abendbrot zu bleiben, wenn sie darauf besteht", sagte ich mir und wußte schon jetzt, daß es so kommen würde. „Dann brauche ich wenigstens keinen Kopfstand zu machen, um meine Kochutensilien aus der Kiste hervorzusuchen." Damit schloß ich die Tür hinter mir und machte mich auf den Weg.

Meine Schüler

Nur ein einziges Mal bekam Philipp seine unvollständigen Aufgaben mit auf den Heimweg. Am nächsten Morgen reichte er mir sein Heft mit den tadellos ausgeführten Aufgaben, und er zeigte nie wieder irgendwelche Schwierigkeiten, seine Arbeit in der dafür vorgesehenen Zeit zu erledigen.

Er war ein anhängliches Kind. Ich mußte ihn trotz meiner größten Vorsicht ein wenig bevorzugt behandelt haben. Immer wieder fand er einen Vorwand zu einer kleinen Plauderei mit mir, und ich genoß es oft nicht weniger als er.

Auch Else Peterson gehörte zu meinen kleinen „Lieblingen". Sie besaß einen klugen Kopf und gab sich große Mühe im Unterricht. Ich sollte tatsächlich bald eine Gelegenheit finden, sie zum Samstagstee einzuladen. Sie hatte mir einen frischen Kaffeestrudel, noch warm vom Ofen ihrer Mutter, gebracht. Das Gebäck war eine Köstlichkeit. Wir benannten ihn in „Teestrudel" um und labten uns dazu an Tee aus meinen Porzellantassen. Elses Tee hatte ich mit viel Milch verdünnt. Das Mädchen hatte seine helle Freude an dieser Mahlzeit. Aus ihren Augen funkelte es durch alle Schüchternheit hindurch.

„Fräulein Thompson", erklärte sie mir feierlich, „das ist ja fast so wie im Märchen!"

Ich hatte die kleine Else in mein Herz geschlossen. Sie war ein freundliches, zartfühlendes Kind.

Sally Clark mochte ich ebenfalls sehr. Sie tat mir oft leid, dieses Mädchen zwischen Kindheit und Fraulichkeit. Sie streckte sich so sehr nach der Welt der Erwachsenen aus, während sie sich zugleich verzweifelt an der Geborgenheit ihrer Kindheit festklammerte. Mit der Zeit bemerkte ich, wie genau sie mich beobachtete, um mich dann auf ihre unbeholfene Weise nachzuahmen. Ich faßte es als aufrichtige Bewunderung ihrerseits auf und wünschte mir manches Mal, sie in mein Häuschen einzuladen, um ihr eins meiner hübschen Kleider anzuziehen, ihr Haar zu einer festlichen Frisur aufzustecken und ihr das überraschende Ergebnis im Spiegel vorzuführen. Auf ihre Art war sie ein bildhübsches Mädchen, und oft sagte ich mir im stillen, daß wir allesamt eines Tages den Schmetterling bewundern würden, der sich aus seinem unscheinbaren Kokon befreit hatte. Andererseits wußte ich nur zu gut, wie unklug es sein würde, diesen allmählichen Vorgang mit Gewalt zu beschleunigen. Wenn ich ihr die Tür in die Welt der Eleganz zu früh öffnete, würde ich sie lediglich mit Dingen locken, die mir zwar von jeher eine Selbstverständlichkeit gewesen waren, die jedoch einen Schimmer der Schäbigkeit auf ihre eigene Kleidung und Herkunft werfen würden. So ließ ich es dabei bewenden, sie mit einem kleinen Lob hier und da zu ermutigen: „Ich finde, Blau steht dir am besten, Sally!"; „Dieser Kragen paßt goldrichtig zu deinem Kleid", oder: „Du hast dir heute eine nette Frisur gezaubert, Sally. Dein Haar ist ausgesprochen hübsch." Ich spornte einen jeden meiner Schüler durch aufrichtiges Lob an, doch für Sally bedeuteten meine Worte mehr als nur eine Anerkennung. Sie errötete oft ein wenig, doch ich wußte, wie sehr ihr an meinem Lob gelegen war.

Und dann war da Andy. Schon allein sein Anblick erfüllte mich mit Mitleid. Sein Zustand schien sich von Tag zu Tag zu verschlimmern. Manchmal sah ich, wie er sich den Kopf mit beiden Händen hielt, während ein stummer, unerklärlicher Schmerz in seinem Blick stand. Ich bemühte mich, ihn nicht zum Mittelpunkt der Aufmerksamkeit im Klassenzimmer zu machen, doch sobald sich eine Gelegenheit bot, ging ich auf ihn zu und kniete mich neben ihn.

„Andy, leg doch deinen Kopf einen Moment auf deine Arme“, flüsterte ich ihm zu. „Vielleicht fühlst du dich schon bald besser.“

Am liebsten hätte ich ihn fest in meine Arme geschlossen, um ihn zu trösten und zu beschützen, doch das war unmöglich. Er schaute mich dankbar an und folgte meinem Vorschlag. Manchmal wiegte er sich dabei sachte hin und her. Ich begann zu befürchten, daß die Anstrengungen des Unterrichts über seine zarten Kräfte hinausgingen. Ich hütete mich zwar, ihn zu überfordern, doch ich wollte ihm unbedingt alles an Lehrstoff zugänglich machen, was er nur zu begreifen imstande war. Ich stand kurz davor, seinen Eltern einen Besuch abzustatten, als seine Schwester Teresa eines Morgens ohne ihn zur Schule kam.

„Mama sagt, er muß ausruhen“, erklärte sie mir, und ich nickte verständnisvoll.

Alle Kinder vermißten Andy. Sie alle hatten ihn ins Herz geschlossen; obwohl er weder im Unterricht noch beim Toben im Schulhof recht mittun konnte, feuerte er seine Kameraden aus Leibeskräften an. Im Klassenzimmer strahlten seine Augen, wenn eins der anderen Kinder beim Lesen oder Gedichtaufsagen seine Sache gut machte. Hin und wieder brach er sogar in begeistertes Händeklatschen aus. Niemals ermahnte ich Andy zum Stillsitzen, und die übrigen Schüler waren stets bestrebt, Andys Beifall zu erheischen. Draußen auf dem Schulhof schaute er den anderen voller Freude bei ihren Spielen zu, und jeder Gewinner wurde mit Hurrarufen und Luftsprüngen belohnt. Andy spendete jedem der Kinder ohne Unterschied das gleiche jubelnde Lob. Sein Händeklatschen und sein begeisterter Ausruf: „Fein gemacht! Fein gemacht!“ war allen seinen Kameraden ein mächtiger Ansporn.

Carl Clark, ein junger Bursche von vierzehn Jahren, bereitete mir häufig Kopfzerbrechen. Er war Sallys Vetter und machte kein Geheimnis daraus, daß er „diese blöde

Schule" überhaupt nicht nötig hatte. Er wollte Cowboy werden und sich im Süden Albertas Arbeit auf einer Ranch suchen. Er brachte weitaus mehr Zeit mit seinem Lasso als mit seiner Lesefibel zu. Jede Unterrichtspause benutzte er dazu, Lassoknoten an den Weidezäunen zu üben. Als er jedoch begann, seine Schulkameraden mit seinem Lasso zu fesseln, sah ich mich gezwungen, dem Spiel Einhalt zu gebieten.

Eines Morgens erlaubte ich Harvey Mattoch, einem der jüngeren Schüler, den Raum zu verlassen, und wartete aufmerksam, wie ich es bei jedem der Kinder tat, auf seine Rückkehr. Minuten vergingen, ohne daß Harvey sich zurückmeldete. Ich fuhr mit der Rechtschreibeübung fort, begann aber zugleich, mich um Harvey zu sorgen. Schließlich schickte ich die Kinder zur Pause auf den Schulhof und machte mich auf die Suche nach Harvey. Ich fand ihn hinter dem Stapel Brennholz. Er war in Tränen aufgelöst.

„Harvey", redete ich auf ihn ein, „komm schon und sag mir, was los ist!"

Er schüttelte nur den Kopf und brach aufs neue in Tränen aus.

„Was ist denn nur geschehen?"

Er weinte heftiger.

Ich setzte mich auf einen Holzscheit und wartete darauf, daß er sich beruhigte. Als er seine Fassung halbwegs wiedergewonnen zu haben schien, reichte ich ihm mein Taschentuch und fragte ihn nochmals nach der Ursache seines großen Kummers.

„Die Tür ... die Tür ... zum Häuschen ... für Jungs ... ist zugeknotet", brachte er zwischen einer Reihe von Schluchzern hervor.

So war es tatsächlich, und zwar mit Carl Clarks Lasso. Harvey hatte verzweifelt versucht, die Knoten zu lösen, doch hatte er dabei einen „Unfall" nicht mehr vermeiden können. Ich erlaubte ihm, geschwind nach Hause zu laufen, um sich umzuziehen.

„Bleib hier sitzen“, wies ich ihn an, „bis ich die anderen wieder zum Unterricht rufe. So wirst du von niemandem gesehen!“

Ich schrieb in aller Eile ein paar Zeilen an seine Mutter, um sie zu bitten, ihn nicht auszuschelten, steckte ihm den Zettel heimlich zu und läutete dann die Glocke. Kurz darauf sah ich seinen Kopf durch die Weiden in Richtung Elternhaus verschwinden.

Nach Schulschluß ließ ich Carl zu einer Unterredung zurückbleiben. Ich erklärte ihm, wie sehr er mich enttäuscht hatte, indem er sein Lasso dazu mißbraucht hatte, um ein dringend benötigtes Gebäude zu verschließen. Seine Pausen während der gesamten kommenden Woche würde er nun damit verbringen, Brennholz für den Ofen herbeizutragen. Dazu bestimmte ich, daß er das Lasso von nun an nicht mit zur Schule bringen durfte. Mit finsterer Miene verließ Carl das Klassenzimmer, doch das Lasso bereitete mir tatsächlich nie wieder Schwierigkeiten. Nach und nach gesellte Carl sich sogar zu den anderen Jungen. Meine Bestrafung mußte ich jedoch in eine andere umwandeln. Das Wetter war zu mild, um den großen Schulofen überhaupt in Betrieb zu nehmen, und innerhalb von zwei Tagen hatte Carl die Vorratskiste bis an den Rand gefüllt und obendrein einen Stapel Brennholz neben der Tür aufgeschichtet.

Zugegeben: keiner meiner Schüler hatte je zuvor eine Schule besucht; ich hatte nahezu nichts an Lehrmaterial für den Unterricht zur Hand. Dazu mußte ich Kinder in allen Alters- und Klassenstufen in einem einzigen Klassenzimmer unterrichten; die Kinder stammten aus Familien aus aller Herren Länder, und manche unter ihnen sprachen nicht einmal fließend Englisch. Dazu war ich noch jung und hatte nur zwei Jahre Berufserfahrung. Dennoch – und vielleicht sogar gerade deshalb – war ich recht stolz auf ein jedes der Kinder, oder zumindest nahezu auf ein jedes von ihnen.

Während der folgenden Wochen hatte ich das Vergnügen, von mehreren der Nachbarsfamilien in der Umgebung zum Essen eingeladen zu werden. Einige der Häuser waren sogar noch einfacher ausgestattet als mein kleines Lehrerhaus, während ein paar unter ihnen überraschend komfortabel und geschmackvoll eingerichtet waren. Überall wurde ich jedoch freundlich aufgenommen und mit dem Besten, das die Familie zu bieten hatte, verwöhnt. Ich war diesen Menschen von Herzen dankbar für ihre Gastfreundschaft.

Es bekümmerte mich, mit guten Dingen überhäuft zu werden, ohne mich in gleicher Weise erkenntlich zeigen zu können. Die Gastgeber schienen das zu spüren und versicherten mir, daß es an ihnen sei, sich bei mir für meine Bemühungen um ihre Kinder erkenntlich zu zeigen. Ich war fester denn je entschlossen, mein Bestes für die Kinder zu geben.

Der Ofen

Urplötzlich schwang das Wetter um. Von einem Tag zum nächsten hatte sich der milde, sonnige Herbst in trübes, stürmisches Regenwetter verwandelt. Ich schauderte vor Kälte, während ich mich ankleidete. Es war mir ein Rätsel, wie auf einen warmen Tag unvermittelt ein solches Unwetter folgen konnte. Ich beschloß, heute zum ersten Mal ein Feuer in dem Schulofen anzuzünden. An Brennholz fehlte es dank Carls Strafarbeit nicht.

Ich war froh darum, daß heute Freitag war. Vielleicht würde bis Montag die Sonne wieder scheinen.

Ich schichtete das Brennholz für mein Feuer im Haus auf und stellte den Wasserkessel auf die Herdplatte. Die Flammen verschlangen gierig das Anbrennholz, und bald spürte ich, wie sich eine wohlige Wärme ausbreitete. Mit einem nachdenklichen Blick auf die regennasse Landschaft draußen fragte ich mich, wie viele von meinen Schülern sich heute überhaupt zum Unterricht einstellen würden. Ich konnte es keinem von ihnen verübeln, bei diesem Wetter lieber daheim zu bleiben.

Ich beschloß, alle notwendigen Dinge zu erledigen, bevor ich das Haus verließ, um mir eine etwaige Rückkehr durch den strömenden Regen zu ersparen.

Mit diesem Gedanken begann ich, mich für den Tag zu richten. Bei der Morgenwäsche verschlug mir das eiskalte Wasser fast den Atem. Ich frühstückte, las einen Abschnitt aus der Bibel und sorgte für Ordnung in meinen beiden Zimmern. Schließlich dämmte ich noch das Feuer ein, wie Lars es mich gelehrt hatte, und hüllte mich in meinen Mantel. Einen Schal um den Kopf geschlungen, machte ich mich dann hastig auf den Weg zum Schulhaus.

Ich fand das Klassenzimmer tatsächlich viel zu kühl vor, doch bis zur Ankunft meiner Schüler blieb mir glücklicherweise noch ausreichend Zeit, um den Raum aufzuheizen.

Ich warf meinen Mantel ab und schichtete das Brennholz in der Feuerkammer auf. Schon jetzt waren meine Finger vor Kälte und Nässe fast steif. Als ich die Zündlinge und das Papier zwischen die Scheite gesteckt hatte, machte ich mich auf die Suche nach Streichhölzern, doch vergeblich. Es blieb mir keine andere Wahl, als meinen Mantel wieder anzuziehen, den feuchten Schal um den Kopf zu schlingen und schnell zum Lehrerhaus zurückzulaufen, um von dort Streichhölzer zu holen. Auf meinem Rückweg zum Schulhaus trat ich in meiner Eile mitten in eine große Pfütze. Eiskalt spritzte das Wasser an meinen Beinen hoch. Ich lief unbeirrt weiter, betrat die Schule und warf meinen Mantel samt dem vor Nässe triefenden Schal wieder ab, um das Feuer in Gang zu bringen. Die Flamme sprang hungrig auf die Zündlinge über, und bald loderte ein lustiges Feuer im Ofen. Zugleich begann das Klassenzimmer, sich mit blauem Qualm zu erfüllen. Ich öffnete die Ofentür und spähte in das Innere. Eine Rauchwolke stob mir ins Gesicht. Erschrokken warf ich die Tür wieder zu. Nun, vielleicht brauchte es einen Moment, bis das Rohr richtig zog, dachte ich. Etwas Ähnliches hatte ich meinen Vater daheim einmal sagen hören, als er ein Feuer im Kamin angezündet hatte.

Minuten vergingen, doch der Ofen zog noch immer nicht. Statt dessen blies er immer dichtere Rauchwolken in den Raum.

Ratlos stocherte ich in dem Feuer herum, doch die Folge war lediglich, daß ich immer stärker husten mußte, und bald waren meine Hände und Kleider über und über mit Ascheflocken und Ruß bedeckt. Um das Klassenzimmer vor einer Katastrophe zu retten, mußte ich unbedingt das Feuer mit Wasser löschen, dachte ich verzweifelt und hob den Eimer auf. Gerade wollte ich ihn über dem Ofen ausgießen, als die Tür knarrte und Wynn Delaney die Schule betrat. Ich sah überrascht auf, keuchte und brach in einen erneuten Hustenanfall aus.

Ohne ein Wort kam er auf mich zu, nahm mir den Eimer aus der Hand und stellte ihn auf den Ständer zurück. Dann trat er an den Ofen.

„Diese Schulöfen haben zuweilen ihre Tücken“ stellte er sachlich fest und zog zuerst einen Hebel am Rohr, dann einen zweiten am Ofen selbst nach unten. Anschließend verlor er keine Zeit, um alle Fenster der Reihe nach weit zu öffnen. Danach kam er zu mir zurück und reichte mir meinen Mantel.

„Ich habe ein paar Minuten Zeit“, erbot er sich. „Ich bleibe gern hier und behalte das Feuer im Auge, während Sie sich daheim ein wenig frisch machen. Bis die Kinder kommen, haben Sie noch gute vierzig Minuten Zeit.“

Er half mir in meinen Mantel. Wortlos hastete ich aus dem Klassenzimmer. Ich schämte mich zutiefst, in einer solch mißlichen Lage angetroffen worden zu sein. Und welch einen Anblick ich bot! Rußflecken bedeckten meine Arme und mein Gesicht. Der Kleidersaum war über und über mit Lehmspritzern besät, die Schuhe waren völlig durchnäßt, und meine Frisur hatte sich völlig aufgelöst. Ich warf einen Blick auf die Uhr, während ich mich wieder herrichtete, ohne mich dabei jedoch übermäßig zu beeilen. Ich schenkte mir sogar eine zweite Tasse Kaffee ein und fühlte mich dabei ein wenig wie ein Lausbub, der sich heimlich an die Plätzchendose heranmacht. Dann ging ich geruhsam zur Schule zurück und nahm mich dabei vor den tieferen Pfützen sorgsam in acht. Als ich das Klassenzimmer betrat, war der Qualm fast vollständig abgezogen, und der Raum begann, sich allmählich durch das fröhlich – und rauchfrei – flackernde Feuer aufzuheizen. Herr Delaney war noch da.

Trotz aller Verlegenheit verfügte ich noch über meinen Sinn für Humor.

„Ich danke Ihnen verbindlichst“, sagte ich, „daß Sie die Schule vor dem sicheren Flammentod gerettet haben.“

Daß ich auch über meine eigenen Schwächen lachen konnte, lohnte er mir mit einem Augenzwinkern, doch aus Rücksicht vermied er es, auf den Scherz einzugehen.

„Jemand“, sagte er und schob damit einem unbekannten Jemand die Schuld an dem Unglück in die Schuhe, „jemand hat die Klappe fest zugemacht.“ Er ging an den Ofen und bewegte den Hebel ein Stück. „Wenn das Feuer erst richtig brennt, können Sie den Hebel so einstellen – so, sehen Sie? – , daß es weniger Luft bekommt, aber zu Anfang sollten Sie die Klappe immer weit öffnen.“

Ich nickte und schalt mich selbst im stillen dafür aus, den Hebeln keinerlei Beachtung geschenkt zu haben. Er erwähnte mein Versäumnis jedoch mit keinem Wort, sondern fuhr fort: „Ich muß Sie allerdings warnen, daß Sie nie ein Ofenfeuer mit einem Eimer Wasser löschen. Das kann böse enden und ist obendrein eine schmutzige Angelegenheit. Die Wucht des Wassers läßt die Funken im hohen Bogen aus der Ofentür fliegen.“

Die bloße Vorstellung dessen, was ich um ein Haar angerichtet hätte, machte mich dankbar für sein Einschreiten in letzter Minute.

„Wenn Sie ein Feuer löschen müssen“, sagte er, „nehmen Sie am besten eine Tasse und schütten das Wasser sachte, Tasse für Tasse, über die brennenden Scheite. Bedenken Sie auch, daß ein gußeiserner Ofen schnell heiß wird; eine zu plötzliche Abkühlung kann tiefe Sprünge in dem Metall verursachen.“

Ich nickte ergeben wie ein Schulmädchen, das eine Lektion über das Handhaben von Zündhölzern über sich ergehen läßt.

„Habe noch nie viel davon gehalten, die Junglehrerinnen selbst für den Ofen sorgen zu lassen“, murmelte er vor sich hin. Ich malte mir voller Schrecken aus, wie er bei der nächsten Elternversammlung erklärte, ich brauche dringend Hilfe bei dem Betrieb des Ofens.

„Lassen Sie nur, das geht schon in Ordnung", beeilte ich mich, ihm zu versichern. „Jetzt weiß ich Bescheid, wie es gemacht wird."

Er warf zwei zusätzliche Holzscheite in die Flammen, schloß die Ofentür und richtete sich zu seiner vollen Größe auf. Ich sah, wie sein Blick auf meine Hände fiel, was mich noch unsicherer und nervöser machte. Konnte er an meinen Händen ablesen, daß ich die Arbeit in Haus und Hof nicht gewohnt war? Hatte er bemerkt, daß sie ihr gepflegtes Aussehen durch die harte Arbeit an der Landschule eingebüßt hatten?

Ich zog mich an ein Fenster zurück.

„Können wir die Fenster jetzt wieder schließen?" fragte ich, um sein Augenmerk von mir abzulenken.

„Aber natürlich", gab er zurück und begann mit dem Schließen der Fenster.

Ich sah mich im Klassenzimmer um. Als er das letzte Fenster geschlossen hatte, sprach ich ihn an.

„Haben Sie vielen Dank für Ihre Hilfe. Ich werde die Hebel in Zukunft zu bedienen wissen. Und wenn Sie mich jetzt bitte entschuldigen würden – ich habe noch ein paar Dinge für den Unterricht vorzubereiten."

Er nickte mit der Spur eines Lächelns und nahm seinen Hut. Ich hatte ein merkwürdiges Gefühl bei der ganzen Sache. Irgendwie wußte ich, daß er ein Mann war, wie ihn sich jeder zum Freund wünscht; seine langjährige Freundschaft mit Jonathan bewies das. Dennoch wagte ich es nicht, ihm entgegenzukommen. Noch nie zuvor hatte ich einem Mann gegenüber solche Hemmungen verspürt. Vielleicht befürchtete ich auch insgeheim, daß er etwas von meiner Schwärmerei für ihn ahnte, bevor mir klar geworden war, daß er ein verheirateter Mann war. Vielleicht würde ich die Dinge in einem anderen Licht sehen können, wenn ich erst seine Frau kennengelernt hatte. Im Moment war ich jedoch bestrebt, eine sichere Entfernung zwischen ihm und mir herzustellen.

„Ich war eigentlich gekommen, um Ihnen zu sagen, daß

Philipp heute nicht zur Schule kommen kann. Er hat eine Erkältung, und seine Mutter wollte ihn bei dem Regen nicht ins Freie schicken."

Bei den Worten „seine Mutter" wich ich unwillkürlich einen Schritt zurück.

„Das ... das tut mir aber leid", brachte ich hervor. „Ich hoffe, es hat ihn nicht allzu arg getroffen."

„Nein, bestimmt nicht. Sie wissen ja, wie Kinder sind. Sie erholen sich schneller, als man für möglich hält. Mütter brauchen dagegen länger, um sich von dem Schrecken zu erholen." Er schmunzelte spitzbübisch.

„Ja", murmelte ich, „das mag sein."

„Zwischen drei und vier Uhr schaue ich noch einmal kurz bei Ihnen herein. Lydia hat mich gebeten, die Hausaufgaben für Philipp abzuholen, damit er nicht allzuviel versäumt. Sie wird die Lektion von heute dann mit ihm durchnehmen. Ich hoffe, das ist Ihnen recht so."

„Ja ... aber natürlich. Ich werde alles für Sie bereitlegen."

Wieder lächelte er, nickte mir zu und verließ das Klassenzimmer. Den Hut trug er noch immer in der Hand. Ich wandte mich zu der Tafel um und zwang mich dazu, meine Aufmerksamkeit auf die Lektionen zu richten. Mir graute vor diesem Tag, denn ich wußte, daß die nächste Begegnung mit ihm unvermeidlich sein würde. Am liebsten hätte ich Lars gebeten, nach dem Unterricht eine Weile zurückzubleiben und diesem Mann das Paket mit den Hausaufgaben entgegenzubringen. Daß das unmöglich war, wußte ich jedoch nur zu gut. Lars wurde daheim gebraucht, und obendrein würde ich niemals einen Schüler zu solch persönlichen Zwecken um einen Gefallen bitten. Mit der Zeit würde ich schon zur Vernunft kommen und diesen Mann als Jons verheirateten Freund zu akzeptieren lernen. Er hatte sich immerhin stets als perfekter Gentleman in meiner Gegenwart aufgeführt.

Zu meiner großen Überraschung kamen alle meiner

Schüler außer Philipp und Andy zum Unterricht. Insgesamt hatte ich heute sogar mehr Schüler als gewöhnlich in meinem Klassenzimmer, denn drei der älteren Burschen, die daheim bei der Ernte halfen, waren heute wegen des Regenwetters zum ersten Mal in die Schule geschickt worden.

Sehr bald wurde mir deutlich, daß die drei Burschen eher um der Lehrerin willen als wegen des Unterrichts hergekommen waren. Sie waren nicht sehr viel jünger als ich selbst und nutzten jede Gelegenheit aus, um mich zu necken und mich aus der Fassung zu bringen. Mehrmals an diesem Tag spürte ich, wie mir die Röte in die Wangen stieg, und ich atmete erleichtert auf, als der Unterricht endlich vorüber war.

Unverzüglich machte ich mich an die Arbeit, um die Lektion für Philipp aufzuschreiben. Auf keinen Fall wollte ich Herrn Delaney auf das Aufgabenpaket warten lassen.

Wenig später klopfte er auch schon an die Tür. Ich reichte ihm das Paket, das er zum Schutz vor dem Regen in seiner Jacke verstaute, und schickte ihn ziemlich kurz angebunden wieder auf den Weg.

„Es ist höchste Zeit, daß ich mein Feuer daheim anzünde“, entschuldigte ich mich, während ich in meinen Mantel schlüpfte. Dabei achtete ich darauf, in ausreichender Entfernung zu ihm zu stehen, damit er mir nur nicht seine Hilfe anbot.

Er warf einen Blick auf mich, dann schaute er zum Fenster und schließlich auf meine erbärmlich dünnen Schuhe hinunter.

„Ich bringe Sie gern auf meinem Pferd nach Hause“, erbot er sich, während ich schon auf die Tür zuging.

Unvermittelt blieb ich stehen. Welch eine absolut lächerliche Idee! Wie hatte er sich das nur vorgestellt? Er mußte meine Verwirrung bemerkt haben.

„Das Wasser steht zum Teil knietief da draußen, wissen Sie.“

Nun stieg ein unbändiger Zorn in mir auf. Ich sah plötzlich nicht mehr Jons Freund, sondern den Ehemann einer ahnungslosen Frau vor mir.

In mir kochte es: „So, so, er will mich also auf seinem Pferd nach Hause bringen. Wie will er das, bitteschön, fertigbringen? Soll ich mich vielleicht bäuchlings über den Pferderücken legen, oder hat er vor, mich in seinen Armen zu tragen?"

„Vielen Dank, aber ich komme schon allein zurecht", verkündete ich, und er ließ es dabei bewenden. Mit den Aufgaben für Philipp machte er sich auf den Weg, während ich eine Weile im Klassenzimmer blieb, wo ich wutentbrannt die Fibeln in das Regal räumte, die Tafel wischte und die Bänke zurechtrückte.

Endlich hatte ich mich wieder ausreichend beruhigt, um durch Wind und Wetter nach Hause zu gehen. Die Schultür zog ich sorgfältig hinter mir ins Schloß.

Der kühle Regen, der mir ins Gesicht peitschte, brachte mich endlich wieder zur Vernunft. Ich rief mir in Erinnerung, daß Herr Delaney immerhin einer von Jonathans besten Freunden war. Sein Angebot, mich auf seinem Pferd heimzubringen, hatte gewiß keine andere Ursache als seine Fürsorge. Er hatte lediglich einer jungen Frau, der Schwester seines Freundes, aus Ritterlichkeit seine Hilfe anbieten wollen. Zwielichte Absichten hinter seinen Worten zu vermuten war sicherlich ein großer Fehler von mir gewesen. Nachdem ich zu diesem Schluß gekommen war, fühlte ich mich schon wesentlich besser. Vielleicht war Lydia Delaneys Ehemann von einer etwas übertriebenen Hilfsbereitschaft beseelt, und sie hatte keinen Grund, sich um seinetwillen zu sorgen. Ich schob den ganzen Zwischenfall von mir und freute mich auf einen geruhsamen, gemütlichen Abend daheim.

Herr Delaney hatte recht gehabt. Das Wasser stand tatsächlich stellenweise knietief. Als ich meine Haustür endlich erreicht hatte, waren meine Schuhe vollkommen ruiniert, meine Röcke trieften vor Schlamm und Wasser, und meine innere Einstellung war so durchgeweicht wie meine von Wasser getränkten Wollstrümpfe.

Dennoch weigerte ich mich, mir den ganzen Abend dadurch verderben zu lassen. Meine gewohnte Tasse Tee, mein Lieblingssessel und eine Geschichte von Charles Dickens hatten meine gute Stimmung bald wiederhergestellt.

Allerhand Pläne

Auch am Samstag herrschte noch trübes, naßkaltes Wetter. Ich wusch meine Wäsche und spannte Wäscheleinen durch das kleine Haus, um sie daran zu trocknen. Am Nachmittag mußte ich frisches Brennholz von draußen holen. Es war ein mühseliges Unternehmen, und ich kann nicht behaupten, daß mir diese Arbeit Freude gemacht hätte.

Der Sonntag war nicht weniger kalt und regnerisch. Zum Gottesdienst am Nachmittag stellten sich nur wenige Besucher ein. Lars kam zeitig, um das Feuer im Klassenzimmer in Gang zu bringen. Er tat es, wie ich neidvoll bemerkte, ohne eine Spur von Qualm. Die kleine Schar der Gläubigen wärmte sich dankbar an dem Ofen. Wie zuvor mit Herrn Dickerson vereinbart, lud ich die Kinder ins Lehrerhaus ein, um ihnen dort eine biblische Geschichte zu erzählen, weshalb mir kaum eine Gelegenheit zum Plaudern mit den übrigen Gottesdienstbesuchern blieb. Herr Delaney war zusammen mit seiner Mutter gekommen. Sie machte einen außerordentlich netten Eindruck, und auf den ersten Blick war mir klar, woher Herr Delaney sein sympathisches Lächeln hatte. Philipp war wegen seiner Erkältung noch immer ans Haus gebunden, so daß seine Mutter ebenfalls daheim geblieben war.

Nach dem Gottesdienst und meiner Kinderstunde begleitete ich meine jungen Gäste wieder zur Schule, verabschiedete mich von den Erwachsenen, überzeugte mich davon, daß der Ofen sachgemäß versorgt war, und machte mich durch tiefe, lehmige Pfützen hindurch wieder auf den Heimweg. Inzwischen hatte der Regen nachgelassen, und die Sonne war wieder zum Vorschein gekommen. Bald dampfte die durchnäßte Erde in der warmen Sonne. Erleichtert stellte ich fest, daß die Regenwolken sich bereits verzogen.

Bis zur Mitte der folgenden Woche waren Höfe und Straßen wieder trocken. Am Mittwoch kehrte auch unser zweiter „Sonnenschein", Andy Pastaschuk, wieder zurück. Die ganze Klasse begrüßte ihn voller Jubel, als er den Schulhof betrat. Ich läutete gerade die Glocke, als er auftauchte, und ich muß zugeben, daß auch ich am liebsten in einen Begeisterungssturm ausgebrochen wäre, als ich seine leuchtenden Augen sah. Auch Andy freute sich sichtlich darüber, wieder unter uns zu sein.

Es dauerte nicht lange, bis ich bemerkte, daß ihm wirklich etwas fehlte, doch Andy schüttelte nur den Kopf, als ich ihm vorschlug, sich ein wenig auszuruhen. Am Nachmittag hatten die Schmerzen das Leuchten in seinem Blick gedämpft, und auch eine kleine Ruhepause half ihm nicht. Ich rief Teresa beiseite und legte ihr nahe, ihn nach Hause zu bringen.

„Er hätte gar nicht kommen sollen", sagte sie ängstlich, „aber er hat so arg gebettelt!"

Wir zogen ihm seine warme Jacke an. Die Pastaschuks wohnten nicht weit von der Schule entfernt, doch ich machte mir große Sorgen um ihn. Im stillen betete ich, daß er sein Elternhaus doch wohlbehalten erreichen möge.

Andy und Teresa hatten die Schule gerade verlassen, als Carl Clarks Hand in die Höhe schoß. Er wartete nicht einmal darauf, aufgerufen zu werden, sondern platzte heraus: „Soll ich nicht lieber mitgehen? Vielleicht muß Andy ein Stück getragen werden."

In Carls Augen stand aufrichtige Besorgnis, und sein Angebot war mir tatsächlich eine große Erleichterung. Wortlos nickte ich mein Einverständnis.

Die gesamte Klasse schaute den dreien nach. Endlich brach Else das Schweigen und flüsterte: „Er ist ganz schlimm krank, nicht wahr?"

Meine Kehle war wie zugeschnürt, so daß ich nur nickten konnte.

„Seine Eltern hätten schon längst mit ihm zum Doktor gehen sollen“, meinte Mindy Blake.

„Haben doch keinen Pfennig Geld!“ Das war Lars. Das Mitleid stand ihm im Gesicht geschrieben.

„Dann müssen wir ihnen eben helfen“, schlug die schüchterne Olga vor. Sie meldete sich sonst nur selten im Unterricht zu Wort.

„Wir? Aber wie denn?“ ertönten Stimmen.

Olga verstummte verlegen. Ann Clark, ihre Banknachbarin, legte ihr beschützend eine Hand auf den Arm und verteidigte sie.

„Das ist überhaupt keine schlechte Idee. Wir könnten ihnen wirklich helfen, wißt ihr. Wenn wir alle unsere Spardosen mitbringen und ... und daheim fest mithelfen, damit unsere Eltern uns ein paar Groschen extra zustecken, dann könnten wir alle unser Geld zusammenlegen und ...“

„Mit Groschen und Pfennigen kann man doch keinen richtigen Doktor bezahlen!“ protestierte Mike Clark.

„Wenigstens als Zuschuß könnten wir's ihnen geben.“ Ann war nicht leicht von ihrem Vorschlag abzubringen. Ich beschloß, die Zügel wieder in die Hand zu nehmen.

„Ich freue mich, daß ihr Andy alle so gern helfen möchtet“, sagte ich, „und ich meine, das ist eine prima Idee. Wo ein Wille ist, da ist auch ein Weg, und bestimmt findet sich eine Möglichkeit ...“ Ich brach mitten im Satz ab. Ja, ganz gewiß würde sich eine Möglichkeit finden, das Vorhaben in die Wirklichkeit umzusetzen. Ich wußte nur noch nicht genau, wie wir es anstellen sollten.

„Ich möchte, daß ihr alle heute abend darüber nachdenkt. Wie könnten wir es nur anfangen? Fragt auch eure Eltern, ob ihnen eine Lösung einfällt. Morgen früh sprechen wir dann gemeinsam darüber und sehen, was sich tun läßt.“

Die Gesichter vor mir hellten sich auf. Wir wandten uns wieder dem Unterricht zu, wenn ich auch hier und da ein nachdenkliches Gesicht oder ein gedämpftes Flüstern bemerkte. Ich wußte, daß die Kinder ihr Bestes geben würden, um ihrem Kameraden Andy eine ärztliche Behandlung zu ermöglichen.

Der Lösung meines Mäuseproblems war ich indessen noch keinen Schritt nähergekommen. Jeden Tag sagte ich den lästigen Nagern aufs neue den Kampf an, ohne einen Erfolg in Aussicht zu haben. Die Mäuse gaben sich nicht mit dem Schränkchen zufrieden, das ich ihnen resigniert geräumt hatte. Sie verlangten die Herrschaft über das ganze Haus. Mit jedem Mal, wenn ich die Spuren ihres Daseins beseitigte, wuchs mein Zorn.

Am Freitag morgen konnte ich an ihren Spuren ablesen, daß sie in der vergangenen Nacht ein wahres Fest gefeiert hatten. Zum ersten Mal fand ich auch Anzeichen ihrer Gegenwart in meinem Schlafzimmer vor. Nun hatte ich endgültig genug. Ohnehin schon nicht in der besten Stimmung, zog ich die oberste Schublade meiner Schlafzimmerkommode auf, um mir ein frisches Taschentuch zu holen. Meine Hand fuhr zurück. Etwas stimmte hier nicht. Also, das war doch ...! Die Mäuse hatten sich tatsächlich an meine Taschentücher gemacht! Mit einem Aufschrei zog ich sie hervor und starrte sie entgeistert an. Feine Spitze und Stickerei waren zu Fetzen zernagt worden. Mein liebstes unter den Taschentüchern, einst mit der hübschesten Spitze besetzt, die ich je gesehen hatte, war am ärgsten zugerichtet. Keine Flickkünste der Welt würden es wieder instand setzen können. Ohnmächtiger Zorn trieb mir die Tränen in die Augen. In meiner Wut warf ich die zerfetzten Taschentücher in die Schachtel zurück, stieß die Schublade energisch wieder zu und machte mich auf den Weg zur Schule. Dieses Mal hatten die Mäuse es zu weit getrieben, das stand fest!

Ich nahm mir vor, Herrn Laverly, dem Vorsitzenden des Schulverbands, gleich nach dem Unterricht einen Besuch abzustatten und darauf zu bestehen, daß diese dreisten

Nager aus meinem Haus entfernt würden. Andernfalls würde ich mich weigern, auch nur noch eine weitere Nacht dort zu verbringen.

Bis die Schüler eintrafen, hatte sich der ärgste Zorn wieder gelegt. Wir begannen den Unterricht mit dem traditionellen Flaggengruß und einem Abschnitt aus der Bibel. An den aufgeregten Gesichtern vor mir konnte ich ablesen, daß wir heute nicht gleich mit der ersten Lektion des Tages anfangen würden; statt dessen würden wir miteinander besprechen, wie wir Andy helfen konnten.

Zahlreiche Vorschläge wurden geäußert, von denen einige mit Zustimmung, andere mit Mißfallen aufgenommen wurden. Ich notierte alle Ideen auf der Tafel, und zwar in besonders großen Druckbuchstaben, damit auch Tim Mattoch, der schwache Augen hatte, alles lesen konnte. Seine Eltern besaßen nicht die notwendigen Mittel, um ihm eine Brille zu kaufen, so daß Tim seine liebe Mühe hatte, dem Unterricht zu folgen. Oft kam er blinzelnd und mit schräggelegtem Kopf nach vorn, um die Buchstaben oder Zahlen besser lesen zu können.

Unter den Vorschlägen waren viele anerkennenswerte Ideen. Ich beschloß, den Kindern noch ein paar Minuten Zeit zu geben, bevor wir mit dem Unterricht begannen. Schließlich schlug Mindy vor, eine Abstimmung zu treffen, was ich für sehr vernünftig hielt. Auf diese Weise beschloß die Klasse, daß wir einen Pfennigzirkus und ein Überraschungspicknick veranstalten würden, und zwar am 25. Oktober. Alle Einnahmen sollten Andy Pastaschuk für seinen dringend notwendigen Arztbesuch zur Verfügung gestellt werden. Die ganze Klasse war mit diesem Plan einverstanden, und der Unterricht konnte beginnen. Ich freute mich über die Hilfsbereitschaft der Kinder, und auch ich brannte darauf, Andy zu helfen, soweit es in unserer Macht stand.

Gegen Unterrichtsschluß erkundigte ich mich nach

dem Weg zu der Laverly-Farm. Sie sei ganz einfach zu finden, erfuhr ich, wenn sie auch drei Meilen von der Schule entfernt lag. Unbeirrt setzte ich meinen Hut auf, knöpfte mir den Mantel zu und machte mich auf den Weg. Die ersten beiden Meilen legte ich gemeinsam mit den Clark-Mädchen zurück. Die Jungen waren uns schon vorausgeeilt, da daheim die Stallarbeit auf sie wartete. Dazu lag ihnen wenig daran, in Gesellschaft der Mädchen gesehen zu werden. Die Blake-Mädchen gingen ebenfalls die erste Meile mit uns.

Es war ein schöner Tag, und ich fand den Fußmarsch recht vergnüglich. Von dem Regenwetter zeugten nur noch ein paar Pfützen hier und dort, denen wir jedoch ohne Schwierigkeiten ausweichen konnten.

Nachdem wir die Gehöfte meiner Schülerinnen erreicht hatten, schritt ich ein wenig schneller aus. Einerseits vermißte ich nun ihr fröhliches Plaudern, doch andererseits fand ich die Stille nach dem langen Schultag erholsam. Endlich sah ich die Laverly-Farm vor mir liegen.

Die Söhne waren längst dem Schulalter entwachsen, und ich mußte es Herrn Laverly hoch anrechnen, sich so sehr um die neue Schule bemüht zu haben, ohne daß seine Söhne in den Genuß einer Schulbildung kamen.

Frau Laverly war eine lebhafte Frau mit einem ebenso lebhaften Wissensdurst. Sie stellte mir zahllose Fragen, was meine Arbeit im Klassenzimmer betraf; darüber hinaus erkundigte sie sich nach meiner Herkunft und meinen Familienverhältnissen. Sie bestand darauf, mir Kaffee und belegte Brote anzubieten. Nachdem sie den Kessel auf den Herd gesetzt hatte, ging sie auf die hintere Veranda hinaus und schlug mit einem Metallhaken auf einen großen Blechteller. Das ohrenbetäubende Dröhnen ließ mich von meinem Stuhl auffahren.

„Damit die Männer Bescheid wissen“, erklärte sie. „Sie sind im unteren Feld.“

Ich entschuldigte mich dafür, Herrn Laverly bei der Arbeit gestört zu haben. In meiner eisernen Entschlossenheit, die Mäuseplage endgültig zu beseitigen, hatte ich nicht einmal bedacht, daß er ja sein eigenes Maß an harter Arbeit zu verrichten hatte.

„Macht nichts, macht nichts", versicherte seine Frau mir. „Ist sowieso gleich Essenszeit, und dann muß auch schon einer von ihnen in den Stall."

Die Farmersfrau machte sich daran, einen riesigen Teller mit einem Berg Butterbrote zu belegen. Dicke Scheiben hausgebackenen Brotes wurden großzügig, wenn auch nicht besonders sorgfältig, mit Butter bestrichen und mit Bergen von Käse und kaltem Braten belegt, während Frau Laverlys Mundwerk ihren emsigen Händen in nichts nachstand. Insgeheim fragte ich mich ernsthaft, wie ich eine solche Scheibe nur in den Mund bekommen sollte. Ich bot der guten Frau meine Hilfe an, doch sie winkte mit dem Brotmesser in der Hand ab.

„Nicht nötig. Bin's sowieso nicht gewöhnt, eine andere Frau in der Küche zu haben. Mußte mein Lebtag lang alles allein machen. Hab' nichts als Jungs großgezogen, fünf Stück. Einen haben wir verloren, aber vier sind noch übrig. Einer davon ist verheiratet; wohnt in der Nähe von Edmonton. Die andern drei helfen hier auf der Farm. Wüßte nicht, was ihr Pa ohne sie tät'. Der Mittlere hat ein Mädchen, und der Jüngste hält die Augen sperrangelweit auf. Der Älteste scheint sich nicht für Mädchen zu interessieren. Am Ende werd' ich noch selbst eins für ihn suchen gehen und ihn an den Haaren vor den Altar ziehen müssen, denk' ich manchmal."

Sie redete wie ein Wasserfall, ohne eine Pause einzulegen.

Endlich stellte sie die Platte mit den belegten Broten auf den Tisch und verteilte Blechtassen für den Kaffee. Draußen vor dem Haus hörten wir die Männer kommen. Auf der Veranda blieben sie stehen, um sich Gesicht und Hände zu waschen. Das grobgewebte Handtuch ging reihum, dann klopften sie sich das Stroh von der Kleidung und traten ein.

An ihren überraschten Gesichtern konnte ich ablesen, daß sie mich nicht zu sehen erwartet hatten. Drei erwachsene Männer wurden plötzlich schüchtern. Einer von ihnen bekam einen tomatenroten Kopf, während der zweite sich nervös durch den Schopf fuhr und an Kragen und Hosenträgern zupfte. Der dritte gewann seine Fassung am schnellsten wieder und beschloß, das Beste aus der Angelegenheit zu machen. Über die Verlegenheit seiner Brüder schien er sich köstlich zu amüsieren. Er stellte sich als George vor, der Mittlere also, der eine Freundin hatte. Der Rotkopf war Bill, der Jüngste, und der vor Nervosität sich windende Sohn war Henry, der Älteste der drei. Ich erkannte sie als die drei jungen Burschen wieder, die sich während meiner Begrüßungsfeier neugierig starrend und flüsternd in der Nähe der Tür aufgehalten hatten.

Wir setzten uns zu Tisch, und die Männer langten kräftig zu. Die enorme Größe der belegten Brote bereitete ihnen nicht die geringste Schwierigkeit. Auch mir gelang es, meine Portion zu essen, obwohl diese alles andere als spärlich bemessen war. Ich ließ es mir sogar hervorragend schmecken, besonders nach meinem langen Fußmarsch.

Herr Laverly behandelte mich freundlich und zuvorkommend. Er gab mir sogar mehrmals die Gelegenheit dazu, auch einmal eine Frage zu stellen, indem er den Redestrom seiner Frau unterbrach. Die drei Söhne waren zunächst zu sehr mit ihren belegten Broten beschäftigt, um der Unterhaltung zu folgen; das war zumindest mein Eindruck. Gegen Ende der Mahlzeit machte George einen Scherz nach dem anderen, und Bill starrte mich unverhohlen an. Nur Henry behielt den Blick auf seinen Teller und seine Tasse geheftet. Ich war mir nicht sicher, ob er sich nicht an dem Gespräch beteiligen wollte oder ob es ihm dazu an Mut mangelte.

Ich wartete, bis die Mahlzeit abgeschlossen war, um dem Hausherrn mein Anliegen vorzutragen. Er war ein solch höflicher, freundlicher Mensch, daß ich mir die größte Mühe gab, das Thema mit aller Vorsicht anzuschneiden. Auf keinen Fall wollte ich den Eindruck erwecken, als bewohnten die Mäuse das Lehrerhaus auf sein ausdrückliches Geheiß. Ich beeilte mich, die Lage so schnell und umfassend wie möglich zu schildern. Er stopfte sich seine Pfeife, zündete sie an und hörte mir schweigend zu. Ich berichtete ihm, wie die Mäuse ihr Unwesen in meinem Schränkchen getrieben und sich in ihrer Dreistigkeit sogar in mein Schlafzimmer und besonders in meine Kommode gewagt hatten. Die Sache mit den zernagten Spitzentaschentüchern verschwieg ich wohlweislich. Ich befürchtete, daß mich die bloße Erinnerung an den erschütternden Anblick entweder zu einem Zornesausbruch oder zu Tränen verleiten würde – oder vielleicht auch zu beidem.

Er hörte mir geduldig zu, doch mit der Zeit verstärkte sich mein Eindruck, als hielte er ein paar Mäuse im Lehrerhaus für etwas durchaus Alltägliches. Als ich schließlich innehielt, um Atem zu schöpfen, nahm er die Pfeife aus dem Mund.

„Wir bringen Ihnen ein paar Fallen."

„Das habe ich schon probiert."

Er wirkte überrascht.

„Nun, dann nehmen wir halt eine Katze ..."

„Damit habe ich es auch schon versucht", sagte ich achselzuckend. Ich vermied es jedoch, ihm zu erläutern, woran dieser Versuch letztendlich gescheitert war.

„Die Jungs und ich kommen mal rüber und schauen nach dem Rechten. Irgendwoher müssen die Mäuse ja kommen. Wir bringen Walzblech mit und nageln die Löcher einfach zu."

Das klang vielversprechend, doch völlig zufrieden war ich noch nicht.

„Was soll aber mit denen geschehen, die schon im Haus sind?" fragte ich.

„Die werden wir Ihnen schon vom Leib schaffen."

Ich nickte erleichtert.

„Ich hoffe, es macht Ihnen nichts aus, wenn wir Ihr Haus dabei ein bißchen auf den Kopf stellen. Gleich nächste Woche fangen wir an."

Ich dachte an den schweigsamen Henry, George, den Spaßvogel, und Bill mit den schönen Augen, die er mir zu machen versuchte.

„Vielleicht wäre es besser, wenn ich für die Woche ausziehe."

„Ausziehen?" Er schaute erschrocken drein, als habe ich ihm gerade verkündet, ich wollte dem Lehrerhaus endgültig den Rücken kehren.

„Nun, zu den Petersons vielleicht. Anna hat mir schon vor langer Zeit erklärt, daß sie immer ein Zimmer für mich frei habe."

Er atmete erleichtert auf.

„Gute Idee", meinte er und nahm die Pfeife aus dem Mund. Er klopfte die Asche in den Kohleneimer und legte das Ding auf das Regal zurück wie zum Zeichen, daß die Angelegenheit hiermit erledigt war.

Ich ging in die Küche zurück, um mich bei Frau Laverly für das Abendessen zu bedanken. Sie war gerade damit beschäftigt, etwas von dem kalten Braten und ein Glas saure Gurken einzupacken, um mir die Köstlichkeiten mit auf den Weg zu geben.

„Die Jungs holen gerade das Gespann", sagte sie.

Auf meinen fragenden Blick antwortete sie: „Viel zu spät für Sie, um zu Fuß nach Hause zu laufen. Einer von den dreien wird sie fahren." Sie kicherte leise. „Hab' gesehen, wie sie um das Vergnügen geknobelt haben."

Im stillen fragte ich mich, ob das Los nun den Gewinner oder den Verlierer treffen würde. Ich wußte selbst nicht recht, was mir am liebsten war.

Der Glückliche – oder Unglückliche – war Bill, derjenige mit den „sperrangelweit aufgerissenen Augen", was Mädchen betraf. Er kam, von einem Ohr bis zum anderen grinsend, in die Stube und erklärte, daß er jederzeit zur Abfahrt bereit sei. Ich lächelte ein bißchen schräg und folgte ihm ins Freie. Er bot mir keinerlei Hilfe beim Einsteigen an, so daß ich mit meinen langen Röcken und den Händen voller Essenspakete über das Kutschrad in das Wageninnere klettern mußte. Gleich darauf ging die Fahrt auch schon los.

Das Gespann war bei bester Stimmung, und Bill mochte hohe Geschwindigkeiten, was nicht gerade zur Bequemlichkeit der Kutschfahrt beitrug. Immer wieder ließ er etwas davon verlauten, „mit Pa über einen leichteren Wagen zu reden." Auf meinem wackeligen Sitz hin- und herschwankend und meinen Proviant krampfhaft umklammernd, konnte ich nur hoffen, daß sein Pa dieser Anschaffung zustimmen würde – nicht allein des schweißbedeckten Pferdepaars wegen, sondern auch um der Passagiere willen, die Bill je zu kutschieren haben würde.

Ich verwandte alle Kraft darauf, nicht aus dem Wagen zu fallen. Mit der einen Hand hielt ich das Bratenfleisch und die sauren Gurken fest, so daß ich mit der anderen den Sitz umklammern konnte. Als wir vor dem Lehrerhaus anhielten, hatte ich das Gefühl, als sei ich von dem Gespann überrollt worden. Auf unsicheren Füßen kletterte ich von meinem Sitz und hoffte, daß meine Beine mich noch bis an die Tür tragen würden.

Bill, der sich weder von seinem Sitz erhob noch den Hut zum Abschied zog, schien mit seiner Leistung rundherum zufrieden zu sein, als habe er soeben einen neuen Rekord für die Strecke aufgestellt. Ich für meinen Teil bezweifelte es jedenfalls nicht. Er grinste mich erwartungsvoll an.

„Vielen Dank", sagte ich ein wenig atemlos. „Das war sehr nett von dir."

Bills Grinsen wurde noch breiter.

„Vielleicht habe ich fürs nächste Mal eine leichtere Kutsche. Mit diesem uralten Holzfäller-Fuhrwerk kommt man ja kaum vom Fleck!"

Ich hoffte inständig, daß mir das „nächste Mal" erspart

bleiben würde, erwiderte jedoch nichts. Bill wendete das Gespann und ließ die Pferde fast im Galopp vom Hof rasen. Ich schüttelte den Kopf, strich mir den Staub aus dem Gesicht und betrat mein Häuschen.

Heute abend würde ich meine Siebensachen für meinen Aufenthalt bei den Petersons packen, beschloß ich, und sämtliche Haushaltsgegenstände vor den Mäusen in Sicherheit bringen. Gleich morgen nach dem Abendbrot würde ich mich auf den Weg machen, sofern Anna das recht war.

„Heute nacht führt ihr am besten ein wahres Fest auf, ihr kleinen Plagegeister", warnte ich die Mäuse. „Es könnte nämlich eure letzte Gelegenheit sein."

An den Spuren, die ich am nächsten Morgen vorfand, konnte ich ablesen, daß sie sich meinen Rat zu Herzen genommen hatten.

Napoleon

Meine Zeit bei den Petersons verging schnell. Ich fühlte mich unglaublich wohl bei Anna und den Kindern. Selbst Olga wurde mir gegenüber etwas gesprächiger, wenn sie sich mit mir allein wußte.

Am Freitag kam Bill Laverly zu mir in die Schule, um mir grinsend zu melden, daß das Lehrerhaus nun frei sei.

Ich beschloß, am Samstag morgen wieder in mein Quartier einzuziehen, damit ich ausreichend Zeit hatte, um Fußböden und Wände zu scheuern und meine Regale wieder einzuräumen.

Bill erbot sich, mich zu den Petersons zu kutschieren, um meine Sachen dort abzuholen. Ich beeilte mich, ihm zu versichern, daß ich nur das Allernötigste mitgenommen hatte und daher mein Bündel mit Leichtigkeit selbst tragen konnte. Ich dankte ihm für sein Angebot und nahm den Unterricht wieder auf.

Der Umzug verlief tatsächlich ohne jede Schwierigkeiten. Olga und Else begleiteten mich und bestanden darauf, mir mein Bündel zu tragen. Nachdem sie sich wieder auf den Heimweg gemacht hatten, schlüpfte ich in einen alten Rock und füllte einen Eimer mit heißer Seifenlauge. Es verlieh mir die größte Zufriedenheit, mein Geschirr in die blitzblank gewischten Regale zu räumen.

Gegen Abend war ich erschöpft, doch meine Mühe hatte sich gelohnt. Es war einfach eine Freude, wieder daheim zu sein und mein Häuschen mit niemandem teilen zu müssen.

Die Erntezeit näherte sich ihrem Ende. Einige der Farmer hatten ihre Ernte schon vollständig eingebracht. Nun gesellten sich auch mehrere der älteren Burschen aus der Umgebung zu meiner Schülerschar, was mir das Leben erheblich erschwerte. Die Jungen gaben sich einerseits den Anstrich des Erwachsenseins, doch andererseits standen sie selbst den Erstkläßlern in vielem nach. So sehr ich auch Verständnis für ihre Lage hatte, so trieben sie mich doch manches Mal an den Rand meiner Geduld. Besonders unangenehm waren mir ihre Versuche, mir schöne Augen zu machen, und oft mußte ich mir geradezu auf die Zunge beißen, um sie nicht scharf zurechtzuweisen. Da ich jedoch wußte, wie sehr es ihnen an Allgemeinbildung und Selbstsicherheit fehlte, bemühte ich mich nach Kräften, sie niemals vor den anderen Kindern zu erniedrigen oder zu beschämen. Dennoch wünschte ich mir nichts sehnlicher, als daß sie ihr störendes Verhalten aufgaben.

Die ganze Schule war eifrig damit beschäftigt, die Vorbereitungen für unseren Pfennigzirkus und das Überraschungspicknick zu treffen. Jedes Kind hatte eine Aufgabe übertragen bekommen, und sie alle waren mit Feuereifer bei der Sache. Auch die Eltern unterstützten uns, wo sie nur konnten. Beinahe täglich überbrachte ein Schüler mir ein Hilfsangebot, worüber ich dankbar und erfreut war.

Auch daheim hatte ich allen Grund zur Zufriedenheit. Meine Küche wies keine einzige Spur von Mäusen mehr auf. Das Wellblech in meinem Schränkchen und entlang der Fußleisten schien seinen Zweck voll und ganz zu erfüllen. Ich wagte nicht einmal, mich zu erkundigen, wie die Männer die im Haus befindlichen Mäuse beseitigt hatten, sondern genoß mein sauberes Quartier nur still.

Am Freitag abend war ich von den Mühen der hinter mir liegenden Woche erschöpft. Die älteren Jungen hatten mich viel von meinen Nerven gekostet, und dazu hatte der geplante Elternabend allerhand an Vorbereitungen erfordert. Nachdem ich nun mein Geschirr abgeräumt hatte, zog ich mich mit meiner Teetasse und einem Buch in meinen Lieblingssessel zurück. Die Schuhe zog ich aus, um die Füße bequem auf den Schemel zu legen. Meine Mutter hätte entsetzt die Stirn gerunzelt, eine ihrer Töchter in einem so ungebührlichen Aufzug zu sehen, doch das sollte mich nicht kümmern. Ich seufzte behaglich, nahm einen Schluck von meiner Tasse und schlug das Buch auf.

Da! Am Ofen hatte sich doch gerade etwas bewegt! Ein winziger Schatten ... nein, es war ein kleines Tier. Nun sah ich es deutlich: eine winzige Maus steckte den Kopf hinter dem Ofen hervor. Ihre schwarzen, glänzenden Knopfaugen schauten sich ängstlich in alle Richtungen um. Vor Aufregung zuckte ihre Nasenspitze. Anstatt meinen Schuh zu nehmen, um ihn auf die Maus zu werfen, erstarrte ich in meinem Sessel. Nun wagte sich die Maus ein Stück hinter dem Ofen hervor, setzte sich auf das Hinterteil und begann, sich zu putzen. Sie strich sich mit den feuchten Pfötchen über Kopf, Hals und Brust. Es war ein zu komischer Anblick! Ich hatte noch nie einen meiner ungebetenen Gäste mit eigenen Augen gesehen – zumindest nicht im lebendigen Zustand. Wenn ich ehrlich sein sollte, fand ich das Tierchen eigentlich recht possierlich, wenn ich auch ihren sterblichen Überresten nie viel abgewinnen konnte.

Mit einer beinahe unmerklichen Bewegung mußte ich sie aufgeschreckt haben. Im Nu war sie wieder hinter dem Ofen verschwunden.

Später am Abend tauchte sie noch mehrmals auf, um sich sorgsam zu putzen. Ich begann mich zu fragen, ob sie dies nur zum Zeitvertreib tat, oder ob sie sich damit von ihrem knurrenden Magen ablenken wollte.

Bevor ich zu Bett ging, streute ich eine Handvoll Brotkrumen vor den Ofen. Damit, so redete ich mir ein, würde ich der Maus eine Suchexpedition in mein Schränkchen ersparen. Am Morgen waren die Krumen spurlos verschwunden.

Während der nächsten Tage sah ich die Maus noch mehrmals. Ich taufte sie „Napoleon“, weil sie so winzig und dennoch so tapfer war. Abend für Abend streute ich Brotkrumen für Napoleon in die Küche. Auf diese Weise würde er nicht in meinem Schränkchen nach etwas Eßbarem stöbern müssen, rechtfertigte ich mich vor mir selbst.

Es dauerte nicht lange, bis ich regelmäßig nach dem putzigen Tierchen Ausschau hielt. Es bereitete mir manche unterhaltsame Stunde, und ich fühlte mich nun nicht mehr einsam in meinem Haus.

Während des Unterrichts am Freitag klopfte jemand an die Tür. Ich öffnete. Bill Laverly war gerade auf dem Heimweg von der Stadt, wo er einige Dinge für unseren Pfennigzirkus besorgt hatte. Ich wies ihn an, die Pakete neben der Tür im Lehrerhaus abzustellen, und fuhr mit dem Unterricht fort. Nun konnte ich es kaum erwarten, die bestellte Ware nach Schulschluß auszupacken.

Wenig später meldete Bill sich wieder an der Schultür.

„Ma'am", sagte er, „ich hab' noch eine Maus drüben in Ihrem Haus gefunden. Weiß nicht, wie wir die nur übersehen konnten."

Ich muß kreidebleich geworden sein. Er beeilte sich mit seiner Erklärung: „Nur keine Sorge, Ma'am, ich hab' ihr auf der Stelle den Garaus gemacht!"

Er erwartete gewiß ein großes Lob für seine Heldentat. Ich murmelte einen halbherzigen Dank dahin, und Bill machte sich mit seinem unvermeidlichen Grinsen wieder auf den Weg.

Es brauchte einen Moment, bis ich mich der Klasse wieder zuwenden konnte. Im Grunde wußte ich, daß es so besser war; daß ich mich eigentlich darüber freuen sollte. Aber wie ich Napoleon vermissen würde! Er war so ein winziges, kluges Tierchen gewesen – und so putzig!

Der Pfennigzirkus

Als unser großer Tag endlich gekommen war, konnten meine Schüler vor Aufregung kaum an etwas anderes als den bevorstehenden Pfennigzirkus denken. Den Vormittag über bemühten sie sich nach Kräften, ihre Lektionen fertigzustellen, und am Nachmittag stürzten sie sich dann mit Feuereifer in die Vorbereitungen.

Die größeren Jungen spannten Wäscheleinen quer durch das Klassenzimmer, und die Mädchen verteilten Decken und Tücher darauf, um einzelne Zirkusbuden damit zu formen. In jeder Bude wurde von den Kindern ein Geschicklichkeitsspiel oder eine Bühne aufgebaut. Das ganze Klassenzimmer war von einem aufgeregten Stimmengewirr erfüllt, so daß ich meine Mühe hatte, mir Gehör zu verschaffen. Endlich hatten wir alle nur erdenklichen Vorbereitungen getroffen, und ich schickte die Kinder nach Hause.

Ich machte noch einen Rundgang durch den Raum, um hier und da letzte Hand anzulegen. Die Schüler hatten ihre Sache ausgezeichnet gemacht. Der Abend versprach nicht nur ein erfolgreicher Wohltätigkeitsbasar für die Pastaschuks, sondern auch obendrein ein Riesenspaß zu werden. Es gab mehrere Wurfstände, einen Fischteich, einen schwanzlosen Esel, eine falsche Kamera, eine Bonbonkette und einen Reissack. Jedes Spiel sollte den Teilnehmer einen Pfennig kosten.

Unsere größte Einnahmequelle war jedoch das Überraschungspicknick. Ich hatte zwei geschlagene Abende damit zugebracht, meine Picknickschachtel bunt zu verzieren. Für den Inhalt hatte ich mir besondere Delikatessen aus der Stadt bestellt. Jede Frau und jedes ältere Mädchen sollte eine verzierte Picknickschachtel mit genügend Inhalt für zwei oder mehr Personen beisteuern – obgleich einige der Schachteln reichlich genug für zusätzliche Zaungäste bemessen sein würden, wie ich vermutete.

Herr Dickerson hatte sich bereit erklärt, den Auktionär zu spielen. Die Männer sollten um die Wette bieten, bis derjenige mit dem höchsten Angebot die Schachtel gewann, um den Inhalt dann mit der jeweiligen Köchin zu teilen. Wer wohl der Gewinner meiner Schachtel sein würde? Nun, es war eigentlich eine harmlose Angelegenheit, inmitten eines ganzen Klassenzimmers voller Nachbarn ein Picknick mit einem Mann zu teilen. Ich sorgte mich keineswegs darum; ich war nur neugierig, weiter nichts.

„Mama hat Papa ihre Schachtel gezeigt", hatte Mindy Blake verraten.

„Das hätte sie aber nicht gesollt!" hatte Maudie Clark protestiert.

„Hat sie trotzdem getan", gab Mindy beleidigt zurück. „Sie mußte schließlich Unmengen für uns Kinder dazupacken, und da hat sie nicht gewollt, daß jemand anders die Schachtel gewinnt."

„Du denkst ja nur an das viele Essen, Mindy!" beschuldigte Carl Clark sie.

„Menschenskinder, das wär' eine feine Schachtel für mich", meinte Tim Mattoch, und alle lachten. Tim war rundherum recht wohlgenährt, und die Kinder kannten seine Vorliebe für alles Eßbare.

„Er kauft bestimmt die größte Schachtel von allen", vermutete Mike Clark.

„Nein, das läßt er besser bleiben!" wehrte sich Else. „Die größte kommt nämlich von meiner Mama, und die mußte auch wegen uns Kindern so viel einpacken. Unsere Schachtel ist sooo groß!" Sie deutete den Umfang mit den Händen an, um sich gleich darauf erschrocken die Hand auf den Mund zu schlagen. Um ein Haar hätte sie das Geheimnis um die Schachtel und deren Inhalt preisgegeben.

Ich für mein Teil war dankbar, daß meine Schachtel nicht für eine ganze Familie auszureichen brauchte. Auf der anderen Seite waren einige der Junggesellen aus der Umgebung mit einem kräftigen Appetit gesegnet, und auch sie sollten auf ihre Kosten kommen.

Gegen acht Uhr kamen Fuhrwerke, Kutschen und Reitpferde vor dem Schulhaus zum Stehen. Ich war schon im Klassenzimmer, um einen großen Wasserkessel für den Kaffee auf dem Herd zu erhitzen. Der Kaffee für die Erwachsenen und die Milch für die Kinder sollten heute abend umsonst ausgeschenkt werden, während der Erlös aus allen anderen Verkäufen für die Pastaschuks bestimmt war.

Das Klassenzimmer füllte sich schnell mit aufgeregten Kindern und lebhaft plaudernden Erwachsenen. Bald hatten sich so viele Gäste eingefunden, daß einige der Männer die Fenster zu öffnen begannen. In einem stillen Gebet dankte ich Gott für die aufrichtige, tatkräftige Anteilnahme der Nachbarn am Geschick der Pastaschuks. „Segne doch diesen Abend, lieber Herr!“ flüsterte ich.

Ich hatte mich sorgfältig für den Abend zurechtgemacht und trug eins meiner Lieblingskleider. Im Grunde wußte ich zwar, daß auch ein einfacheres Kleid völlig ausreichend gewesen wäre, hatte aber irgendwie vermutet, daß die Nachbarn etwas Besonderes von mir erwarteten. Mein Haar hatte ich zu einer Lockenfrisur zurechtgesteckt; ein paar Locken ließ ich mir lose an der Seite ins Gesicht fallen. Offensichtlich war mein Aussehen nicht unbemerkt geblieben, denn bei der Tür sah ich eine Gruppe von Junggesellen stehen, die mich unverhohlen anstarrten und sich gegenseitig mit den Ellbogen anstießen.

Die Delaneys betraten die Schule. Herr Delaney rückte seiner Mutter einen Stuhl zurecht und brachte dann die Mäntel der beiden Frauen auf einen Tisch, der wegen Mangels an Kleiderhaken als Garderobe diente. Die jüngere Frau Delaney strich kurz über ihre Frisur und glättete ihren ohnehin tadellos glatten Rock mit einer Handbewegung. Da sie mir den Rücken zugewandt hatte, konnte ich ihr Gesicht nicht sehen. Ich hätte sie gern von vorn betrachtet – doch zugleich fürchtete ich mich auch davor. Hochgewachsen, schlank und dunkelhaarig stand sie dort und unterhielt sich mit ein paar anderen Nachbarsfrauen. Sie war durchaus nett gekleidet, stellte ich fest, wenn auch nicht so festlich wie ich selbst. Im nächsten Moment schalt ich mich schon wegen dieses kleinlichen Vergleichs aus.

Nachdem Herr Delaney den beiden Frauen zu ihren Plätzen verholfen hatte, gesellte er sich zu den Männern. Die Menschenmenge um Frau Delaney lichtete sich ein wenig, so daß ich sie nun deutlich erkennen konnte. Dunkle Augen funkelten unter langen, dunklen Wimpern hervor. Ihre Nase war wohlgeformt und zierlich. Die Wangen glühten vor Aufregung, und auf ihren vollen, rosenfarbenen Lippen lag ein offenes Lächeln, mit dem sie ihre Bekannten begrüßte. Sie bot einen reizenden Anblick.

Ich wollte mich gerade wieder meinen Aufgaben zuwenden, als mich jemand am Ärmel zupfte.

„Fräulein Thompson, meine Mama möchte Sie gern kennenlernen." Es war Philipp.

Schieres Entsetzen hätte mich um ein Haar ergriffen, doch ich wußte, wie töricht das von mir gewesen wäre. Es war schlichtweg unvermeidlich, daß ich mich dieser Frau vorstellte, und am besten brachte ich es gleich auf der Stelle hinter mich. Ich holte tief Luft, setzte mein freundlichstes Lächeln auf und folgte dem Kind.

Als sie uns kommen sah, leuchteten ihre Augen auf, und sie erhob sich.

„Fräulein Thompson", sagte sie herzlich und reichte mir die Hand, „ich freue mich ja so, Sie endlich kennenzulernen. Ich bin Lydia Delaney. Sie ahnen gar nicht, wieviel Gutes ich schon über Sie gehört habe!"

Ihre aufrichtige Freundlichkeit sprach mich an.

„Vielen Dank", erwiderte ich, „und ich freue mich,

endlich Philipps Mutter kennenzulernen." Ich meinte es ehrlich.

Sie musterte mich anerkennend.

„Kein Wunder, daß Philipp sich mit Vergnügen Nachsitzen aufbrummen ließ", schmunzelte sie.

Ich lächelte zurück. Seine Kinderhand noch immer in meiner, sah er zu mir auf und strahlte mich an. Ich legte ihm einen Arm um die Schultern und zog ihn an mich. Es konnte ihr nicht verborgen bleiben, wie sehr ich Philipp mochte. Dann wechselte ich ein paar Worte mit der älteren Frau Delaney, die meine dargebotene Hand in ihre beiden Hände nahm.

„Es tut mir so leid", sagte Lydia, „daß wir noch keine Gelegenheit gefunden haben, Sie zum Essen einzuladen. Daheim herrscht ein riesiges Durcheinander; die Wochenenden haben wir fast ausschließlich in Calgary verbracht, aber wir hoffen, daß wir bald wieder ein normales Leben führen können."

Meine Schüler riefen nach mir, so daß ich mich entschuldigte. Noch im Weggehen spürte ich Lydia Delaneys warmen Blick auf meinem Rücken.

Der Abend verlief sehr harmonisch und erfolgreich. Ich ging zwischen den Schülern umher und half ihnen hier und da mit ihren Zirkusständen. Immer wieder flüsterte mir das eine oder andere der Kinder zu, wie viele Pfennige schon bei diesem oder jenem Spiel gesammelt worden waren. Die Schüler waren stolz auf ihre Leistungen.

Allmählich wurde es etwas ruhiger um die Spielstände, und der Picknickteil des Abends begann. Wir räumten die Trennwände und Spielstände beiseite, um Stühle und Bänke in Reihen aufzustellen. Herr Dickerson nahm seinen Platz ein und eröffnete die Auktion.

Nicht nur Anna Peterson und Frau Blake hatten ein Picknick für die ganze Familie zusammengestellt. Die Mehrzahl der Schachteln war von riesigen Ausmaßen. Mit dem Verlauf der Auktion stellte sich bald heraus, daß nicht allein Frau Blake ihren Mann in das Geheimnis der

Schachtel eingeweiht hatte. Ausnahmslos fanden sich die Ehepaare im Raum zu ihrem Picknick zusammen und breiteten die Köstlichkeiten für sich und die Kinder auf den Tischen aus.

Ich beobachtete schmunzelnd, wie Herr Delaney mit Philipp um die Wette bot, als Lydias Schachtel ausgerufen wurde. Philipp trieb den Preis mit der Beharrlichkeit eines erwachsenen Mannes in die Höhe, und als ihm die Schachtel schließlich zugesprochen wurde, zählte Herr Delaney ihm das Geld dafür in die Hand.

Die älteren Mädchen hatten jedes eine Schachtel zur Auktion beigesteuert, und die Burschen aus der Umgebung stellten sich mit Groschen und Vierteldollars in den Händen zum Wettbieten auf, die Köpfe rot bis zu den Haarwurzeln und einen ungelenken Scherz auf den Lippen.

Meine Schachtel war die letzte, die feilgeboten wurde. Ich ärgerte mich selbst über meine erröteten Wangen und wünschte mir plötzlich nichts sehnlicher, als daß ich nicht an dem Picknick teilgenommen hätte. Offensichtlich war es kein Geheimnis, wer diese Schachtel gebastelt und gefüllt hatte, denn die jungen Männer an der Tür kamen näher, und das Wettbieten begann. Mit jedem Angebot vertiefte sich die Farbe meiner Wangen, so daß ich vorgab, mit dem Ausschenken von Kaffee vollauf beschäftigt zu sein. Das Scherzen und Necken entging mir dabei jedoch nicht, wenn ich auch erst nach einer Weile überrascht feststellte, daß auch Herr Delaney zu den Bietern zählte. Vor Erregung zitterten meine Hände, während ich den Kaffee ausschenkte.

Warum in aller Welt tat er das nur? Dort saßen seine Frau und seine Mutter, und er bot vor aller Augen um meine Schachtel ... Eine Schande war es, jawohl, eine Schande! Dann kam mir ein anderer Gedanke. Vielleicht hatte auch seine Mutter eine Schachtel gestiftet, und er war in dem Glauben, darum wettzubieten. Ich blickte mich im Raum um. Nein, das konnte nicht sein. Die beiden Damen Delaney saßen mit Philipp und den Blakes an einem Tisch und aßen schon ihr Picknick. Lydia Delaney plauderte vergnügt mit Frau Blake und sah hin und wieder auf, um dem Wettbieten lächelnd zuzuschauen.

„Wie kann sie nur?“ dachte ich entrüstet. „Wie kann sie nur? Sie muß ja zu Tode gekränkt sein! Wie erduldet sie das alles nur so schweigend? Ist ihr etwa ein solches Verhalten nicht neu? Macht es ihr denn gar nichts aus, daß ihr Mann vor der versammelten Nachbarschaft um die Schachtel einer anderen Frau um die Wette bietet?“

Sie schien von dem Geschehen jedenfalls recht unberührt zu sein. Im Gegenteil: Sie schien es sogar amüsant zu finden. Versuchte sie vielleicht, ihre wahren Gefühle kunstvoll zu überspielen? Mit jedem Angebot, das von Herrn Delaney kam, wuchs mein Zorn.

Unter lautstarken Lachsalven wurde die Auktion fortgeführt. Der Preis stieg immer höher, während die Burschen sich um die Positionen drängten. Endlich waren nur noch Bill Laverly und Herr Delaney übrig. Ich hätte es nie für möglich gehalten, daß ich je meine ganze Hoffnung auf den ewig grinsenden Bill Laverly setzen würde, aber nun war dieser Moment gekommen. Herr Delaney rief eine neue Summe, worauf Bill sich auf die Knie warf und seine Hosentaschen auf dem Fußboden ausleerte, um sein gesamtes Vermögen an Geldscheinen und Münzen vor sich auszubreiten. Er bot dem Auktionär sogar seinen Kautabak und sein Taschenmesser an. Die umstehende Menge schlug sich vor Vergnügen auf die Knie, klatschte in die Hände und johlte begeistert. Es bestand kein Zweifel daran, daß Bill seine Grenzen erreicht hatte. Nachdem er sich ein Darlehen von seinen Kameraden erbettelt hatte, konnte die Auktion fortgesetzt werden. Schließlich war es Herr Delaney, der meine Schachtel gegen seine Bezahlung ausgehändigt bekam.

Ich war wutentbrannt, nicht nur um meinetwillen, sondern auch wegen seiner Frau.

Ich wußte, daß es nun meine Pflicht war, die Kaffeekanne beiseite zu stellen, um das Picknick mit dem Mann, der es soeben erstanden hatte, zu teilen, aber das konnte ich unmöglich tun. Nein, ausgeschlossen!

Ich wandte mich um und sagte laut, wenn auch mit einer leicht unsicheren Stimme: „Herr Delaney hat gerade einen besseren Kauf getätigt, als er erwartet hat. Da ich gerade unabkömmlich bin, braucht er das Picknick nicht mit mir zu teilen.“

Allgemeines Lachen, vermischt mit schadenfrohen Pfiffen der Verlierer, folgte auf meine Ankündigung. Ich widmete mich wieder meiner Kaffeekanne und vermied es, Herrn Delaney einen weiteren Blick zuzuwerfen. „Und hoffentlich verschluckt er sich gründlich daran!“ kochte es in mir. Drei der Frauen kamen auf mich zugeeilt, um mich meiner Aufgabe zu entledigen, damit ich mir Zeit für das Picknick nehmen konnte, doch ich lehnte höflich, aber entschieden ab. Später sah ich, wie Herr Delaney sich den Inhalt seiner Schachtel bei einer netten Unterhaltung mit Andy Pastaschuk teilte.

Als der Abend sich allmählich dem Ende zu neigte, sammelten wir das Geld, um es zu zählen. Dann wurden Münzen und Scheine in eine große Blechdose gelegt und Herrn Laverly, dem Vorsitzenden des Schulverbandes, offiziell überreicht. Die Pastaschuks nahmen die Dose mit Tränen in den Augen in Empfang. Sie wollten in Kürze nach Calgary fahren, um dort einen Arzt aufzusuchen, und versprachen, uns das Ergebnis der Untersuchung sobald wie möglich mitzuteilen. Teresa sollte während dieser Zeit bei den Blakes wohnen, und die Millers hatten sich erboten, die Farm zu versorgen.

Es erschien mir unpassend, den Pastaschuks das Geld zu überreichen, um sie dann wortlos auf den Heimweg zu schicken. Zögernd trat ich vor die versammelte Nachbarschaft und dankte allen für ihre Mitarbeit an diesem Abend. Der Erlös, der auch mehrere Spenden einschloß, belief sich auf 195 Dollar und 64 Cents. Hurrarufe ertönten von allen Seiten.

„Andy ist uns allen sehr ans Herz gewachsen", fuhr ich dann fort. „Wir werden ihn und seine Eltern mit unseren Gedanken und Gebeten begleiten, und zum Zeichen unserer Anteilnahme möchte ich nun Herrn Dickerson, den Auktionär des Abends, bitten, für Andy zu beten."

Stille kehrte ein. Augen wurden feucht, Köpfe neigten sich, und schwielendicke Hände zogen Hüte ab.

Herr Dickerson stellte sich in die Mitte des Klassenzimmers und räusperte sich. Auf sein schlichtes, aufrichtiges Gebet folgte manch ein geflüstertes „Amen".

Damit war unsere Veranstaltung beendet. Die Nachbarn drängten sich um mich, um mir die Hand zu schütteln und mir für meine Bemühungen um diesen gelungenen Abend zu danken. Inmitten dieser warmherzigen, freundlichen Menschen fühlte ich mich überaus wohl.

Als letzte verabschiedeten sich die Pastaschuks. Herr Pastaschuk schüttelte mir mit festem Händedruck die Hand. Seiner Frau rannen die Tränen über die Wangen; sie war nur zu einem hilflosen Lächeln fähig. Andy strahlte mich an, als habe er den Sieger einer großen Schlacht vor sich. „Fein gemacht, Fräulein Thompson", sagte er, „fein gemacht!"

Ich beugte mich zu ihm hinunter und zog ihn an mich. Seine schmächtigen Arme fest um meinen Hals gelegt, erwiderte er meine Umarmung. Als ich mich endlich wieder aufrichtete, war auch mein Gesicht tränenüberströmt. Wortlos streckte Andy seine Hand aus, um mir die Wange zu trocknen. Dann wandte er sich um und ging in die Nacht hinaus.

Andy

Mitte der nächsten Woche erhielten wir Nachricht aus Calgary. Wie wir alle befürchtet hatten, war Andys Zustand ernst. Die Folgen seiner Verletzung hatten sich verschlimmert. Eine innere Schwellung drückte gegen das Gehirn. Der Doktor vermutete, daß ein Knochensplitter die Ursache war, und hatte auf eine baldige Operation gedrungen.

Die ganze Klasse schrieb Andy einen Brief, den sie Frau Blake und Teresa für ihn mitgaben. Der Erfolg der bevorstehenden Operation war so zweifelhaft, daß Teresa nach Calgary reisen sollte, um ihren Bruder noch einmal zu sehen.

Auch ich schrieb einen Brief an Andy. Ich faßte mich kurz, damit Andy den Worten folgen konnte. Ich schrieb ihm, daß wir alle fleißig lernten; daß wir oft an ihn dächten und täglich für ihn beteten, daß wir ihn arg vermißten und uns schon auf seine Wiederkehr freuten.

Doch Andy sollte nicht wiederkehren. Er starb während der Operation in Calgary. Wir erfuhren, daß selbst die Krankenschwestern, die ihn betreut hatten, weinten, als der kleine Junge den Kampf um sein Leben verlor.

Am folgenden Mittwoch nachmittag fanden wir uns im Schulgebäude zu Andys Beerdigung ein. Herr Dickerson verlas einige Abschnitte aus der Bibel, und ein Reiseprediger sprach den Segen. Anschließend folgten wir der Familie zu dem kleinen Friedhof auf dem Hügel.

Viele der Kinder weinten, als wir das Schulhaus verließen. Else Peterson und Mindy Blake gingen dicht an mich gedrängt. Auch mir rannen die Tränen über die Wangen.

Der Weg zum Friedhof war kurz, so daß die Trauergemeinde zu Fuß den Hügel erklomm. Vornean wurde der kleine Fichtensarg getragen. Überall wirbelten Fußtritte kleine Staubwolken von dem trockenen Pfad auf. Es war ein heller, sonniger Herbsttag, von einem leuchtenden Himmel überspannt. Nur hier und da segelten ein paar schneeweiße Wolken über das uferlose Blau. Die Blätter an den Bäumen trugen ein buntes Kleid, und das Laub am Boden raschelte bei jedem Windstoß.

Else brach das lange Schweigen.

„Andy hätte diesen Tag gemocht", flüsterte sie und schaute um sich. Ich wußte, wie recht sie hatte. Ich konnte den kleinen, freundlichen Jungen vor mir sehen, die Augen mit dem blauen Himmel um die Wette leuchtend.

„Wie fein", hätte er dem herrlichen Herbstmorgen zugejubelt. „Fein gemacht!"

Ich weinte hemmungslos. Vor Schluchzen schüttelte sich mein ganzer Körper. Ich mußte an das letzte Mal zurückdenken, als ich geweint hatte, und daran, wie der kleine Junge in meinen Armen mir die Tränen so sanft von der Wange gestrichen hatte. „Fein gemacht, Fräulein Thompson", hatte er dabei geflüstert. Und nun hatte dieses Kind die Reise in das Jenseits angetreten; so jung war es noch, um ganz allein aus dieser Welt zu scheiden. Aber nein, er war ja nicht allein gegangen, keinen einzigen Schritt. In dem Moment, als die liebenden Hände seiner Eltern ihn ziehen lassen mußten, hatte sein himmlischer Vater seine Hand nach ihm ausgestreckt, um ihn sanft in Empfang zu nehmen. Ich versuchte mir vorzustellen, wie der Kleine dieses neue Land betrat: voller Eifer und Aufregung, die Kinderstimme vor Freude laut jubelnd. Nun würde ihm kein Schmerz mehr die Züge verzerren, und nie wieder würde er einen schmerzenden Kopf in den Händen halten müssen. Er würde nur noch reine, ungetrübte Freude erleben. Ich konnte förmlich hören, wie er angesichts der himmlischen Herrlichkeit Gott, den Vater, mit jubelnden Lippen pries: „Fein gemacht, lieber Gott, ganz fein gemacht!"

Kurze Ferien

Wir hielten es für das beste, die Schule für den Rest der Woche zu schließen. Die Kinder hatten unter Andys Tod sehr gelitten, und Herr Laverly hatte gemeint, eine Unterrichtspause würde uns allen guttun. Ich konnte ihm nur zustimmen. Plötzlich fühlte ich mich sehr erschöpft. Ich beschloß, Jon und seine Familie über das Wochenende zu besuchen.

Noch am selben Nachmittag packte ich einen kleinen Koffer und bat darum, in die Stadt gefahren zu werden. Herr Mattoch, der eine leichtere Kutsche mit gefederten Sitzen sein eigen nannte, erklärte sich gern zu diesem Dienst bereit. Die Fahrt in die Stadt verlief erheblich bequemer und schneller als meine bisherigen Ausflüge dorthin.

Der Zug nach Calgary fuhr erst am folgenden Morgen ab, so daß ich mich in dem Hotel am Ort einquartierte und eine schier endlose, einsame Nacht dort zubrachte. Bis zur Abfahrt des Zuges am nächsten Morgen hielt ich mich in den Geschäften der Stadt auf, ohne etwas Hübsches unter den Auslagen zu entdecken. Gewiß lag das jedoch eher an meiner trüben Stimmung als an dem Mangel an Ware.

Endlich war ich unterwegs nach Calgary, wenn die Eisenbahn auch nicht annähernd so sehr darauf brannte, das Ziel zu erreichen, wie ich. Vom Bahnhof in Calgary aus rief ich gleich bei Jonathan daheim an. Mary nahm den Hörer ab, und ihre aufrichtige Freude über mein Kommen wirkte wie ein frischer Morgentau auf meine bedrückte Seele. Jon war schneller zur Stelle, um mich abzuholen, als ich erwartet hatte. Er hatte gerade ein neues

Automobil angeschafft, einen Buick, den er mir voller Stolz vorführte. In Calgary gehörten Automobile noch nicht zum allgemeinen Straßenbild, und diejenigen unter der Bevölkerung, die eine solche Errungenschaft ihr eigen nannten, schienen ihren ganzen Stolz darein zu legen, stets am Steuer des modernsten, elegantesten Fahrzeugs zu sitzen.

Bei Jon daheim erwartete uns schon die gesamte Familie, um mich zu begrüßen. Selbst William scheute sich nicht, seine Tante in die Arme zu nehmen. Ich hielt ein jedes der Kinder länger als gewöhnlich umschlungen; der Schmerz um Andy bedrückte mich immer noch.

Doch Kummer und Traurigkeit konnten sich in Jons Haus nicht lange behaupten. Die Kinder in ihrer freudigen Aufregung ließen mir wenig Zeit, meinen Gedanken nachzuhängen. Voll Eifer schleppten sie sämtliche neuen Schätze herbei, die sie während meiner Abwesenheit geschenkt bekommen hatten. William zeigte mir seinen Pfeil und Bogen, und Sarah las mir aus ihrer ersten Lesefibel vor. Nur Kathleen konnte es nicht übers Herz bringen, auch nur eine Minute lang von meiner Seite zu weichen, um ihr neues Kleid und die neue Puppe aus ihrem Zimmer zu holen.

Stolz führte mir die ganze Familie Elisabeth, das Nesthäkchen, vor und wies mich auf ihre neuesten Fortschritte hin. Die Kleine konnte inzwischen nicht nur lächeln, sondern auch gurren und geradeheraus lachen. Sie ließ es geschehen, daß ich sie auf den Arm nahm und herzte.

Ich brauchte nicht vor dem folgenden Montag wieder nach Pine Springs zurückreisen. Die Eisenbahn fuhr montags, mittwochs und freitags in Richtung Norden, um dienstags, donnerstags und samstags nach Calgary zurückzukehren. Herr Laverly hatte die Unterrichtspause mit Rücksicht auf den Fahrplan anberaumt. Das lange Wochenende, das dadurch vor mir lag, war mir für einen Besuch bei Jonathan und seiner Familie genau richtig erschienen, doch ich wußte nur zu gut, daß die Tage wie im Flug vergehen würden.

Am Samstag früh kam Kathleen in mein Zimmer getanzt, bevor ich noch richtig wach war.

„Dee kommt! Dee kommt!" rief sie voller Entzücken.

Ich lächelte sie schläfrig an und fragte mich dabei im stillen: „Dee? Wer ist denn das?" Dann erinnerte ich mich wieder an ihre feierliche Erklärung, eines Tages Dee zu heiraten. Ich gähnte und wandte mich zu ihr, um sie anzuschauen. „Aha", dachte ich nun, „ich werde also endlich die Ehre haben, Kathleens vielgepriesenen Dee kennenzulernen, diesen eingeschworenen Junggesellen um die dreißig, der so umwerfend nett sein soll – und so felsenfest entschlossen, zeitlebens ein Junggeselle zu bleiben!"

Das Ganze klang eigentlich recht amüsant.

„Wann kommt denn dein Dee?" erkundigte ich mich, während Kathleen durch das Zimmer tänzelte.

„Heute abend, zum Essen. Kennst du ihn schon?"

„Nein, noch nicht", gab ich beiläufig zurück.

„Weißt du was? Wenn ich groß bin, heirate ich ihn", verkündete sie mir aufs neue, ohne sich durch meine Gleichgültigkeit beirren zu lassen.

„Ja, das hast du mir schon einmal gesagt", antwortete ich.

Bald darauf ging sie wieder, um ihrer jüngsten Schwester die aufregende Neuigkeit mitzuteilen. Diese würde zweifellos noch weniger beeindruckt sein als ich, dachte ich schmunzelnd.

Mit dem Verlauf des Tages stieg die Vorfreude auf das Abendessen bei der ganzen Familie. Ich konnte ihnen allen anmerken, wie sehr sie Dees Freundschaft schätzten und sich auf seinen Besuch freuten.

Ich richtete mich sorgfältig für den Abend her, nicht so sehr um dieses unbekannten Dees willen, sondern einfach, weil es eine wahre Wohltat war, ein heißes Wannenbad zu genießen und anschließend ein wenig Aufmerksamkeit auf mein Äußeres zu verwenden. Unser Überraschungspicknick war die letzte Gelegenheit gewesen, für die ich meine Garderobe sorgfältig augewählt hatte. Kathleen kam, um mir bei der Auswahl eines Kleides zu helfen, und drängte mich, das grüne Samtkleid zu tragen. Es hing noch immer im Schrank des Gästezimmers; ich hatte es in letzter Minute vor meiner Abreise nach Pine Springs dort zurückgelassen. „So ein aufwendiges Kleid ist das letzte, was ich als Lehrerin einer Landschule brauchen werde“, hatte ich erklärt. „Mary, macht es dir etwas aus, wenn ich es einfach hier im Schrank lasse?“ Mary hatte keine Einwände gehabt, so daß ich es wieder aus den Lagen schützenden Seidenpapiers befreit und auf den Bügel gehängt hatte. Kathleens scharfe Augen hatten es gleich im sanften Lampenschein erspäht. Ich gab ihrem Drängen nach. Sie half mir bei den Knöpfen, und ich befestigte ihre Haarschleife neu, damit wir ihrer Mutter berichten konnten, wir hätten einander beim Ankleiden geholfen.

Während ich meine Frisur noch ordnete, hüpfte sie schon aus dem Zimmer, doch nur, um gleich darauf wiederzukehren.

„Dee ist da!“ rief sie aufgeregt. „Schnell, beeil dich!“

„Ich komme ja schon, Kathleen!“ lachte ich. Sie nahm mich bei der Hand, um mich ihrem Dee vorzustellen. Ich hoffte insgeheim, nur nicht wieder einen Mann von Herrn Higgins' Art vorzufinden, verwarf diesen Gedanken aber schon im nächsten Moment. Nein, Kathleen besaß einen äußerst gesunden Menschenverstand; ihrem Urteil konnte man durchaus trauen.

„Nanna ist auch da“, teilte sie mir auf dem Weg nach unten mit.

„Nanna?“

„Ja, Nanna. Sie ist Mamas Oma. Nanna Smith heißt sie.“

„Ach, wirklich?“ sagte ich überrascht. „Ich hatte ja keine Ahnung, daß sie heute kommen würde.“

„Mama auch nicht“, kicherte Kathleen. „Mama weiß nie Bescheid, wenn Nanna uns besucht. Sie taucht einfach auf, ohne sich vorher anzumelden. Sie mag Überraschungen."

„Das hat sie wohl mit deiner Tante Betty gemeinsam. Die ist nämlich diesmal auch einfach bei euch hereingeschneit gekommen, nicht wahr?"

„Aber du hättest uns gar nicht Bescheid sagen können", gab sie zurück. „Nanna hätte uns ganz leicht anrufen können. Hat sie aber nicht getan. Sie kommt einfach nur. Sie überrascht uns gern. Wir freuen uns auch, wenn sie plötzlich an die Tür klopft."

Wenig später wurde ich Nanna vorgestellt, einer älteren Dame mit lebhaft funkelnden Augen. Sie schien tatsächlich voller Überraschungen zu stecken. Auch ich hatte eigentlich seit jeher Überraschungen geliebt – bis zu dem Moment, der mich in Kürze erwarten sollte.

Kathleen hatte sich bei Nanna und mir entschuldigt, um ihren Dee zu suchen, damit sie ihn mir endlich vorstellen konnte. Ich stand noch mit dem Rücken zur Tür, als Kathleen auch schon fröhlich verkündete: „Hier ist Dee, Tante Betty!"

Ich wandte mich um. Vor mir stand kein anderer als Wynn Delaney.

Alle Farbe wich mir aus dem Gesicht.

Ich brachte keinen Ton hervor. Stumm starrte ich ihn an, während sich meine Gedanken überschlugen. Wie konnte es nur zu dieser entsetzlichen Verwechslung gekommen sein? Eine Sekunde lang glaubte ich, Besorgnis in seinem Blick zu lesen; ob er befürchtete, ich könnte etwaige Geheimnisse, die er lieber für sich behielt, vor der ganzen Familie lüften?

Allmählich kehrte die Farbe in mein Gesicht zurück – im Übermaß, schien mir, doch wenigstens löste ich mich nun aus meiner Erstarrung.

Ich sah Herrn Delaney auf Kathleen zugehen. Er legte ihr einen Arm über die Schulter. Die Besorgnis in seinem Blick war nun dem Anflug eines amüsierten Lächelns gewichen.

„Deine Tante Betty und ich hatten schon das Vergnügen, uns miteinander bekanntzumachen, Mäuschen."

„Sie sind also ..." stotterte ich ungläubig.

„Dee", ergänzte er meine Frage. „So hat William mich als Zweijähriger genannt; besser brachte er ‚Delaney' nicht zustande. Seither heiße ich bei den Kindern nur noch ‚Dee'."

„Aha ..."

Noch immer wollte es mir nicht gelingen, die Sachlage zu begreifen. Irgend etwas stimmte hier nicht.

„Herr De... Delaney", stotterte ich in dem Bewußtsein, daß meine Frage völlig hirnverbrannt klingen mußte, „Sie haben nicht zufällig einen Zwillingsbruder?"

Er schien in ein herzliches Lachen ausbrechen zu wollen, bevor er merkte, daß ich in meinem vollsten Ernst gesprochen hatte. Er schüttelte nur den Kopf, um mich dann wieder mit leiser Besorgnis im Blick zu mustern. Meine erschrockenen Züge und meine heißen Wangen hatten mir gewiß ein recht verstörtes Aussehen verliehen, denn er nahm mich sachte beim Arm und führte mich auf einen Sessel zu.

„Fühlen Sie sich nicht wohl?" fragte er leise.

Ich versicherte ihm, wenn auch mit leicht bebender Stimme, daß es mir glänzend ginge.

Als vollendeter Gentleman wendete er sich dann Nanna zu, mit der ihn eine jahrelange Bekanntschaft zu verbinden schien.

Ich saß wie betäubt da, während muntere Stimmen den Raum erfüllten. Herr Delaney und Nanna plauderten miteinander, bis Kathleen, die ihrer Ansicht nach viel zu lange unbeachtet dabeigestanden hatte, lautstark verkündete: „Nanna, weißt du was? Wenn ich groß bin, heirate ich Dee!"

Verblüfftes Schweigen folgte auf ihre Worte. Dee hob Kathleen neben sich auf die Couch.

„Was hast du da gesagt, Mäuschen?"

„Ich heirate dich", sagte sie und zeigte mit dem Finger

auf seinen breiten Brustkorb. „Ich heirate dich, wenn ich groß bin. Stimmt's?"

„Da bin ich mir nicht so sicher." Er wählte seine Worte sorgfältig. „Sieh mal, wenn man jemand ganz besonders gern hat, heißt das nicht immer, daß man ihn auch später heiraten wird. Auch die allerbesten Freunde können Freunde bleiben, ohne sich gegenseitig zu heiraten."

Kathleen legte die Stirn in Falten.

„Du zum Beispiel", fuhr Herr Delaney fort, „du hast doch deinen Daddy ganz schrecklich lieb, nicht wahr? Aber darum wirst du ihn nicht gleich heiraten, oder?"

Kathleen schüttelte langsam den Kopf.

„Und deine Mama hast du auch lieb, und Nanna, und Baby Elisabeth, und deinen Teddybär – aber deshalb wirst du sie nicht allesamt heiraten wollen, oder doch?"

Kathleens Miene hellte sich ein wenig auf, als sie sein Augenzwinkern bemerkte.

„Und genauso ist es auch mit uns beiden", sprach er weiter. „Wir sind gute Freunde, du und ich, aber das können wir auch bleiben, ohne einander zu heiraten."

Kathleen nickte. Dees Worte klangen überzeugend.

Mary rief sie zu sich in die Küche, und sie sprang von der Couch auf. Ihre soeben noch kummergetrübten Augen hatten ihr altes Strahlen wiedergewonnen.

„Sie hätten ihr zu Gefallen aber ruhig auf den Spaß eingehen sollen", meinte Nanna, als die Kleine den Raum verlassen hatte.

„Wie meinen Sie das?"

„Nun, Sie hätten zu ihr sagen können: ‚Eines Tages vielleicht.'"

„Aber dieser Tag wäre nie gekommen."

„Natürlich, und das wissen Sie so gut wie wir; und auch Kathleen würde es früher oder später begriffen haben."

„Aber was, wenn sie es nicht begriffen hätte?"

„Sie ist doch nur ein Kind!"

„Ein Kind, das einmal erwachsen sein wird. Sie hat noch manches Jahr der Kindheit vor sich. Was würde aber geschehen, Nanna, wenn ich in der Zwischenzeit jemand anders heiraten würde, ich meine, bevor sie die Wahrheit ganz begriffen hat?“

„Sie und heiraten?“

Herr Delaney lächelte gutmütig über diesen Scherz auf seine eigenen Kosten.

„Oder was würde geschehen, wenn sie die Wahrheit nie recht begreifen würde und als erwachsene Frau felsenfest damit rechnen würde, mit diesem Greis von einem Mann vor den Traualtar zu treten?“

Nanna zuckte die Achseln und gab im Scherz zurück: „Vielleicht werden Sie eines Tages noch über Kathleens Heiratsantrag froh sein!“

Nun wurde Herr Delaney ernster.

„Wenn überhaupt jemand die Wahrheit verdient, Nanna“, sagte er, „dann ist es ein Kind. Kinder können alles verkraften, auch die schmerzlichsten Dinge des Lebens, wenn sie ihnen nur in Aufrichtigkeit und Liebe gesagt werden. Ich hoffe, daß ich mich nie, niemals an einem Kind schuldig mache, indem ich sein Vertrauen durch Unwahrheit verrate.“

Seine Worte hallten in mir nach, um einen unbändigen Zorn in mir zu entfachen. Wie konnte er nur so reden, der er doch selbst ein lügenumwobenes Zweitleben führte! Ich entschuldigte mich und ging geradewegs in mein Zimmer. Mir war übel.

Kurze Zeit später kam Mary zu mir.

„Dee läßt nach dir fragen, Betty. Fühlst du dich nicht wohl?“

„Kein bißchen wohl!“ hätte ich am liebsten geschrien. Statt dessen fragte ich nur: „Mary, hast du mir nicht erzählt, daß Wynn Delaney, euer sogenannter ‚Dee‘, alleinstehend ist?“

„Ja.“

„Und hast du nicht gesagt, daß er das auch bleiben will?“

Sie nickte.

„Also, vielleicht ...“ Wieder wurde ich kreidebleich. „Vielleicht ist der Grund, weshalb er hier in Calgary keine Frau hat, einfach der, daß er schon verheiratet ist.“

„Wynn?“

„Ja, Wynn.“

„Das ist doch unmöglich! Wir kennen doch Wynn schon seit ...“

„Offensichtlich kennt ihr ihn nicht sehr gründlich.“

„Elisabeth, wir wissen nur zu gut ...“

„Er hat eine Frau, sage ich dir, und einen Sohn dazu. Ich habe sie beide kennengelernt.“

„Du hast ... was?“

„Sein Sohn heißt Philipp und geht in meine Schule!“

„Philipp?“

„Jawohl, Philipp heißt er, und ich habe ...“

„Elisabeth, dieser Philipp ist Lydias und Philipps Sohn.“

„Wessen Sohn?“

„Lydias und ...“

„Ist sie etwa geschieden?“

„Lydia?“ rief Mary verblüfft aus.

„Sie lebt doch mit Wynn zusammen!“ beharrte ich.

„Wynn ist Philipps älterer Bruder.“

„Dann gibt es also einen zweiten Philipp? Wo hält der sich denn auf?“

„Hier, im Krankenhaus. Das ist auch der Grund, weshalb Wynn so häufig nach Calgary kommt. Lydia und der kleine Philipp sind übrigens auch gerade hier. Sie übernachten bei Lydias Eltern.“

Ich spürte, wie mir die Knie nachgeben wollten. Erschöpft ließ ich mich auf einen Stuhl sinken.

„Betty, du fühlst dich nicht gut, hab' ich recht?“ fragte Mary besorgt.

Ich wußte selbst keine Antwort. Alles schien sich im Raum zu drehen, und mein Magen schmerzte heftig.

Nach langem Schweigen flüsterte ich schließlich: „Mary, bist du dir ganz sicher?“

„Aber natürlich bin ich mir ganz sicher!"

Nun begann ich, die Bruchstücke des Mosaiks zu einem Bild zusammenzufügen. Lydia ... ihre herzliche Freundlichkeit ... Wie hatte sie sich ausgedrückt? „Bei uns daheim herrscht ein riesiges Durcheinander." Ja, natürlich! Und wie amüsiert sie das Wettbieten um meine Picknickschachtel verfolgt hatte ...

„Ach, Mary!" stöhnte ich. Mehr brachte ich nicht hervor. Ich schlug die Hände vors Gesicht und dachte beschämt an die vielen Begebenheiten, an denen ich Wynn Delaney gegenüber unverzeihlich schroff gewesen war. Wie konnte ich mich nur je dafür entschuldigen?

„Sie haben gute Neuigkeiten", fuhr Mary fröhlich fort. „Philipp wird am Montag endlich aus dem Krankenhaus entlassen und darf nach Hause. Ich habe gerade heute mit Lydia gesprochen. Sie ist ganz außer sich vor Freude!"

„Ja ... das ist sie gewiß", stotterte ich.

„Ich muß wieder zu unseren Gästen gehen. Fehlt dir auch wirklich nichts?"

Ein schwaches Lächeln gelang mir.

„Mach dir keine Sorgen um mich. Mir geht's gut. Ich komme in ein paar Minuten nach. Ich glaube, es kam alles zu überraschend, aber jetzt fühle ich mich schon viel besser."

Mary schloß die Tür hinter sich, und ich rang um meine Fassung. Mein Herz pochte so laut, daß ich es förmlich hören konnte.

Wynn Delaney war also gar nicht verheiratet!

Er war nicht Lydias Mann. Er war überhaupt niemandes Mann. Und so oft, wenn er mir seine Hilfe angeboten hatte, hatte ich ihn schroff abgewiesen. Wie sollte ich ihm mein absurdes Verhalten nur erklären? Was dachte er wohl von mir? Mir wurde übel.

Dee

Zum gemeinsamen Abendessen fand ich mich wieder ein. Ich war ohne Zweifel noch recht bleich, und mein Lächeln mußte gezwungen gewirkt haben, doch inmitten des fröhlichen Plauderns und Lachens um den Tisch hoffte ich, daß das unbemerkt blieb. Während der Mahlzeit verhielt ich mich schweigsam, doch das war nicht außergewöhnlich, und wenn ich angesprochen wurde, fand ich stets eine angebrachte Antwort.

Kathleen hatte sich erbeten, zwischen „ihrem" Dee und „ihrer" Tante Betty sitzen zu dürfen, was ihre Mutter ihr erlaubte. Immerhin hatte sie soeben einen „Korb" von dem Mann ihrer Träume erhalten. Dee schenkte ihr viel von seiner Aufmerksamkeit, um ihr zu zeigen, daß er sie nach wie vor sehr mochte, wenn er auch alle Heiratspläne mit einem Schlag zunichte gemacht hatte. Kathleen zeigte jedoch keine Spur von Gekränktsein. Ohne Unterlaß plauderte sie fröhlich mit Dee über ihre neue Puppe: „Ich zeig' sie dir gleich nach dem Essen!", über ihr neues Kleid: „Beinahe so grün wie Tante Bettys Kleid", über ihren Vormittag ohne Sarah: „Da hab' ich Mama geholfen", und darüber, wie sehr die kleine Elisabeth sie mochte.

Zwischendurch wandte sich Kathleen an mich, um sich zu vergewissern: „Das stimmt doch, nicht wahr, Tante Betty?", worauf ich mich für eine Weile an dem Gespräch beteiligen mußte.

Für die Sitzordnung zu Tisch war ich überaus dankbar. Auf diese Weise war ich wenigstens nicht gezwungen, Wynn Delaney, Kathleens „Dee", gegenüber zu sitzen, wo mein Blick zweifellos dem seinen begegnet wäre.

Seine tiefsinnigen Augen hätten womöglich den Grund meiner inneren Verwirrung entdeckt.

Nach der Mahlzeit schickte Jonathan die Kinder in ihre Zimmer, um vor dem Schlafengehen noch eine Weile zu spielen. Die Erwachsenen saßen indessen noch bei einer zweiten Tasse Kaffee zu einer ruhigeren Gesprächsrunde beisammen. Ich hatte mich in der Gegenwart der Kinder wohler gefühlt, denn durch ihr munteres Geplapper war meine Schweigsamkeit nicht aufgefallen. Nun begannen Jon und Mary, zahllose Fragen an mich zu richten, was meine Schule, meine Schüler, meine Nachbarn und das kleine Lehrerhaus betraf. Aus Liebe zu ihnen antwortete ich, so ausführlich ich konnte, wenn ich auch nur ungern die Aufmerksamkeit aller auf mich gerichtet sah.

„Elisabeth ist gewiß sehr müde“, warf Wynn nach einer Weile ein. Ich sah überrascht auf. Er hatte mich noch nie bei meinem Vornamen genannt.

„Sie hat eine beträchtliche Arbeit an den Kindern dort in Pine Springs geleistet“, fuhr er fort, „und obendrein hat sie sich sehr für eine bedürftige Familie eingesetzt und einen bunten Abend zu ihren Gunsten organisiert.“

Ich hatte Jon und Mary schon zuvor von Andys Schicksal berichtet. Alle sahen mich mit aufrichtiger Anteilnahme an.

Ich schluckte. Der Gedanke an den tapferen kleinen Erstkläßler schmerzte noch immer.

„Die Arbeit ist kaum der Rede wert“, beeilte ich mich, „wenn nur nicht alles so traurig geendet hätte ...“

Wynn streckte den Arm über den freien Platz zwischen uns aus, um mir mitfühlend die Hand zu streicheln. Erschrocken sah ich mich in der Runde um, doch niemand schien auch nur im geringsten von seiner Geste überrascht zu sein. Ich vermutete, daß die übrigen sie besser als ich zu deuten wußten, da sie ihn schon länger und besser kannten als ich. Mary, die auf die Erwähnung von Andys Tod hin einen erneuten Tränenausbruch meinerseits befürchtete, rettete die Lage, indem sie sich erhob und lächelnd ankündigte: „Ich habe vier Kinder, die auf ihre Mutter warten. Jon, führe du doch unsere Gäste ins Wohnzimmer. Ich komme in ein paar Minuten nach."

„Es wird Zeit, daß ich mich auf den Heimweg mache, meine Liebe", sagte Nanna und erhob sich ebenfalls. „Welch ein netter Abend! Es war mir wieder eine rechte Freude, bei euch zu Gast zu sein. Bei euch und den Kindern geht es doch viel munterer zu als bei mir daheim, wo ich meist mutterseelenallein am Tisch sitze." Sie schüttelte sich in gespielter Abscheu. Mary küßte sie auf die Wange.

„Wir freuen uns ja so, daß du gekommen bist. Komm nur jederzeit wieder, wenn dir danach zumute ist!"

„Worauf du dich verlassen kannst!" versprach sie augenzwinkernd.

Jon fuhr Nanna in seinem Automobil nach Hause. Wir verabschiedeten uns von ihr, und Mary lief nach oben, um die Kinder zu Bett zu bringen.

Nun war der gefürchtete Moment gekommen. Ich wußte, daß ich Wynn eine Erklärung für mein sonderbares Verhalten in den vergangenen Wochen schuldete, doch ich war mir nicht sicher, wie ich beginnen sollte.

Wynn und ich bekamen unsere Kaffeetassen neu gefüllt und wurden in das Wohnzimmer geschickt. Eigentlich war mir längst aller Appetit auf Kaffee vergangen, doch andererseits war ich froh, meine vor Nervosität zitternden Hände nun mit der Tasse zu beschäftigen. Jon würde nicht lange ausbleiben, so daß ich beschloß, sobald wie möglich zur Sache zu kommen.

„Ich fürchte, ich bin Ihnen eine Erklärung schuldig", sagte ich mit unsicherer Stimme, als wir vor dem Kamin Platz genommen hatten.

Er wendete den Blick von dem Feuer ab, um mich anzusehen. Ich wußte nicht, ob es meine Worte oder eher der Ton meiner Stimme war, der ihm die Wichtigkeit meines Anliegens verraten hatte.

Fragend schaute er mich an, doch da er stumm blieb, fuhr ich fort.

„Nun, Sie müssen wissen, daß ich in dem Glauben war ... Ich meine, ich hatte angenommen, daß ... daß Sie Philipps Vater seien."

Verdutzt starrte er mich an.

„Sie haben gemeint, daß ich ... daß die Frau meines Bruders meinen Sohn großzöge?"

„Ich habe nicht einmal gewußt, daß Sie einen Bruder haben."

„Dann haben Sie gedacht, daß ... daß ... Wie bitte?"

„Ich habe gedacht, Lydia sei Ihre Frau."

„Aber wie kamen Sie denn nur darauf?" Er schüttelte fassungslos den Kopf. Dann gebot er allen weiteren Erklärungen mit erhobener Hand Einhalt. „Nun, Lydia ist eine prächtige Frau – aber mein Bruder Philipp ist der glückliche Ehemann, nicht ich."

„Das weiß ich inzwischen. Mary hat es mir gesagt."

Er stand auf, um ein paar Schritte umherzugehen. Dann blieb er stehen und starrte wieder in die Flammen im Kamin. Als er sich endlich wieder mir zuwandte, stand ihm noch immer eine grenzenlose Verwunderung im Gesicht geschrieben.

„Sie haben also allen Ernstes geglaubt, ich sei ein verheirateter Mann?"

„Ja."

Wieder schüttelte er den Kopf und betrachtete gedankenverloren das Kaminfeuer. Schließlich hob er den Kopf.

„Wie in aller Welt sind Sie nur auf diese Idee gekommen?" Es klang nicht anklagend, sondern lediglich verwundert. Dennoch hatte ich den Drang, mich zu verteidigen. Gewiß war es nicht ausschließlich meine Dummheit gewesen, die mich zu diesem Fehlschluß verleitet hatte. Tränen brannten mir in den Augen. Ich stand auf.

„Auf diese Idee bin ich gekommen", sagte ich mit Nachdruck, „weil Sie und Lydia im selben Haus wohnten, weil ausgerechnet Sie mich in der Schule aufgesucht haben, um mit mir über Philipp zu sprechen, und weil Sie seine Hausaufgaben bei mir abgeholt haben. Sie haben von ‚seiner Mutter und ich' gesprochen, und Sie haben denselben Nachnamen – und niemand hat sich je die Mühe gemacht, mir zu erklären, daß ein Philipp senior überhaupt existiert."

Meine Stimme war recht laut geworden. Während er meinen Worten folgte, war die Verwunderung in seinem Gesicht dem Ausdruck des Bedauerns gewichen.

„Ach, so war das also!" sagte er schließlich kleinlaut und richtete den Blick wieder auf die Flammen.

Ich setzte mich auf meinen Platz. Meine Hände zitterten wie Espenlaub. Mühsam stellte ich meine Tasse auf den Tisch neben meinem Sessel.

„So war das also!" sagte er nochmals und schaute mich wieder an. „Bildlich gesprochen, haben Sie mir demzufolge Ihr Überraschungspicknick geradewegs an den Kopf geworfen, nicht wahr?" Seine Aufrichtigkeit nahm seinen Worten jede Schärfe.

Ich war zu keiner Antwort fähig. Ich konnte nicht einmal seinen Blick erwidern. Zerstreut drehte ich mein Taschentuch zwischen den Händen, während meine Wangen spürbar heißer wurden. Plötzlich hörte ich ein leises Lachen. Von dem unvermuteten Wechsel überrascht, schaute ich auf.

„Das Ganze ist doch eigentlich furchtbar komisch, nicht wahr?" In seinem Blick lag wieder der alte Funke von Humor, und er lachte fröhlich auf. „Stellen Sie sich nur vor: Ich lasse es mich sage und schreibe zehn Dollar und fünfundsechzig Cents kosten, mein Picknick mit der hübschen, jungen Lehrerin zu teilen, und statt dessen läßt sie mich abblitzen, nur weil sie in dem Glauben ist ..."

„Wie bitte? Zehn Dollar und fünfundsechzig Cents? Für eine einzige Picknickschachtel?" Ich war sprachlos.

Lachend nickte er wie ein auf frischer Tat ertappter Schuljunge.

„Aber das ist doch ... das ist doch geradezu lächerlich!

Die anderen Schachteln sind doch alle für ein oder zwei Dollar ..."

„Aber nicht Ihre!"

Nun war es Verlegenheit, die mir die Röte in die Wangen trieb. An dem bunten Abend war mir der Preis für meine Schachtel völlig entgangen.

„Es war immerhin eine gute Sache", versicherte er mir ernsthaft, „und die zehn Dollar fünfundsechzig waren ohnehin als Spende gedacht."

Wieder mußte ich an den kleinen Andy denken. Ja, es war ein würdiger Anlaß gewesen.

„Und obendrein", jammerte er im Scherz, „hätte es ein reines Vergnügen werden können."

„Ich ... ich hatte ja keine Ahnung ... Es ... es tut mir leid. Wirklich leid!"

„Mir auch, Fräulein Thompson." Sein Blick begegnete meinem, bevor er wieder das Feuer betrachtete.

Das unbeholfene Schweigen, das nun folgte, erschien mir wie eine Ewigkeit.

„Wenn ich ehrlich sein soll", sagte er schließlich, „war es vielleicht besser so."

Er wandte dem Feuer den Rücken zu und setzte sich in den Sessel mir gegenüber. Seine leere Tasse stellte er auf den Tisch.

„Wie meinen Sie das?" fragte ich.

„Nun, ich fürchte, ich war drauf und dran, wie ein Farmer zu denken."

„Ist es etwas Schlimmes, wie ein Farmer zu denken?"

Er lächelte.

„Nicht, wenn man einer ist."

„Aber Sie sind doch kein Farmer?"

„Ich?"

Ich nickte.

„Nein, allerdings nicht."

„Aber Sie ..."

„Ich habe Sonderurlaub bewilligt bekommen, um die Ernte für Philipp einzubringen. Ich bin auf einer Farm aufgewachsen, so daß ich wenigstens halbwegs Bescheid weiß, wie man so etwas angreift. Es hat mir sogar Spaß gemacht. Die Feldarbeit war mir eine willkommene Abwechslung. Ein paarmal habe ich mich sogar dabei ertappt, wie ich mir insgeheim wünschte, die Farm damals nicht verlassen zu haben. Ein Farmer ist nämlich sein eigener Herr; er braucht sich von niemandem Vorschriften machen zu lassen, soweit die Wetterverhältnisse das zulassen, aber ... " Er unterbrach sich und zuckte mit den Achseln. „Aber bald wird Philipp wieder das Kommando auf seiner Farm übernehmen – und über seinen Sohn – und über seine Frau."

Letzteres hatte er im Scherz gesagt, und wieder stieg mir eine heiße Röte in die Wangen.

Ich hätte ihn zu gern gefragt, wohin ihn sein Weg nun führen würde und was sein Beruf ihm bedeutete, doch statt dessen trat ich nur schweigend ans Fenster, um in die Nacht hinauszuschauen. Draußen stieg Jon gerade aus dem Automobil und schlug die Tür zu.

„Ich glaube, ich sage den Kindern geschwind gute Nacht", entschuldigte ich mich, nahm die leeren Kaffeetassen und verließ das Zimmer.

Ich spürte, wie sein Blick mir folgte. Es widersprach allen Regeln der Höflichkeit, ihn allein zurückzulassen, doch ich wußte, daß Jon ihm bald wieder Gesellschaft leisten würde.

Rückkehr zum Schulalltag

Am nächsten Morgen sahen wir Wynn, Lydia und den jungen Philipp in der Kirche, ohne jedoch die Gelegenheit zu einem Gespräch zu finden. Im Grunde war ich sehr froh darüber, denn tief in meinem Herzen herrschte noch immer große Verwirrung.

Am Nachmittag, als Mary und ich miteinander allein waren, lenkte sie die Unterhaltung wieder auf Wynn.

„Was hältst du denn nun eigentlich von unserem Dee, nachdem du ihn endlich unter die Junggesellen eingeordnet hast?" erkundigte sie sich geradeheraus. Sie sagte es lachend, und auch ich lachte mit ihr, wenn auch nicht, ohne ein wenig zu erröten.

„Er ... er scheint ein netter Kerl zu sein." Es klang vollkommen unzureichend, doch eine passendere Antwort wollte mir nicht einfallen.

„Er ist mehr als nur ein netter Kerl", gab Mary entschieden zurück. „Er ist ... er ist einfach ein lieber Freund unserer Familie. Ich hatte sogar schon Hoffnungen gehegt, daß ..." Sie führte den Satz nicht zu Ende, sondern warf mir nur einen prüfenden Blick zu. Dann wechselte sie das Thema. „Wenn er doch nur nicht so entsetzlich starrköpfig wäre!"

„Starrköpfig?"

„Nun, im allgemeinen kann man prima mit ihm auskommen, aber er hat es sich nun einmal in den Kopf gesetzt, daß Heiraten und sein Beruf ganz und gar nicht zusammenpassen."

„Ach, wirklich?"

„Er ist felsenfest entschlossen, niemals eine Frau zu

bitten, ihn zu heiraten. Er sagt, andere Männer leben nach dem Prinzip: Gott, Ehefrau, Beruf, aber bei ihm würde es heißen: Gott, Beruf, Ehefrau, und das will er keiner Frau zumuten."

„Liebe Güte", sagte ich so gelassen, wie ich nur konnte, „da muß er sich ja für einen mächtig wichtigen Mann halten."

„Nein, nein, so ist es nicht. Er hält nur seinen Beruf für wichtig, weiter nichts. Er tut seine Arbeit mit ganzer Hingabe – aber auf der anderen Seite führen ihn seine Aufgaben zuweilen in recht einsame Landstriche. Er war schon eine Zeitlang im hohen Norden, und dorthin kann er auch jederzeit wieder abgerufen werden. Ein solches Leben will er einfach keiner Frau zumuten. Es geht wohl recht primitiv dort oben zu ..."

„Aber wenn eine Frau einen Mann wirklich liebt", fiel ich ihr ins Wort, „dann werden ihr diese Umstände nichts ausmachen ... Weiß er denn nicht, daß es so etwas wie echte, tiefe Liebe gibt und daß eine Frau ..."

„Meine liebe Betty", schmunzelte Mary augenzwinkernd, „vielleicht wirst du ihm das noch beibringen müssen!"

„Nun hör mir mal zu, Mary", begann ich entrüstet, während ich bis in die Haarwurzeln errötete. Mary brach in ein fröhliches Lachen aus.

„Er wird dir ein gelehriger Schüler sein, und dazu hört man, daß du eine hervorragende Lehrerin bist", neckte sie mich.

Trotz meines hochroten Kopfes war ich nicht bereit, meine Niederlage einzugestehen.

„Nun", fragte ich, „was ist denn das nur für ein Beruf, der ihn so unabkömmlich macht und ihn zum lebenslänglichen Junggesellendasein verurteilt?"

Mary wurde ernster.

„Weißt du denn nicht, was Wynn tut?"

„Nein. Woher sollte ich es auch wissen?"

„Er ist ein Mountie."

„Ein … was?“

„Ein Mountie. Ein berittener Polizist der Abteilung Nordwest.“

„Ich weiß, was ein Mountie ist. Es hat mich nur überrascht. Das hätte ich nicht erwartet …“

Endlich löste sich die Spannung, die sich während des vergangenen Tages in mir aufgestaut hatte, in einer plötzlichen Lachsalve. „Julie würde vor Verzückung in Ohnmacht fallen!“

„Wie bitte?“

„Oh, nichts Besonderes!“ winkte ich ab, nachdem ich mich wieder gefaßt hatte. Gerade in diesem Moment begann die kleine Elisabeth zu weinen, und Mary sprang auf. Für eine Weile war ich meinen Grübeleien überlassen.

Wieder dachte ich an seine Worte: „Ich fing an, wie ein Farmer zu denken.“ Nun wurde mir allmählich klar, was er damit gemeint hatte. Ein Farmer brauchte sich nicht davor zu scheuen, sein Leben mit einer Frau zu teilen.

Den Montag morgen, so hatte ich mir vorgenommen, würde ich in der Stadtbibliothek verbringen, um nach Material für meinen Unterricht zu suchen. Ich bat Jon, mich einige Stunden vor der Abfahrt meines Zuges in die Stadt zu fahren. Bereitwillig kam er meinem Wunsch nach und brachte mich zeitig an den Bahnhof, wo ich mein Billet kaufte und mein Gepäck abgab. Dann verabschiedete ich mich von meinem Bruder und bemühte mich, ihm verständlich zu machen, wieviel das Wochenende im Kreis seiner Familie mir bedeutet hatte. Ich fühlte mich nun in der Lage, meine Arbeit im Klassenzimmer wieder aufzunehmen.

Die kurze Strecke zur Bibliothek legte ich zu Fuß zurück und betrat das Gebäude. Da es sich um eine verhältnismäßig kleine Sammlung handelte, brauchte ich niemanden um Auskunft zu bitten, sondern machte mich selbständig auf die Suche. Mein Blick fiel auf einen äußerst ungewöhnlichen Titel: *Herkunft und Bedeutung von Eigennamen.* Ich nahm es aus dem Regal und blätterte darin. Unter „E" fand sich „Elisabeth". Es war ein Name hebräischen Ursprungs, las ich, und bedeutete soviel wie „die Gottgeweihte". Ich war angenehm überrascht. Es war schön, Gott zu gehören.

Dann vergewisserte ich mich mit einem verstohlenen Blick, daß ich von niemandem beobachtet wurde, und schlug das Buch bei dem Buchstaben „W" auf. Ich hatte kaum zu hoffen gewagt, Wynns Namen dort zu finden, doch das Werk gab auch hier umfassend Auskunft. „Altwalisischer Herkunft", stand dort zu lesen, „Bedeutung: hell; gerecht". Schnell schlug ich das Buch wieder zu. Der Name war durchaus zutreffend, fand ich. Nun fielen mir Marys neckende Worte wieder ein. Ich sollte Wynn eines Besseren belehren, was das Heiraten betraf, hatte sie im Scherz gemeint. Beinahe gegen meinen Willen mußte ich plötzlich denken: „Aber mit Vergnügen! Ich würde es wirklich gern versuchen." Schmunzelnd bedauerte ich es im stillen, in dieser Kunst nie von Julie Unterricht genommen zu haben. Ich hatte nicht die geringste Vorstellung davon, wie man einen Mann von seiner Meinung abbringt, besonders, wenn es ums Heiraten ging. Schließlich schob ich den Gedanken beiseite, um mich auf die Suche nach meinem Unterrichtsmaterial zu machen.

Ich erreichte den Bahnhof zeitig vor Abfahrt des Zuges und suchte mir einen Platz im Waggon. Allem Anschein nach würde der Zug heute kaum besetzt sein. Ich richtete mich auf eine lange und langweilige Fahrt ein. Diesmal war ich jedoch besser dafür gerüstet: ich hatte mir ein fesselndes Buch in mein Handgepäck gesteckt. Das häufige Anhalten, Aus- und Einsteigen der Reisenden und Verfrachten von Gütern würde mich bei weitem nicht so sehr auf die Geduldsprobe stellen, wenn ich mit einer interessanten Lektüre beschäftigt war, hatte ich überlegt.

Das Buch hielt meine Aufmerksamkeit jedoch nicht lange gefangen. Immer wieder starrte ich aus dem Fenster in die langsam vorüberziehende Landschaft hinein, und in den kleinen Ortschaften, in denen die Eisenbahn halt machte, betrachtete ich gedankenverloren das Schauspiel des Güterverladens und das Zusteigen neuer Passagiere. Als wir den Bahnhof von Red Deer soeben hinter uns gelassen hatten, beschloß ich, mir die Beine ein wenig zu vertreten und im Waggon auf- und abzugehen.

Ich erhob mich und sah mich um. Plötzlich entdeckte ich, daß Familie Delaney im selben Waggon saß. Schnell wollte ich mich wieder setzen, bevor ich von ihnen bemerkt wurde, doch Lydia hatte mich schon erspäht. Sie winkte mir zu. Ich erwiderte den Gruß, worauf sie mir bedeutete, ich solle zu ihnen kommen. Mir blieb keine andere Wahl, als ihrer Aufforderung zu folgen. Wynn erhob sich, um mir seinen Platz neben dem kleinen Philipp anzubieten. Lydia und der ältere Philipp saßen mir nun gegenüber. Ich sah Lydias Mann heute zum ersten Mal, doch seine Ähnlichkeit mit Wynn war unverkennbar, wenn Philipp auch durch den langen Krankenhausaufenthalt bleich wirkte und hellere Haare hatte. Lydia strahlte förmlich vor Glück; ohne Frage hatte sie ihren Mann arg vermißt, und seine Abwesenheit mußte sehr schmerzhaft für sie gewesen sein. Die häufigen Reisen nach Calgary waren mir nun vollkommen klar. Ich wunderte mich nur, daß Philipp mir gegenüber niemals von seinem Vater gesprochen hatte, doch vielleicht hatte er seine kindlichen Ängste durch sein Schweigen zu besänftigen versucht. Auch seinen Onkel Wynn hatte er nie erwähnt, wenn er ihn auch offensichtlich bewunderte.

„Mutter wartet schon daheim", verriet Lydia. „Sie kann es ja kaum erwarten, Phil mit ihren Kochkünsten zu verwöhnen! Sie ist gewiß seit zwei Tagen nicht mehr von ihrem Herd gewichen."

„Mir soll's nur recht sein", meinte ihr Mann. „Das Essen im Krankenhaus ist mir so verleidet, daß ich mir

Mutters Betulichkeit gern eine Weile gefallen lasse. Es ist ihr, wie ich sehe, auch gelungen, Wynn ein paar Pfunde anzufüttern – wenn es in ihren Augen auch längst nicht genug war!"

„Nun, bei Wynn hat sie's nicht leicht gehabt", warf Lydia lachend ein. „Der hatte sein Essen nämlich schon abgearbeitet, wenn es auf den Tisch kam!"

Der kleine Philipp nahm sein Buch über die Tiere aus aller Welt und setzte sich auf die Bank auf der anderen Seite des Ganges. Ich rückte zur Seite, um Wynn Platz zu machen.

Phil schien zwar den ausgeprägten Sinn für Humor mit seinem Bruder gemeinsam zu haben, doch besaß er bei weitem nicht das selbstsichere Auftreten, das Wynn auszeichnete. Ob das an seiner langen Krankheit liegen mochte? Doch selbst darüber hinaus zeichnete sich Wynn durch etwas Besonderes, Bemerkenswertes aus. Ob er das vielleicht seinem Beruf als Mountie verdankte, überlegte ich, wenn das auch keine völlig befriedigende Erklärung zu sein schien. Schließlich kam ich zu dem Schluß, daß Wynn von Natur aus ein außergewöhnlich verantwortungsbewußter Mann war, der seinem Beruf mit großer Hingabe nachging. Gewiß war er ein geschätztes Mitglied der berittenen Polizei.

Ich gab Lydia zu verstehen, wie sehr ich mich mit ihr über die Rückkehr ihres Mannes freute.

„Mir scheint, Wynn ist mindestens genauso froh, daß ich endlich wieder nach Hause komme", meinte Phil. „Der Heuwagen und die Kühe haben ihm bestimmt arg zugesetzt."

„Kinderspiel!" gab Wynn zurück.

„Gebt nur acht: Gleich wird er uns weismachen wollen, daß er es gar nicht erwarten kann, endlich wieder eine ‚richtige' Arbeit leisten zu können", scherzte Phil.

„Genau so ist es!" zahlte Wynn es ihm mit gleicher Münze zurück. „Mir war schon so, als ..."

„Sag's lieber nicht", winkte Phil ab. „Ob es nun ein

Kinderspiel für dich war oder nicht, ohne deine Hilfe wären wir jedenfalls verloren gewesen."

„Du wirst ein paar Monate brauchen, um wieder zu Kräften zu kommen, aber dazu kannst du dir ja nun den ganzen Winter über Zeit nehmen. Den Pflug brauchst du erst in fünf Monaten wieder hervorzuholen."

„Ich fürchte, das schwerste Stück Arbeit wird sein, ihn zum Ausruhen zu überreden", sagte Lydia.

„Der junge Miller versteht sich glänzend auf die Tierhaltung. Phil wird sich vorerst um nichts zu kümmern brauchen", versicherte ihr Wynn.

Während die Delaneys Pläne für die Zukunft schmiedeten, wurde mir deutlich, daß Wynn nicht im geringsten die Absicht hegte, auf der Farm zu bleiben, sobald Phil wieder daheim war. Im stillen fragte ich mich, wohin ihn seine Wege nur führen mochten und ob ich ihn dann je wiedersehen würde. Doch diese Gedanken behielt ich für mich.

Lydia hielt Phils Hand fest in der ihren. Es schien, als wollte sie sie nie wieder loslassen. Gewiß hatten die beiden einander vieles zu sagen. Ich erhob mich.

„Es wird Zeit, daß ich wieder an meinen Platz zurückgehe", sagte ich. „Ich muß mein Handgepäck noch in Ordnung bringen."

Wynn stand auf, um mich an sich vorbeizulassen. Durch einen seitlichen Ruck des Waggons stolperte ich, so daß ich um ein Haar das Gleichgewicht verloren hätte. Wynn kam mir zu Hilfe und bot mir Halt. Hastig richtete ich mich wieder auf, hielt mich an einer Sitzbank fest und lehnte mich zurück. Diese Berührung, so kurz und unvorhergesehen sie auch gewesen war, hatte mich ein wenig aus der Fassung gebracht.

Bald hatte ich mein Gepäck geordnet und auf dem Sitz neben meinem gestapelt. Ein Blick aus dem Fenster sagte mir, daß uns bis zur Ankunft noch mehrere Meilen blieben. Ich nahm mein Buch wieder zur Hand und starrte die Seiten an, ohne die Buchstaben überhaupt aufzunehmen.

Ein Geräusch ließ mich aufmerken. Wynn war im Begriff, sich auf die Bank mir gegenüber zu setzen.

„Darf ich?"

„Aber natürlich!"

„Sagen Sie, haben Sie schon für Ihre Fahrt zur Schule gesorgt?"

„Ich ... Nein. Um ehrlich zu sein, daran hatte ich überhaupt noch nicht gedacht."

„Umso besser. Dann fahren Sie halt bei uns mit."

„Aber ... Vielen Dank."

„Das ist Ihnen doch recht, oder nicht?"

„Ja, selbstverständlich – solange es Ihnen auch recht ist."

„Dann bleibt es also dabei."

Er wollte gerade wieder aufstehen, als ich ihn zurückhielt.

„Einen Moment noch, Herr Delaney", sagte ich. Ich hatte ihn, außer in meinen Gedanken, noch nie beim Vornamen genannt. „Ich habe versucht, Ihnen mein Verhalten bei dem Überraschungspicknick zu erklären, aber ich habe mich noch nicht dafür entschuldigt. Es tut mir leid, Sie vor der ganzen Nachbarschaft in eine peinliche Lage gebracht zu haben."

„Eine peinliche Lage?"

„Ja. Ich war in dem Glauben, Sie seien verheiratet, aber Ihre Nachbarn ... Ihre Nachbarn wußten genau, daß es nicht so ist. Sie werden sich über mich gewundert haben, und ..."

„Hätten Sie sich denn sonst anders verhalten?" Seine Frage war offen und direkt. „Hätten Sie sich die Zeit zum Picknick mit mir genommen, wenn Sie die Wahrheit gewußt hätten?"

„Selbstverständlich."

Er überlegte einen Moment lang.

„Aus welchem anderen Grund hätte ich auch ...", begann ich unbeholfen.

„Fräulein Thompson", sagte er und lächelte mich

augenzwinkernd an, „ich bin immerhin nicht derartig von mir selbst eingenommen, daß ich meinen würde, eine junge Dame wie Sie, gebildet und kultiviert, hätte nichts Besseres zu tun, als ein Picknick mit einem Mann der freien Wildbahn zu teilen. Es war Ihr gutes Recht, mich abblitzen zu lassen. Sie schulden mir weder eine Erklärung noch eine Rechtfertigung."

Ich starrte ihn an.

„Aber ich hätte Sie gar nicht abblitzen lassen!"

„Und wenn Bill Laverly der glückliche Gewinner gewesen wäre, hätten Sie Ihr Picknick mit ihm geteilt?"

Nun hatte er mich in die Enge getrieben. Dennoch mußte ich ehrlich bleiben.

„Ja. Ja, gewiß. Das war immerhin der Zweck des ganzen Abends."

Er lüftete den Hut; auf seinen Lippen lag noch immer das verschmitzte Lächeln von vorhin.

„Alle Achtung! Sie sind ein prima Kerl, Elisabeth!" sagte er. „Bis gleich in Lacombe!" Damit setzte er seinen Hut auf und ging.

In Lacombe erwartete uns eine Mietkutsche, die mit Rücksicht auf Philipp bestellt worden war. Da die Familie noch immer dicht aneinandergedrängt saß, teilte ich die vordere Bank mit Wynn, der das Gespann lenkte. Gewiß hatte er meine Schweigsamkeit bemerkt, doch er erwähnte nichts davon. Statt dessen gab er mir eine kurze Einführung in die Tier- und Pflanzenwelt der Provinz Alberta. Aufmerksam hörte ich ihm zu. Die Dinge, die ich hier von ihm lernte, zählten zu denen, nach denen ich in der Bibliothek von Calgary erfolglos gesucht hatte.

„Könnten Sie wohl … ich meine, würde es Ihnen etwas ausmachen, in die Schule zu kommen und den Kindern etwas darüber zu erzählen?" platzte ich heraus, ohne lange zu überlegen. „Genau das hatte ich nämlich für den Unterricht vorgesehen, aber ich kenne mich selbst auf diesem Gebiet nicht besonders gut aus, und ich konnte keine Bücher darüber finden."

„Das täte ich gern", sagte er, und es klang aufrichtig, „aber ich reise morgen von hier ab. Am Mittwoch ruft die Pflicht wieder."

„Ach, so ist das!"

Ich versank wieder in mein Grübeln.

„Sie können den Kindern das weitergeben, was ich Ihnen gerade gesagt habe, und beim nächsten Mal fahren wir dann mit dem Unterricht fort. Abgemacht?"

Mein Herz machte einen Freudensprung. Ich würde ihn also wiedersehen!

„Kommen Sie häufig heim?"

„Nun, häufig kann man es nicht nennen. Manchmal bin ich auf Monate oder sogar Jahre im Dienst. Es hängt davon ab, wo mein neuer Posten liegt."

„Und wo wird das sein?"

„Das weiß ich noch nicht."

„Das wissen Sie noch nicht? In zwei Tagen sollen Sie sich zum Dienst melden, und Sie wissen noch nicht einmal, wohin die Reise geht?"

„Ich werde es schon rechtzeitig erfahren, bevor mein Dienst anfängt."

„Dann wird unser Naturkunde-Unterricht vielleicht ganz und gar ins Wasser fallen", sagte ich enttäuscht. Es war also nicht auszuschließen, daß ich ihn nie wiedersehen würde.

„Da haben Sie recht", erwiderte er ebenso ernst. „Vielleicht wird es so werden."

Schweigend setzten wir die Fahrt fort. Plötzlich wandte er sich mit einer Idee an mich.

„Will Blake!" rief er aus. „Will Blake kennt sich in der freien Wildbahn wie kaum ein zweiter aus. Er würde sich bestimmt gern dazu bereit erklären, Ihren Schulkindern eine Stunde Sonderunterricht zu geben. Soll ich mit ihm sprechen?"

Nun war meine Enttäuschung grenzenlos. Begriff er denn nicht, daß mir an mehr als nur seinem Wissen über die Natur Albertas gelegen war? Dennoch mußte ich anerkennend feststellen, wie fürsorglich er an die Schulkinder gedacht hatte. Ich rang mir ein Lächeln ab.

„Lassen Sie nur!“ sagte ich kleinlaut. „Sie haben ohnehin genug zu tun. Ich werde selbst mit ihm sprechen. Vielen Dank.

Die Weihnachtsfeier

Die Kinder und ich waren bald wieder voll und ganz mit dem Schulalltag beschäftigt. Das Wetter hatte sich spürbar abgekühlt, so daß ich jeden Morgen fröstelnd mein Feuer in Gang setzte. Kaum hatte die Herdwärme begonnen, das kleine Lehrerhaus zu erfüllen, als es auch schon an der Zeit war, ins Klassenzimmer zu eilen, um auch dort das Feuer im Ofen anzuzünden. Es war mir eine große Hilfe, die Hebel und Klappen sachgerecht bedienen zu können, wenn ich auch an manchen Tagen mehr beißenden Rauch als Ofenhitze zustande brachte.

Die meisten der Kinder legten großen Eifer an den Tag und machten beachtliche Fortschritte. Selbst die älteren Jungen begannen, ernsthaft dem Unterricht zu folgen. Oft sprachen die Kinder noch voller Sehnsucht von Andy. Wir vermißten ihn und seine Jubelrufe arg.

Gegen Mitte November fingen wir an, unsere Weihnachtsfeier vorzubereiten. Die Kinder waren mit einem solchen Eifer bei der Sache, daß sie täglich darum bettelten, das Programm einüben zu dürfen. Da ich vermutete, daß ihre Begeisterung zum Teil damit zusammenhing, ihren Büchern auf diese Weise zu entkommen, hielt ich die Proben für die Weihnachtsfeier in Grenzen und beauftragte die Kinder, ihre Rollen daheim auswendig zu lernen.

Je näher unsere Vorführung rückte, desto mehr wuchs die Spannung unter den Kindern. Der Abend sollte mit unserem Weihnachtsspiel beginnen. Jedes Kind hatte eine Rolle darin. Anschließend war ein Besuch des Weihnachtsmanns geplant, der die mit Sehnsucht erwarteten Bonbontüten austeilen sollte. Herr Laverly hatte ein

Weihnachtskomitee gegründet, das die Besorgung der Süßigkeiten und das Auftreten des Weihnachtsmannes übernahm. Ich für meinen Teil war sehr froh darüber, diesbezüglich entlastet zu werden. Mit der Vorführung und dem Schmücken des Klassenzimmers würde ich mehr als beschäftigt sein. Zum Abschluß des Abends würde dann ein gemeinsames Essen stattfinden. Das alles klang zwar recht unkompliziert, erforderte jedoch viele Stunden der Vorbereitung.

Unter den Mädchen wurde bald allerhand geflüstert und besprochen, was ein jedes von ihnen zu der Feier tragen würde. Viele von ihnen ließen etwas von einem neuen Kleid verlauten, das ihre Mütter aus „Janes altem Sonntagskleid" oder „Sallys langem Rock" schneidern würden. Manche der Mütter hatten sogar extra für diesen Zweck neuen Stoff gekauft. Die Mädchen waren außer sich vor Spannung und Vorfreude.

Die Jungen dagegen sprachen über nichts anderes als neue Schlittenglocken für das Gespann und die erfreuliche Aussicht, daß ihre Väter ihnen am Abend der Weihnachtsfeier zum ersten Mal den Kutschbock überlassen würden. Weihnachten, so schien mir, war ein einschneidendes Erlebnis für einen angehenden Kutschierer.

Wir hofften auf gutes Wetter und wünschten uns eine weiße Weihnacht; der Zauber frischgefallenen Schnees gehörte einfach zu dem Fest, fanden wir. Wegen der Pferde hofften wir jedoch, daß die Temperaturen nicht allzu stark sinken würden. Wir Menschen konnten uns durch schwere Winterkleidung schützen, doch die Pferde mußten draußen im Freien auf das Ende der Weihnachtsfeier warten.

Endlich war der Abend, frostklar wie Kristall und windstill, gekommen. Der Pulverschnee knirschte unter meinen Schuhsohlen, als ich zwischen dem Lehrerhaus und der Schule hin- und herging, um die letzten Vorbereitungen zu treffen.

Zeitig zündete ich das Feuer im Ofen an, damit unsere

Gäste einen wohlig geheizten Raum vorfänden. Auf die Herdplatte stellte ich zwei große Kessel mit Wasser. Die Pumpe war so eiskalt, daß meine Hände trotz der wollenen Handschuhe vor Frost schmerzten.

Die Wassereimer trug ich behutsam zum Schulhaus. Sollte ich aus Ungeschicklichkeit etwas von dem Wasser auf meinen Rock verschütten, so wußte ich nur zu gut, daß mir ein äußerst unangenehmer Abend bevorstand, denn das Wasser würde auf der Stelle zu Eis gefrieren und nur schwer wieder trocknen.

Mein Atem schwebte mir als silberweiße Dampfwölkchen voraus. Über mir glitzerten die Sterne so hell, daß mir war, als könnte ich sie mit den Händen fassen. Plötzlich sah ich, wie sich ein funkelnder Stern von dem samtschwarzen Himmel löste und, einen langen, silbernen Schweif hinter sich ziehend, zur Erde stürzte.

In der Ferne heulte ein einsamer Kojote. Diesmal blieb der Heulchor des Rudels aus. Vielleicht saßen die übrigen Tiere irgendwo in einer unterirdischen Höhle dicht aneinandergekauert.

Als ich die ersten Schlittenglocken rasseln hörte, herrschte im Klassenzimmer längst eine wohlige Wärme, und alles war für den Abend bereit. Ich strich mir geschwind über die Frisur und glättete den weiten Rock meines grünen Samtkleids, das ich im Hinblick auf die Weihnachtsfeier von Calgary mitgebracht hatte. Dann öffnete ich den Ankömmlingen die Tür und hieß sie willkommen.

Die Frauen und Kinder traten ein und legten ihre Mäntel, Tücher und Schals ab, während die Männer draußen die Pferde versorgten. Die Decken, die unterwegs über die Kinder gebreitet gewesen waren, wurden nun über die Tiere gelegt, und ein jedes der Pferde bekam eine Portion Heu. Unsere kleine Scheune reichte bei weitem nicht aus, um alle Gespanne darin unterzubringen, so daß viele der Pferde an den Zaunpfählen um den Schulhof festgebunden wurden.

Aufs Ganze gesehen, verlief die Vorführung recht erfolgreich, wenn auch vereinzelte Patzer nicht ausblieben. Mindy Blake blieb mitten in ihrem Teil stecken und lief schluchzend von der handgezimmerten Bühne. Tim Mattoch, der schwache Augen hatte, stolperte auf dem Weg zur Bühne, doch er fing sich geschickt und brach vor der versammelten Nachbarschaft in ein fröhliches Gelächter aus. Maudie Clark brachte ihre Zeilen vollkommen durcheinander, so daß auch Olga Peterson und Ruthie Clark bald den roten Faden verloren. Mir blieb keine andere Wahl, als die drei Mädchen noch einmal von vorn beginnen zu lassen. Beim zweiten Versuch klappte dann alles nahezu fehlerfrei. Sally Clark trug ihr Weihnachtsgedicht gekonnt vor, und die kleine Else sang mit ihrer klaren, zarten Kinderstimme „Stille Nacht, heilige Nacht“. Manch einem unter den Zuhörern kamen vor Rührung die Tränen. Das Theaterstück, das wir aufführten, war eine reife Leistung der Kinder, und das Publikum spendete stürmisch Applaus. Im Verlauf des Abends fühlte sich jedes der Kinder als Hauptdarsteller, und niemand unter den Eltern würde das bestritten haben.

Als die Vorführung beendet war, setzten sich die Kinder auf ihre Plätze, um die Ankunft des Weihnachtsmannes zu erwarten. Jedermann, ob groß oder klein, spitzte die Ohren. Da! In der Ferne hörten wir das Rasseln von Schellen und ein tiefes „Ho-ho-ho“. Hurrarufe wurden laut, in die auch, wenn ich richtig gehört hatte, einige der Erwachsenen einstimmten.

Der rotberockte Weihnachtsmann betrat das Klassenzimmer. Hinter seinem wallenden, weißen Bart brummte er sein „Ho-ho-ho“ zum Gruß. Dann wandte er sich an die Kinder und fragte sie mit tiefer Stimme: „Seid ihr auch alle brav gewesen?“ – „Ja!“ kam die Antwort im Chor, worauf der Weihnachtsmann die Kinder einzeln beim Namen aufrief und ihnen ihre Bonbontüten aushändigte. Der Reihe nach liefen die Kinder nach vorn, die

Augen erwartungsvoll glänzend und die Hände zaghaft nach der Belohnung ausgestreckt. Als das letzte unter ihnen wieder auf seinen Platz zurückgekehrt war, gab ich Herrn Laverly ein Zeichen, daß er unserem unbekannten Weihnachtsmann einen offiziellen Dank aussprechen sollte. Zu meiner großen Überraschung zog dieser jedoch eine weitere Tüte hervor und kündigte mit seiner lauten Baßstimme an: „Fräulein Elisabeth Thompson".

Ich war wie vom Donner gerührt.

Die Kinder brachen in Jubel und Händeklatschen aus.

„Fräulein Elisabeth Thompson", wiederholte der Weihnachtsmann.

„Gehen Sie schon, Fräulein Thompson. Gehen Sie!" drängten mich die Kinder.

Ich spürte, wie mir die Röte in die Wangen schoß, doch schließlich stand ich auf und ging auf den Weihnachtsmann zu.

„Nur nicht so schüchtern, Fräuleinchen", brummte der Weihnachtsmann mit seiner verstellten Baßstimme. „Kommen Sie schön artig her auf die Bühne. Nur nicht so schüchtern!"

Von mehreren Händen gestützt, kletterte ich auf die Bühne und streckte meine Hand zögernd nach der braunen Tüte aus, doch der Weihnachtsmann zog sie rasch zurück.

„Nicht so eilig, Fräulein Thompson. Sind Sie denn überhaupt brav gewesen?"

Die Kinder quietschten vor Vergnügen, und ich errötete noch tiefer.

„Ich ... ich habe mir Mühe gegeben", antwortete ich.

„Stimmt das, Kinder?" erkundigte sich der Weihnachtsmann bei meinen Schülern und Schülerinnen. Diese brachen in einen begeisterten Jubelsturm aus, und der Weihnachtsmann wandte sich wieder an mich.

„Nun, wenn die Sache so ist, dann dürfen Sie Ihre Tüte wohl in Empfang nehmen. Aber zuerst geben Sie dem Weihnachtsmann schnell ein kleines Küßchen." Er klopfte sich mit dem behandschuhten Zeigefinger auf die bärtige Wange.

Ich wußte nicht, ob ich knallrot oder kreidebleich geworden war.

„Na los“, drängte er, „zieren Sie sich nicht und geben Sie dem Weihnachtsmann sein wohlverdientes Küßchen!“ Noch immer deutete er auf seine Wange. Das Publikum pfiff und johlte.

Ich zuckte mit den Achseln, stellte mich auf die Zehenspitzen und drückte dem guten alten Weihnachtsmann einen Kuß auf die bartbeklebte Wange. Der Raum brauste vor Hurrarufen, Pfiffen und Händeklatschen.

Mit hochrotem Kopf und meiner kleinen braunen Tüte in der Hand stieg ich von der Bühne hinunter. Bis ich meine Fassung und meinen Posten an dem Kaffeekessel wiedergewonnen hatte, verklang das fröhliche „Ho-ho-ho“ des Weihnachtsmannes schon im Hintergrund.

Als nächstes trugen wir das gemeinsame Essen auf. Ich schenkte Kaffee und heiße Schokolade aus. Als alle Anwesenden bedient waren, beschloß ich, mir selbst eine Tasse heißer Schokolade zu gönnen. Lydia Delaney winkte mich zu ihr und ihrer Familie heran. Phil sah schon merklich erholter aus; sein Gesicht hatte an Farbe gewonnen, und er selbst an Gewicht, seitdem ich ihn zuletzt gesehen hatte. Die Gruppe rückte auseinander, um mir einen Platz zwischen dem Ehepaar Delaney zu machen. Sie erkundigten sich nach meinen Plänen für das Weihnachtsfest, worauf ich ihnen berichtete, daß ich die Feiertage bei Jon und Mary in Calgary verbringen würde.

Am liebsten hätte ich mich nach Wynns Verbleiben erkundigt, doch da ich befürchtete, keinen ausreichend gelassenen Tonfall zustande zu bringen, unterließ ich diese Frage.

In einer Ecke des Klassenzimmers schien eine kleine Privatverhandlung vor sich zu gehen. Ich sah, wie Philipps Vater das Geschehen mit Interesse verfolgte. Henry Laverly ging zwischen den jungen Burschen umher, und einer nach dem andere griff mit einem widerwilligen Ausdruck tief in die Hosentaschen. Phil stand auf und ging wie zufällig auf die Ecke zu.

Erst später, als die Besucher fast allesamt das Schulhaus verlassen und sich unter Schellenklingeln und lauten Abschiedsrufen auf den Heimweg gemacht hatten, erfuhr ich die Ursache des Geschehens. Die jungen Burschen aus der Umgebung, so hieß es, hatten eine Wette abgeschlossen, wer von ihnen als erster der jungen Lehrerin einen Kuß entlocken würde, und der schüchterne Henry Laverly hatte soeben in seiner Verkleidung als Weihnachtsmann den Vogel abgeschossen.

Heiligabend

Ich hatte nicht geahnt, wie sehr ich mich auf die Weihnachtsferien gefreut hatte, bis ich im Zug in Richtung Calgary saß, um Lacombe hinter mir zu lassen. Es überkam mich eine solche Sehnsucht nach meinen Lieben daheim im Osten, daß ich direkt versucht war, eine Fahrkarte nach Toronto zu lösen. Schließlich war es aber meine Vernunft und meine Liebe zu den Schulkindern in Pine Springs, die mich davon abhielten. Statt dessen schmiedete ich nun Pläne für den Aufenthalt bei Jon, Mary und den Kindern.

Wie schon manches Mal zuvor, so schien die Eisenbahn sich auch heute nur im Schneckentempo vorwärtszubewegen. Als wir schließlich in Calgary eintrafen, neigte sich der kurze Wintertag schon seinem Ende zu.

Jon erwartete mich am Bahnhof, um mich abzuholen. Die drei älteren Kinder hatten ihren Vater begleitet. Der Reihe nach begrüßten sie mich stürmisch, wobei mir der Hut in alle Richtungen verrutschte. Meine Erwiderung war zwar etwas gemäßigter, doch keineswegs weniger herzlich.

Die ganze Familie steckte in den Weihnachtsvorbereitungen. Die Haustür war mit einem Gewürzkranz geschmückt, und die köstlichsten Düfte erfüllten die Diele. Ich fühlte mich gleich wie daheim, und meine Sehnsucht nach Toronto ließ nach.

Die ersten Tage verbrachte ich mit Einkäufen in der Stadt und mancher frohen Stunde in Gesellschaft der Kinder. Sarah brannte darauf, mir ihre neuesten Lesekünste vorzuführen, und William spielte mir ein Stück auf seiner

Geige vor, während Kathleen mir auf Schritt und Tritt folgte.

Für Heiligabend war ein besonderer Gottesdienst in der Kirche vorgesehen. Diesem Ereignis sahen die Kinder mit großer Spannung entgegen, wohl nicht zuletzt aus dem Grund, weil sie ausnahmsweise einmal bis in den späten Abend hinein aufbleiben durften. Es dauerte nicht lange, bis sie mich mit ihrer Vorfreude angesteckt hatten.

Als Heiligabend endlich gekommen war, legten wir die kurze Strecke zur Kirche mit dem Schlittengespann zurück. Bei der kalten Witterung war es unsicher, ob der Motor des Automobils anspringen würde. Dazu, so meinte Mary, paßte der Schlitten viel besser zu der weihnachtlichen Stimmung. Alle gaben ihr recht. Wir breiteten die Büffeldecken über uns und bestaunten die glitzernden Sterne oben am Himmel. Unter den Schlittenkufen knirschte der frische Pulverschnee.

Die beiden Braunen schnaubten und warfen die Köpfe lebhaft in die Höhe. Sie schienen in der rechten Stimmung zu einem wilden Galopp zu sein, so daß Jon die Zügel fest in den Händen halten mußte.

In der Kirche führte uns Jon an eine der vorderen Reihen. Ich nahm zwischen Sarah zu meiner Linken und Kathleen zu meiner Rechten Platz. Das Kirchenschiff war von dem sanften Schimmer vieler Kerzen erleuchtet. Flackernd tanzte das Licht auf den Gesichtern der beiden Darsteller von Maria und Joseph, als sie sich über das neugeborene Jesuskind in seiner Krippe beugten. Die grünen Fichtenkränze verbreiteten überall einen würzigen, weihnachtlichen Duft.

Der Gottesdienst war eine wahre Freude. Wieder einmal verspürten wir in Gedanken an die erste Weihnacht eine große Ehrfurcht vor Gott, der sein höchstes Gut, seinen Sohn Jesus, in die Welt gesandt hatte. Er wurde von einer Frau geboren, um eines Tages das Opferlamm für die ganze Menschheit zu werden.

Die altvertrauten Weihnachtslieder hatten mir noch nie so viel bedeutet wie an diesem Abend. Während meine Lippen die Worte formten, sah ich die junge Frau Maria vor mir, wie sie ihre nahende Niederkunft erwartete. Sie hatte niemanden, der sie umsorgte, kein warmes Bett, keine saubere Stube, keine erfahrene Hebamme; nein, sie gebar ihr Kind in einem Stall, inmitten von Heu und Stroh, und niemand außer Joseph, ihr Mann, stand ihr zur Seite. So war sie es selbst, die den neugeborenen Gottessohn in Windeln wickelte.

Ich dachte daran, wie mein Heiland, der Schöpfer des Himmels und der Erde, Mensch geworden war, ein hilfloser Säugling, der weder seine Nöte und Wünsche zum Ausdruck bringen, noch die Ehre, die ihm gebührte, fordern konnte. Ich dachte an den Vater im Himmel, der von seinem Thron aus zuschaute, wie sein Sohn als winziges Baby zur Welt kam – in die Welt hinein, die Er selbst erschaffen hatte. Nun lag der menschgewordene Gott in den Armen eines jungen Bauernmädchens in einem schwach erleuchteten Stall von Bethlehem. Wie groß muß doch Gottes Liebe zu den Menschen gewesen sein!

An diesem Abend verließ ich den Weihnachtsgottesdienst mit einem andächtigen Herzen und Tränen in den Augen. Doch schnell trocknete ich sie mit meinem Taschentuch und warf Kathleen und Sarah ein Lächeln zu.

„Unsere Lisabeth ist aber nicht bei lauter Kühen zur Welt gekommen", flüsterte Kathleen.

Ich nickte und strich ihr verständnisvoll über die Schultern.

„Da bin ich auch mächtig froh", beteuerte sie. Dann schien sie etwas zu beschäftigen. „Tante Betty", fragte sie, „wenn sie in einem Stall geboren worden wär', wär' sie dann auch ein Christkind?"

Ich lächelte.

„Aber nein!" sagte ich. „Nein, Kathleen, sie wäre trotzdem Elisabeth. Und Jesus wäre auch derselbe Jesus gewesen, wenn er in einem Spital oder in einem Königspalast geboren worden wäre. Wo man geboren wird, ist im Grunde gleichgültig. Gott wußte aber schon lange im voraus, wo Jesus zur Welt kommen würde, und hat es uns durch seine Propheten viele Jahre zuvor ansagen lassen."

„Gott ist mächtig klug, nicht wahr?"

„Ja, Kathleen, Gott weiß alles."

Wir folgten dem Rest der Familie den Gang hinunter. Die flackernden Kerzen warfen Licht und Schatten über die Gesichter der Gottesdienstbesucher, die einander in kleinen Gruppen hier und da ein fröhliches Weihnachtsfest wünschten.

„Guten Tag, Elisabeth!"

Der Klang einer vertrauten Stimme ließ mich auf dem Absatz herumfahren. Vor mir stand Wynn. Zum ersten Mal sah ich ihn heute in seiner Uniform. Wenn es mir zuvor schwergefallen war, ihn mir als uniformierten Mountie vorzustellen, so war ich nun überrascht, wie gut ihm die Uniform stand. Die Kraft, die er ausstrahlte, war mehr als nur äußerlich. Er besaß eine solche innere Festigkeit, daß der rote Rock seines Trägers würdig erschien.

Vor Überraschung über das unerwartete Wiedersehen brachte ich zunächst kein Wort hervor.

„Ich ... ich wußte gar nicht, daß Sie auch hier sind", sagte ich dann verlegen, und sein breites Lächeln ließ mir die Röte in die Wangen steigen.

Inzwischen hatte auch Kathleen ihn erspäht.

„Kommst du zu uns, Dee? Kommst du, damit ich dir unseren Weihnachtsbaum zeigen kann?" bettelte sie und zupfte ihn am Ärmel.

„Hoppla, mein Mäuschen", gab er zurück, „nur nicht so eilig! Wenn ich mich recht erinnere, hat deine Mutter mich schon zu euch eingeladen, und ich denke – also, ich denke, daß ich vielleicht, vielleicht ..." Nun spannte er sie zum Scherz auf die Folter. „Hm, vielleicht komme ich tatsächlich auf ein Weilchen zu euch."

Sie ließ sich nicht von seinem Necken beirren und klatschte begeistert in die Hände.

„Er kommt, Tante Betty! Ist das nicht prima?“

In meinem Kopf herrschte indessen ein heilloses Durcheinander. War es die rote Uniform, die mich so irritierte, oder die Tatsache, daß er mich beim Vornamen angeredet hatte? Ich hoffte, daß Kathleen seine Aufmerksamkeit gefangen hielt, bis ich mich wieder gefangen hatte. Doch da rief Mary schon nach der Kleinen, die sich gehorsam ihren Eltern anschloß. So stand ich ohne sie in dem dichtgedrängten Gang neben diesem Ehrfurcht gebietenden Mitglied der berittenen Polizei in seiner roten Uniform.

„Jon hat gemeint“, begann er, doch dann zwinkerte er mit den Augen – „nein, so war es nicht. Jon hat meinem Vorschlag zugestimmt, daß ich Sie in meiner Kutsche nach Hause fahre, damit Sie mir in Ruhe die neuesten Nachrichten aus Pine Springs erzählen können.“ Er lachte leise. „Nun, vielleicht ist das auch nicht die ganze Wahrheit, aber ich würde wirklich gern mit Ihnen sprechen, bevor wir bei Jon und Mary ankommen. Deren Nachwuchs hat nämlich die Angewohnheit, keinem von uns eine ruhige Minute zu gönnen, wenn wir erst einmal da sind.“

Ich lächelte verständnisvoll.

„Nun, was meinen Sie, Elisabeth?“

Mein Lächeln geriet ein wenig schief.

„Nun gut, ich fahre gern bei Ihnen mit.“

Er nahm mich beim Arm und führte mich durch die Menschenmenge ins Freie zu seinem wartenden Gespann. Die Pferde stampften ungeduldig im Schnee, und ihr Geschirr rasselte hell durch die klare Nachtluft.

Wynn half mir in den Schlitten und breitete die Decken über mich. Kaum waren wir unterwegs, als er auch schon begann:

„Wie geht es denn meinem großen Bruder?“

„Gut geht's ihm. Die ganze Familie hat unsere Weihnachtsfeier vor ein paar Tagen besucht. Er sieht schon viel frischer aus, er ist nicht mehr so bleich wie zu Anfang und hat auch schon an Gewicht zugenommen. Er scheint wirklich rundherum glücklich zu sein."

„Bestens", sagte er nur, doch es kam von Herzen.

Eine Zeitlang schwiegen wir. Ich biß mir auf die Zunge, um nicht vor Ungeduld zu bersten, doch schließlich gab ich auf. Ich mußte es einfach wissen.

„Und sind Sie jetzt in Calgary postiert?"

„Zur Zeit ja, aber ich weiß nicht, für wie lange noch. Ich rechne damit, bald versetzt zu werden, weiß aber nicht, wohin. In Calgary gefällt es mir gut. Da gibt es ständig etwas Neues. Trotzdem möchte ich gern wieder zurück."

„Zurück? Wohin denn?"

„Ich war sechs Jahre lang auf verschiedenen Posten im hohen Norden. Dort fühle ich mich daheim."

„Was tun Sie denn dort? Ich hatte immer geglaubt, im hohen Norden gebe es nicht viele Siedler."

„Das stimmt im Grunde auch. Hier und da führen ein paar Trapper ihr einsames Leben. Trotzdem steckt der Norden voller Menschen. Für sie sind wir mehr als nur Polizisten. Mounties sind die einzigen Zahnärzte, Apotheker, Leichenbeschauer, Anwälte und Geistlichen, die viele von ihnen je zu Gesicht bekommen. Sie setzen ihre ganze Hoffnung auf uns. Für sie sind wir nicht nur die Vertreter der Obrigkeit, sondern eine echte Lebenshilfe."

Ich dachte über seine Worte nach. Dann mußte ich an Julie denken. Insgeheim fragte ich mich, ob ihre Darstellung der berittenen Polizisten in ihren roten Uniformen zutreffend gewesen war. Zu ihrem täglichen Brot schienen nicht so sehr aufregende Abenteuer, sondern eine große Verantwortung und harte Arbeit zu gehören. Ihr Auftrag schien durch und durch ehrenhaft zu sein, doch dieses Wort behielt ich für mich, da Wynn es gewiß nicht gern für sich in Anspruch nehmen würde.

„Gibt es viele Frauen dort?" Die Frage war mir unwillkürlich herausgerutscht.

„Weiße Frauen, meinen Sie? Nein, nur sehr wenige.

Einige Mounties dort haben geheiratet, was sehr unklug von ihnen war."

„Unklug?"

„Das Leben dort oben ist hart. Es gibt weder moderne Häuser noch Geschäfte, noch kulturelle Veranstaltungen. Eine Frau hat es schwer dort: weit und breit finden sich keine weißen Freundinnen – allerhöchstens die Frau eines Trappers. Der Norden ist einfach für eine Frau nicht geeignet."

„Werden denn dort keine Schulen gebraucht?"

„Es gibt zwar eine Handvoll Missionsschulen, die von Männern geleitet werden, aber die meisten der Leute dort oben halten Schulen für überflüssig. Die Männer sind Meister im Jagen, Fischen und Flicken ihrer Fallen, und die Frauen können die Felle gerben, das Fleisch trocknen, Holz holen und Wasser tragen. Warum sollten sie auch andere Dinge lernen? Zum Überleben reichen ihre Kenntnisse."

Ich konnte seiner Stimme anhören, daß er lächelte, doch immerhin sprach er aus eigener Erfahrung mit den Menschen des Nordens, denn er hatte jahrelang unter ihnen gearbeitet.

Unvermittelt wechselte er das Thema.

„Nun sind wir gleich bei Jon und Mary, und Sie haben mir noch längst nicht alles Wissenswerte aus Pine Springs berichtet. Schnell, sagen Sie, was gibt es Neues?" forderte er mich auf.

Ich lachte und erzählte ihm dann mit wenigen Worten, was sich in den letzten Wochen zugetragen hatte.

Vor meinem Haus brachte er das Gespann zum Stehen und half mir aus dem Schlitten. Ich hatte seine dargebotene Hand genommen und war im Begriff auszusteigen, als sich mein Fuß in der Büffeldecke verfing und ich das Gleichgewicht verlor. Ich griff um mich, um Halt zu suchen, doch er kam mir zuvor. Bevor ich mich wieder aufrichten konnte, hielten mich schon zwei starke Arme.

„Ist alles in Ordnung?“ erkundigte er sich. Ich stellte mich aufrecht und ging einen Schritt zurück.

„Schon gut. Wie ungeschickt von mir!“ sagte ich verlegen. Ich war unendlich froh darüber, daß er in der Dunkelheit mein Gesicht nicht sehen konnte.

„Geben Sie acht. Der Boden ist glatt!“ warnte er mich.

„Ich will's versuchen.“ Ein halbherziges Lachen gelang mir.

„Ich komme nach, sobald die Pferde versorgt sind.“

Still stieg ich die Stufen zu meinem Zimmer hinauf. Vor einem Spiegel nahm ich den Hut ab, der durch den Sturz völlig verrutscht war. Mit bebenden Händen strich ich mir das Haar wieder zurecht und ließ mir ein paar Minuten Zeit, um meine Fassung wiederzugewinnen. Als ich mich unten zu der Familie gesellte, war Wynn schon da. Unsere Blicke begegneten sich kurz, doch weder er noch ich machten eine Bemerkung.

Mary reichte Kakao und Puffmais, und die Kinder drängten sich dicht um den Kamin. Als sie mit ihren Portionen fertig waren, führte Mary sie nach oben in ihre Zimmer.

Den Rest des Abends verbrachten wir mit einer angeregten Unterhaltung und einer Runde Domino. Gegen zehn Uhr servierte Mary uns Weihnachtsgebäck zu einer Tasse Kaffee. Jon legte frisches Holz auf das Feuer, und wir rückten dichter an den Kamin heran. Mary erkundigte sich beiläufig bei Wynn: „Wirst du denn nun zu der Hochzeit gehen?“

Er nickte.

„Allzu begeistert scheinst du ja nicht von dem Gedanken zu sein“, schmunzelte sie.

Er blieb ihr eine Antwort schuldig.

„Und warum nicht?“ beharrte Mary.

„Es geht mich zwar nichts an“, sagte Wynn langsam, „aber meiner Meinung nach ist das Ganze ein Fehler.“

„Wessen Fehler?“ schaltete auch Jon sich ein.

„Bills Fehler.“

„Ist Bill der junge Mountie?“

Wynn nickte.

„Aber warum hältst du die Hochzeit denn für einen Fehler?“ fragte Mary verwundert.

„Mary, du bist einfach unmöglich!“ lächelte Wynn und stand auf, um sich vor den Kamin zu stellen. „Also schön, ich sage es euch, wenn ihr die Antwort auch schon kennt. Bill ist in Peace River postiert, und seine junge Braut stammt aus Montreal. Ihre Welt besteht aus Theater, Konzerten und Parties. Das alles tauscht sie nun gegen Schneestürme und Krankheit, wilde Tiere und Einsamkeit ein. Meint ihr vielleicht, daß ihr das gefallen wird? Gib's nur zu, Mary, selbst die größte Liebe muß vor so etwas kapitulieren.“

„Es gibt Frauen, die das Gegenteil bewiesen haben, weißt du. Wynn, ich glaube, du tust dem Wort ‚Liebe‘ unrecht.“

Er wandte sich dem Feuer zu.

„Ja“, sagte er, „solche Frauen gibt es. Trotzdem würde ich von der Frau, die ich liebe, nie ein solches Opfer erwarten.“

Ich wußte, daß er diese Worte aus ehrlichem Herzen gesagt hatte. Dennoch schmerzten sie mich im tiefsten Innern. Doch Mary ließ ihm nicht das letzte Wort in dieser Sache.

„Dann würdest du es von der Frau, die dich liebte, auch nicht verlangen“, sagte sie leise, „falls sie dich wirklich liebte.“

Wynn schüttelte nur den Kopf, ohne den Blick von den Flammen abzuwenden.

Ein folgenschwerer Weihnachtsspaziergang

Sonnig und frostklar brach das Weihnachtsfest an. Über Nacht war frischer Schnee gefallen, und die ganze Welt glitzerte und funkelte im Sonnenschein.

Der Morgen begann früh mit den Jubelrufen der Kinder, die endlich ihre Weihnachtsgeschenke auspacken durften. Wir verbrachten den Vormittag mit allerhand Spielen und rösteten Nüsse über dem offenen Kaminfeuer. Das Weihnachtsessen, zu dem auch Wynn eingeladen war, sollte um ein Uhr serviert werden. Pünktlich klopfte unser Gast an die Tür. Zuerst jedoch überreichte er einem jeden der Kinder ein verschnürtes Päckchen, das sie freudig in Empfang nahmen. Jon, Mary und ich bekamen jeweils ein Paar Fellhandschuhe, die von Wynns Indianerfreunden im hohen Norden handgearbeitet worden waren. Ich freute mich schon darauf, meine Handschuhe anzuziehen.

Am Nachmittag drängten die Kinder darauf, ihre neuen Rodelschlitten im Schnee ausprobieren zu dürfen. Auf Marys Vorschlag hin begleiteten Wynn und ich Jon und seine Kinder. Wir zogen uns so warm an, daß wir uns kaum noch rühren konnten, und machten uns dann lachend und scherzend auf den Weg zu dem Hügel in der Nähe.

An unserer Rodelstrecke angekommen, wechselten wir uns mit den Schlitten ab, bis ich von der rasenden Talfahrt und dem steilen Aufstieg völlig erschöpft war. Ich beschloß, mich auf halber Strecke auf einem umgestürzten Baum auszuruhen, während die übrigen fröhlich weiterrodelten.

Jubelnd und winkend schossen sie talwärts, Jon und

Sarah auf einem Schlitten, Wynn und Kathleen auf dem nächsten und William auf dem dritten.

In dem winterlich kahlen Geäst eines Baums neben mir flatterten ein paar Vögel umher, und zwei Eichhörnchen stritten sich um einen Bissen Futter. Ich lehnte mich an den Baum und atmete die klare Winterluft tief ein.

Vom Tal klangen die Kinderstimmen zu mir herauf, als Wynn plötzlich auf mich zugestapft kam.

„Jon hat gemeint, ich sollte Ihnen die Berge vom Hügelkamm aus zeigen."

„Kann man sie wirklich von hier aus sehen?" rief ich und sprang begeistert auf.

„Ja, von dort oben aus hat man eine gute Sicht", antwortete er und deutete bergaufwärts.

„Gehen Sie nur voraus; ich folge Ihnen!"

Der Aufstieg war wegen der frischen Schneedecke ziemlich beschwerlich. Immer wieder blieb Wynn stehen, um mir eine Pause zu gönnen, und mehrmals reichte er mir seine Hand, um mir über einen umgestürzten Baum oder eine Schneewehe hinwegzuhelfen.

Der Aufstieg war seine Mühe wert gewesen. Als wir oben ankamen, erstreckte sich die lange Kette der Rocky Mountains mit ihren schneebedeckten Gipfeln vor uns aus, so weit das Auge reichte. Voller Ehrfurcht stand ich da und ließ das Bild auf mich wirken.

„Irgendwann einmal", sagte ich dann leise, „irgendwann komme ich wieder, und dann packe ich mein Picknick dort drüben an der Baumgrenze aus."

Wynn lachte.

„Da haben Sie aber einen langen Fußmarsch vor sich, Elisabeth", warnte er mich.

„Das ist mir gleichgültig. Ohne Fleiß kein Preis, heißt es schließlich."

„Wie wär's statt dessen mit einem Picknick an einem klaren Gebirgsbach im Wald oder unter den Bow-Wasserfällen oder vielleicht im Steinmeer von Johnson Canyon?"

„Sind Sie dort überall schon gewesen?“

„Mehr als einmal.“

„Ist es dort wirklich so schön, wie ich es mir vorstelle?“

„Wenn Sie nicht gerade eine außergewöhnliche Vorstellungskraft besitzen, ist es dort sogar noch schöner.“

„Ich würde zu gern auch einmal hingehen!“

„Das sollten Sie unbedingt tun. Ich würde Sie gern begleiten, aber ...“

Widerwillig wandte ich mich von dem atemberaubenden Anblick der Bergwelt ab, um mich Jon und den Kindern wieder anzuschließen. Meine Gedanken waren währenddessen noch immer mit Wynns unvollendetem Satz beschäftigt. Er war so unbeweglich in seinen Ansichten, so eisern entschlossen! Für Gefühle schien er sich keine Zeit nehmen zu wollen. Es mußte doch etwas geben, das ich ihm sagen konnte, um ihn ins Nachdenken zu bringen! Doch es wollte mir einfach nichts einfallen – zumindest nicht, während ich einen steilen Hügel hinunter stolperte, um mit einem Mann Schritt zu halten, für den ein solches Gelände nichts Außergewöhnliches war.

Plötzlich rutschte ich auf einem verschneiten Baumstamm aus, so daß sich mein Fuß seitwärts verdrehte. Ich setzte mich in den Schnee, um mich von dem Schrecken zu erholen und die Verletzung in Augenschein zu nehmen. Zu meiner Erleichterung schien es nichts Ernstes zu sein. Gebrochen war der Fuß mit Sicherheit nicht; es handelte sich nicht einmal um eine Verstauchung, wie ich vermutete. Ich hatte den Knöchel nur ein wenig überdehnt, weiter nichts. Gerade wollte ich mich aufrichten, um Wynn wieder einzuholen, als dieser sich zu mir umwandte.

„Was ist los?“ rief er mir besorgt zu.

„Nichts Ernstes. Ich habe mir nur den Fuß ein wenig verdreht“, rief ich zurück.

Ich machte einen Schritt vorwärts, doch er hielt mich auf.

„Bleiben Sie, wo Sie sind, Elisabeth, bis ich die Verletzung untersucht habe.“

„Aber es ist nichts weiter als …“

„Lassen Sie uns lieber ganz sicher sein.“

Während er hastig wieder zu mir hinaufkletterte, kam mir ein sonderbarer Gedanke: Vielleicht konnte ich diese Gelegenheit dazu benutzen, um mir ein paar passende Worte für ihn zu überlegen. Ich setzte mich wieder auf den Baumstamm und starrte meinen Fuß an.

Wynn hatte mich bald erreicht und kniete sich in den Schnee.

„Welcher ist es denn?“ fragte er, und ich deutete auf meinen linken Fuß.

Behutsam hob er meinen Fuß und zog mir den Stiefel aus. Dann tastete er das Gelenk mit geübten Fingern ab.

„Kein Knochenbruch“, stellte er fest. Er bewegte den Fuß leicht seitwärts. „Tut das weh?“

Wenn es auch tatsächlich ein wenig schmerzte, so war mein „Autsch!“ zweifellos überflüssig gewesen. Ich nickte nur auf seine Frage hin. Schließlich hatte er sich nicht erkundigt, wie sehr es schmerzte.

Wynn ließ seinen Blick über das Stück Wegs, das noch vor uns lag, schweifen.

„Bis zur Ebene sind es nur noch ein paar Schritte“, sagte er. „Werden Sie es schaffen?“

Ich wußte genau, daß ich es konnte, doch das wollte ich nicht eingestehen. „Wenn Sie mir ein kleines bißchen helfen könnten …“ murmelte ich statt dessen.

Er streifte den Stiefel wieder über meinen Fuß und ließ die Schnürsenkel lose hängen.

„Drückt er Ihnen auf den verletzten Knöchel?“

„Nein … nein, es geht schon.“

„Gut. Wir wollen nicht obendrein auch noch eine Erfrierung riskieren. Kann es losgehen?“

Ich hatte mir vorgestellt, an Wynns Arm talwärts zu humpeln. Gewiß würde mir unterwegs etwas einfallen, das ich zu ihm sagen konnte, hatte ich überlegt. Statt mir aber nun seinen Arm als Stütze zu bieten, hob er mich mit einem sanften Schwung auf seine Arme. Meine Überraschung war grenzenlos. Bevor ich einen klaren Gedanken fassen konnte, hatten meine Arme schon an seiner Schulter Halt gesucht.

„Es geht schon, keine Sorge!“ versicherte er mir. „Nur noch ein kleines Stück bergab, und wir sind auf der Ebene.“

„Aber ich ...“

„Hören Sie mal, ich kann Sie genausogut bäuchlings über die Schulter werfen und Sie wie eine Leiche tragen, wenn Ihnen das lieber ist“, scherzte er.

„Lieber würde ich ...“ Ich hatte „laufen“ sagen wollen, doch das entsprach nicht einmal der Wahrheit, so daß ich kleinlaut verstummte.

„Ich auch, Elisabeth“, lächelte er und schaute mir tief in die Augen.

Nun war die günstige Gelegenheit für meine kleine Ansprache gekommen, doch mein Kopf war wie umnebelt, und ich brachte kein Wort hervor. Der Zauber des Augenblicks hielt mich völlig gefangen. Ich lehnte meine Wange an seinen Mantel und gab mich diesem Moment der Seligkeit hin, der nur zu bald wieder im Reich der Erinnerungen versinken würde.

Viel zu schnell hatten wir den Hang erreicht, wo Jon und die Kinder noch immer rodelten. Wynn setzte mich ab und achtete dabei darauf, meinem verletzten Fuß nicht zuviel an Gewicht zuzumuten. Eine Sekunde lang konnte ich mich nicht erinnern, welcher Fuß der angeblich verletzte war, so daß ich auf meine Stiefel herabschaute, um zu sehen, an welchem der beiden die Schnürsenkel gelöst waren.

Während des Abstiegs hatten wir kein einziges Wort miteinander gewechselt. Während er mich auf dem Baumstamm absetzte, hatten sich unsere Wangen ohne Absicht berührt, und ich hatte befürchtet, er könnte das laute Pochen meines Herzens hören.

„Wie geht es dem Fuß?“ fragte er. „Ich hoffe, ich habe Ihnen keine Schmerzen bereitet.“

„Aber nein. Sie waren sehr vorsichtig. Wie haben Sie nur den Abstieg …“ Ich blieb mitten im Satz stecken.

„Wir bringen Sie so schnell wie möglich nach Hause“, versprach er und winkte William, der gerade mit seinem Schlitten den Hang erklomm, zu sich heran.

Wynn bestand darauf, daß ich mich auf dem Schlitten nach Hause ziehen ließ. Mir blieb keine andere Wahl, als mich zu fügen, denn andernfalls hätte ich meine kleine List verraten. Schuldbewußt nahm ich auf dem Schlitten Platz.

Daheim angekommen, trug Wynn mich ins Haus und setzte mich auf dem Sofa ab. Er schlug vor, meinen Knöchel mit Eisbeuteln zu kühlen. Da er in Kürze seinen Dienst antreten mußte, konnte er den Abend nicht bei uns verbringen. Er verabschiedete sich und versprach, bald wieder nach dem Rechten zu sehen.

Den Rest des Tages über täuschte ich einen verletzten Fuß vor. Nur mit Mühe konnte ich Jon und Mary davon abbringen, einen Arzt rufen zu lassen. Es wäre mir entsetzlich peinlich gewesen, ausgerechnet am Weihnachtstag einen Arzt kommen zu lassen, um meine „Verletzung“ in Augenschein zu nehmen. Als es endlich Zeit zum Schlafengehen war, stieg ich mit meinem schuldbeladenen Gewissen die Treppe hinauf in mein Zimmer.

Verstört ging ich zu Bett. Noch immer spürte ich Wynns wollenen Mantel an meiner Wange und seine starken Arme, mit denen er mich getragen hatte. Ich hatte mich, ohne es zu wollen, in diesen Mann verliebt, und die vielleicht einzige Gelegenheit, ihm das zu gestehen, hatte ich ungenutzt verstreichen lassen. Was konnte eine Frau aber schon einem Mann sagen, der sein Herz vor der Liebe verschlossen hatte? Ich wußte mir keinen Rat. Einen Moment wünschte ich, ich hätte etwas von Julies weiblichem Charme, den sie stets zu ihren Gunsten einzusetzen wußte, doch dann schalt ich mich selbst aus. Ich hatte mir ohnehin schon mehr Unaufrichtigkeiten erlaubt, als mir lieb war. Was war nur in mich gefahren, daß ich eine solche Lüge vorgetäuscht hatte? Vor Scham wurden mir die Wangen heiß. Nie wieder würde ich anderen gegenüber falsche Tatsachen vortäuschen.

Das Geständnis

Am nächsten Morgen versicherte ich Jon und Mary auf ihre Anfragen hin, daß mein Fuß wieder vollständig in Ordnung sei. Die ganze Angelegenheit war mir unsagbar peinlich, und je eher sie in Vergessenheit geriet, desto dankbarer würde ich sein. Mary bestand darauf, daß ich den Fuß so wenig wie möglich belastete. Um den besorgten Blikken der anderen zu entfliehen, zog ich mich in Jons Bibliothek zurück und vergrub mich in einem guten Buch.

Gegen Mittag betrat Jon die Bibliothek. Hinter sich her zog er einen widerwilligen William. Ein Blick auf ihre Gesichter sagte mir, daß es sich um eine ernste Aussprache handelte. Ich wollte gerade aufstehen und den Raum verlassen, als Jon mich aufhielt.

„Bleib nur sitzen, Betty. Es wird nicht lange dauern. Bewege nur deinen armen Fuß nicht unnötig."

Da war es wieder: mein „armer Fuß". Die Röte schoß mir in die Wangen, und ich versteckte mich hinter meinem Buch. Mir war, als würde ich mein schlechtes Gewissen offen in meinem Gesicht tragen.

Jon setzte sich und zog William zu sich heran.

„Nun, mein Sohn, was hast du dazu zu sagen? Weißt du denn nicht, daß du etwas Grundfalsches getan hast?"

„Doch."

„Weißt du auch, daß das eine regelrechte Sünde war?"

„So arg schlimm war es doch gar nicht."

„O doch, mein Junge. Gott hat gesagt: ‚Du sollst nicht …', aber du hast es trotzdem getan. Ist das vielleicht keine Sünde?"

„Aber dann war es eben keine große Sünde", gab William trotzig zurück.

„‚Große‘ und ‚kleine‘ Sünden gibt es nicht. Gott macht da keine Unterschiede. Sünde ist Sünde. Weißt du, wie Gott darüber denkt?“

William nickte, wenn auch nicht vollkommen überzeugt.

„Er mag's nicht besonders.“

„Allerdings. Er mag es überhaupt nicht leiden. Weißt du auch, warum er die Sünde so sehr haßt?“

„Vielleicht, weil er Gott ist?“ versuchte William eine Antwort.

„Ganz richtig. Er ist Gott, und er ist ein gerechter, heiliger und guter Gott. Bei ihm gibt es nichts Unehrliches, Falsches oder Gemeines. Ich glaube, es gibt aber noch einen wichtigeren Grund dafür, daß Gott die Sünde so sehr verabscheut.“

William sah seinen Vater erwartungsvoll an.

„Die Sünde der Menschen hat seinen Sohn Jesus Christus das Leben gekostet. Gott hat vor Urzeiten bestimmt, daß alle Sünder des Todes schuldig sind. Die Menschen haben gesündigt, aber Gott hat sie trotzdem noch liebgehabt. Er wollte nicht, daß die Menschen für ihre Sünden sterben. Deshalb hat er einen Stellvertreter geschickt, der für sie den Tod erleiden sollte. Wenn nun jemand für sich in Anspruch nimmt, daß ein anderer an seiner Statt gestorben ist, und seine Fehler aufrichtig bereut, dann braucht er nicht mehr selbst die Strafe für seine Sünden zu tragen und zu sterben.“

„Ja, ich weiß“, sagte William mit bebender Stimme. Jon legte seinem Sohn den Arm um die Schultern.

„Manch einer“, fuhr Jon fort, „macht den Fehler, zu glauben, daß bei Gott nur die groben Sünden zählen wie Mord oder Götzenanbetung. Dabei ist Jesus aber für alle Sünden gestorben, auch für die sogenannten ‚kleinen‘ Sünden. Wenn es nur einen einzigen Weg gegeben hätte, unsere Sünden zu übersehen oder zu vergessen, dann hätte Gott niemals seinen Sohn am Kreuz sterben lassen. Er hat ihn doch lieb gehabt; aber der Tod seines Sohnes war die einzige Möglichkeit, uns Menschen den sicheren Tod zu ersparen. So sehr liebt er uns! Und deshalb haßt er auch die Sünde, egal, welcher Art sie nun ist. Die Sünde hat nämlich seinen Sohn das Leben gekostet. Und wenn wir trotzdem noch weitersündigen, dann zeigen wir damit, daß uns der Herr Jesus und sein Tod am Kreuz nicht viel bedeutet."

„Aber das wollte ich doch gar nicht!" protestierte William. „Ich wollte dem Herrn Jesus doch gar nicht wehtun!" Eine dicke Träne rollte über sein Gesicht. Jon zog den Jungen dicht an sich.

„Ich weiß, mein Sohn. Wir tun Gott oft weh, ohne es zu wollen. Jetzt sagst du ihm, daß du es nicht böse gemeint hast und daß es dir leid tut und daß du es mit seiner Hilfe nie wieder tun wirst. Und danach gehen wir zu Stacy und sprechen mit ihr."

„Muß ich das wirklich?" flehte William. „Muß ich wirklich zu ihr gehen und mit ihr reden? Mit Gott rede ich, Papa, aber kannst nicht vielleicht du für mich zu Stacy gehen?"

„Nein, mein Junge. Ein großer Teil der Vergebung besteht darin, daß man um Verzeihung bittet. Das verlangt Gott von uns. ‚Wiedergutmachung' nennt er das. Jesus war bereit, die Todesstrafe für uns zu bezahlen, damit zwischen Gott und uns alles wieder in Ordnung ist; es ist nicht zuviel verlangt, wenn wir zu demjenigen, dem wir etwas Schlechtes angetan haben, hingehen und sagen, daß es uns leid tut."

Gemeinsam knieten sie neben Jons Lehnsessel nieder, und ein weinender William bat Gott um Vergebung. Anschließend verließen sie die Bibliothek Hand in Hand, um Stacy, die Köchin, aufzusuchen.

Ich erfuhr nicht, was William angerichtet hatte. Im Grunde war es auch völlig unwichtig, denn ich litt ohnehin schon an quälenden Gewissensbissen wegen meiner Unaufrichtigkeit des vergangenen Tages. Mein Blick fiel auf meinen Fuß, und eine tiefe Verachtung für ihn erfüllte mich, doch meinem Fuß konnte ich das ganze Geschehen wohl kaum anlasten.

Ich wurde zum Mittagessen gerufen. William erschien zu Tisch; alle Tränenspuren waren längst verschwunden. Er wirkte sogar fröhlicher als gewöhnlich, und als Stacy den Pudding zum Nachtisch auftrug, bemerkte ich, daß seine Portion größer war als die aller anderen. Auch William hatte es bemerkt und quittierte es mit einem breiten Lächeln. Stacy warf ihm ein verstohlenes Augenzwinkern zu. Reue, Geständnis und Vergebung. William hatte heute eine wichtige Lektion gelernt, während ich mich noch immer mit meinem schlechten Gewissen auf meinem Platz hin- und herwand.

Nach dem Essen ging ich in mein Zimmer. Beinahe den ganzen Nachmittag über kämpfte ich mit mir selbst. Mir ging es nicht anders als William. Gott gegenüber wollte ich meinen Fehler schon eingestehen, aber vor Wynn mein Täuschungsmanöver bekennen? Der bloße Gedanke daran trieb mir die Röte ins Gesicht. Dennoch kam mein Gewissen nicht zur Ruhe, so sehr ich auch um Vergebung betete. „Gesteh es ihm ein, gesteh es ihm ein!" hörte ich unablässig. Schließlich warf ich mich in meiner Verzweiflung auf mein Bett.

„Lieber himmlischer Vater, es war doch nur eine Kleinigkeit", flehte ich.

„Es war nicht richtig von dir", ermahnte mich mein Gewissen.

„Na schön, es war nicht richtig, aber ..."

„Es war eine Sünde. Du hast jemandem eine Unwahrheit vorgetäuscht."

„Aber das war doch nicht weiter schlimm; ich meine, ich habe ihm doch keinen Schaden dadurch zugefügt."

„Wie kannst du das nur sagen? Solche Unwahrheiten haben Jesus das Leben gekostet."

„Aber ich kann unmöglich zu Wynn gehen und ihm die Wahrheit sagen. Was wird er nur von mir denken?"

„Interessiert es dich, was Gott von dir denkt?"

„Natürlich! Aber ..."

Ich weinte, ich flehte und setzte mich zur Wehr, doch endlich gab ich nach.

„Nun gut. Wenn es also unbedingt sein soll, dann werde ich Wynn meine Lüge eingestehen, sobald ich die Gelegenheit dazu finde."

Eine tiefe innere Ruhe kam über mich, wenn ich dem Gespräch mit Wynn auch nach wie vor mit Unbehagen entgegensah.

Ich brauchte mich nicht lange zu quälen. Noch am selben Abend kam Wynn, um sich nach meinem „verletzten" Fuß zu erkundigen. Er hatte nur auf einen Sprung hereinschauen wollen, sagte er, und würde sich gleich wieder auf den Weg machen. Nachdem er auch mit Jon und Mary ein paar Worte gewechselt hatte, nahm er seine Fellmütze und wandte sich zum Gehen. Ich schluckte und stand auf. Meine Kehle war trocken wie Papier.

„Ich möchte gern einen Moment mit Ihnen sprechen, bitte."

Sein Gesicht zeigte einen Funken von Überraschung.

„Aber selbstverständlich."

Ich ging zu Jons Bibliothek voraus und achtete dabei darauf, meinen angeblich verletzten Fuß keineswegs zu schonen. In der Bibliothek angekommen, schloß ich die Tür und sah ihn an. Am liebsten wäre ich davongelaufen, hätte mein Gesicht vor ihm versteckt oder ihm wiederum eine Unwahrheit gesagt, um diesem Mann nur nicht die erbärmliche Wahrheit gestehen zu müssen. Bevor ich es mir jedoch anders überlegen konnte, begann ich mit meinem Geständnis.

„Ich habe Ihnen etwas zu sagen ... Es ist wegen meines Fußes. Er war gar nicht verletzt. Ich habe das Ganze nur vorgetäuscht. Mir geht es gut; es war nichts weiter als ... " Ich senkte den Blick. Den Anblick seiner ehrlichen blauen Augen konnte ich nicht länger ertragen. Ich wandte mich ab.

„Ich wußte nicht, daß Sie mich tragen würden. Ich wollte nur … ich wollte nur Zeit gewinnen, und …“ Ich wußte nur zu gut, daß ich aufrichtig bleiben mußte, so beschämend es auch für mich sein mochte. „Ich habe mich wie ein albernes Kind aufgeführt“, sagte ich und zwang mich dazu, ihn dabei anzusehen. „Ich glaube, mir lag halt nur daran, Ihre Aufmerksamkeit auf mich zu ziehen, und … und etwas anderes war mir nicht eingefallen. Ich weiß, es war nicht richtig von mir, und … und es tut mir leid.“

Nun sah Wynn mir direkt in die Augen. In seinem Blick lag weder ein Vorwurf noch Verachtung. Statt dessen sah ich Verständnis darin und eine Sanftheit, die ich nicht erwartet hatte. Wieder wandte ich mich ab, um einen Tränenausbruch zu vermeiden.

„Ich habe Gott meine Unehrlichkeit eingestanden, und er hat mir in seiner Gnade vergeben. Jetzt …“ Meine Stimme war nur noch ein Flüstern. „Jetzt möchte ich auch Sie um Verzeihung bitten.“

Ich spürte Wynns Hände auf meinen Schultern. Er drehte mich, bis er mein Gesicht sehen konnte.

„Elisabeth“, sagte er leise, „ich kann Ihnen gar nicht sagen, wie hoch ich Ihnen dieses Geständnis anrechne. Es gibt nicht viele Menschen, die …“ Er zögerte. „Sie haben mich um Verzeihung gebeten. Ich verzeihe Ihnen gern. Und nun muß ich Sie um dasselbe bitten.“

Mein Ausdruck muß meine Verwunderung widergespiegelt haben.

„Elisabeth, ich habe doch Ihren Knöchel untersucht, erinnern Sie sich?“

Ich nickte.

„Und es war meine Idee, Sie einfach zu tragen. Stimmt's?“

Ich sah ihn verständnislos an.

„Elisabeth, ich bin in Erster Hilfe ausgebildet. Ich kann Knochenbrüche und Verstauchungen ohne Schwierigkeiten feststellen.“

Ich begann zu begreifen.

„Dann haben Sie es also die ganze Zeit über gewußt?“

Er nickte, ohne den Blick von mir abzuwenden. Verwirrt sah ich zur Seite. Was wollte er mir damit nur sagen? Er hatte also gewußt, daß mein Knöchel gar nicht verletzt war, und trotzdem hatte er mich in seinen Armen talwärts getragen. Wollte er mich damit beschämen? Hatte er mich auf die Probe stellen wollen, um zu sehen, wie weit ich das Spiel treiben würde?

„Warum nur?“

Er trat ans Fenster und sah in die Dunkelheit hinaus.

„Warum?“ wiederholte er. „Die Antwort ist doch wohl recht offensichtlich, meinen Sie nicht auch?“

Er blieb noch einen Moment am Fenster stehen, doch dann drehte er sich um und ging wieder auf mich zu, seinen Uniformhut in der Hand. Ich wußte, daß er im Begriff war, sich auf den Weg zu machen. In seinen Augen lag wieder der alte Funke von Humor, und um seine Lippen zuckte es verräterisch.

„Und wenn ich ganz ehrlich sein soll, Elisabeth“, sagte er und schmunzelte mir zu, „war es mir das größte Vergnügen.“

Mit einem leichten Kopfnicken verließ er die Bibliothek und zog die Tür hinter sich ins Schloß.

Rückkehr nach Pine Springs

Im Verlauf der folgenden Woche sah ich Wynn noch mehrmals. Weder er noch ich erwähnten die Sache mit dem Fuß; zudem fehlte uns zu persönlichen Gesprächen jede Gelegenheit, da Jon, Mary und die Kinder immer dabei waren.

Dennoch lernte ich in diesen Tagen viel über ihn: Er hatte ein Herz für Menschen, ob jung oder alt. Er stand sowohl bei den Weißen als auch bei den Indianern in hohem Ansehen. Er war ein belesener Mann, dem kein Thema fremd war und der sich in der Wissenschaft nicht weniger als in der Literatur auskannte. Sein Glaube an Gott war tief und unerschütterlich, und er fühlte sich dazu berufen, den Armen und Verstoßenen zu helfen. Je mehr ich über ihn erfuhr, desto mehr wuchs meine Bewunderung für ihn, und wenn ich anfangs noch eine oberflächliche Verliebtheit für ihn empfunden hatte, so nahmen meine Gefühle mit jedem Tag an Tiefe zu.

Er behandelte mich stets freundlich und zuvorkommend. Er schien sich sogar in meiner Gegenwart ausgesprochen wohlzufühlen, doch er deutete mit keinem Wort an, daß er seine Ansichten über das Leben als Mountie und die damit unvereinbare Ehe geändert hatte.

Ich begriff einfach nicht, wie ein Mann nur so starrköpfig sein konnte, und wenn ich ihn nicht schon so sehr geliebt hätte, so würde ich ihn nun zornig und ein wenig wehmütig zugleich aus meinen Gedanken verbannen.

Schweren Herzens packte ich meinen Koffer für meine Rückkehr nach Pine Springs. Herr Laverly hatte mir versprochen, mich am Bahnhof in Lacombe abholen zu lassen.

Die ganze lange Eisenbahnfahrt über versuchte ich, Ordnung in meine Gedanken zu bringen, was Wynn betraf. Es war mir kein Rätsel, wie eine Frau sich in einen Mann wie ihn verlieben konnte; aber warum sie sich angesichts seiner eisernen Entschlossenheit zum Junggesellendasein noch immer weigerte, die Hoffnung aufzugeben, konnte ich beim besten Willen nicht begreifen. Vielleicht lag es daran, überlegte ich, daß mir seine höfliche, reservierte Gegenwart immerhin noch lieber war, als ihn überhaupt nicht wiederzusehen.

Als ich aus dem Waggon stieg, erwartete mich Bill Laverly schon auf dem Bahnsteig, sein unvermeidliches Grinsen im Gesicht. Jeder andere Bewohner der Umgebung wäre mir willkommener gewesen, doch es blieb mir keine Wahl. Er lud mein Gepäck in die Kutsche und breitete mit übertriebener Betulichkeit eine Bärenfelldecke über mich.

Es war Bill offensichtlich gelungen, seinen Vater zu der Anschaffung einer leichten Sportkutsche zu überreden, und bevor wir die Stadt hinter uns gelassen hatten, ahnte ich schon, was auf mich zukam. Bill ließ die Peitsche über dem Gespann knallen, und los ging es mit Schellenklingeln und Pferdeschnauben. Mein einziger Trost war der, daß die Fahrt bei diesem Tempo um so schneller beendet sein würde, so daß ich der Gesellschaft dieses ewig grinsenden, geschwindigkeitstollen Burschen bald wieder entfliehen konnte.

Er schien seine Augen kaum von mir abwenden zu wollen und fand immer wieder die Gelegenheit, meine Bärendecke zurechtzuziehen. Als er jedoch wagte, seinen Arm hinter meine Rückenlehne zu legen, hatte ich von seinem Verhalten genug. Ich gab ihm zu verstehen, daß mir unendlich wohler wäre, wenn er zum Kutschieren seines im Vollgalopp rasenden Gespanns beide Hände anstatt nur einer benutzte.

Als er die Pferde in den Schulhof lenkte, bemerkte ich, daß eine freundliche Rauchsäule aus dem Kamin emporstieg. Gewiß war es nicht Bill gewesen, der vor seiner Abfahrt ein Feuer angezündet hatte, dachte ich. Er mochte zwar ein Auge für hübsche Mädchen haben, doch als zuvorkommender Mensch war er kaum bekannt.

Unsanft brachte er das Gespann zum Stehen, was eine beachtliche Schneewolke aufwirbelte, und reichte mir mein Gepäck. Dann ließ er die Pferde auch schon kehrtmachen und in Richtung elterliche Farm davonstieben. „Bis bald!" rief er mir über die Schulter hinweg zu, natürlich nicht ohne das unvermeidliche Grinsen.

Als ich mein Häuschen betreten hatte, brauchte ich nicht lange zu raten, wer mir diesen unverhofften Empfang bereitet hatte. Im Herd brannte fröhlich ein Feuer, auf dem Schränkchen waren allerhand Lebensmittel in schönster Ordnung abgestellt worden, und meinen kleinen Tisch zierte ein frischer Kuchen – Annas Spezialität! Auf der Herdplatte dampfte eine Schüssel mit Eintopf, und mein Wasserkessel stand gefüllt daneben. Wie nett, auf diese Weise willkommen geheißen zu werden! Ohne Annas Bemühungen hätte ich nach meiner zweiwöchigen Abwesenheit ein ungemütliches, kaltes Haus vorgefunden.

Während ich mich nun an einem Teller Suppe und einer Scheibe von dem frischen Brot labte, kehrten meine Gedanken wieder zu meinen Schülern und dem Klassenzimmer zurück. Nun konnte ich es kaum erwarten, endlich die Arbeit wiederaufzunehmen. Ich sah die Gesichter der Kinder förmlich vor mir und dachte an die Vorzüge und Schwächen jedes einzelnen von ihnen. Ich war stolz auf sie. In der kurzen Zeit, die wir miteinander erlebt hatten, hatten sie schon beachtliche Fortschritte gemacht. Ich nahm mir fest vor, in den Monaten, die nun vor uns lagen, mein Allerbestes für sie zu geben.

Frühling

Die Kinder schienen meinen Eifer zu teilen. Die nächsten Wochen und Monate vergingen wie im Flug, während wir im Unterricht fleißig arbeiteten.

Im März machte uns der Schulinspektor unseres Bezirks seine Aufwartung. Ich wußte nicht zu sagen, wer von uns größere Nöte litt: die Kinder oder ich.

Herr Matthewes war ein hochgewachsener, dürrer Mann mit einer spitzen Nase, flinken, dunklen Augen und einer hohen Stimme, die er stets in voller Lautstärke einsetzte, als verleihe ihm das die notwendige Autorität. Den ganzen Tag über spürte ich seinen durchdringenden, prüfenden Blick auf mir. Zu Mittag war ich vor lauter Aufregung schon völlig erschöpft, doch selbst dann zog er sich einen Stuhl an mein Pult heran und stellte mir allerhand Fragen.

Während des Nachmittags richtete er sein Augenmerk auf die Kinder und ließ sie eine Aufgabe vorrechnen oder einen Abschnitt aus der Fibel lesen. Ich mußte machtlos mit ansehen, wie die Ärmsten sich schwitzend und zitternd auf den Bänken wanden, und wünschte mir nichts sehnlicher, als daß der Mensch uns endlich wieder allein ließe. Als dieser Moment dann gekommen war, seufzten wir gemeinsam erleichtert auf und schüttelten die Anspannung der vergangenen Stunden durch Scherzen und Lachen ab. Ich schloß den Unterricht heute früher als gewöhnlich und schickte die Kinder nach Hause.

Am folgenden Tag stellte sich wieder ein Besucher ein. Wynn war nach Pine Springs gekommen, um Phil und Lydia zu sehen, und schaute kurz zu mir ins Klassenzimmer herein, um mir einen Brief von Mary zu überbringen. Am liebsten hätte ich ihn zum Abendbrot in mein kleines Lehrerhaus eingeladen, doch das war nicht nur verboten, sondern gewiß auch unklug dazu. So plauderten wir nur eine Weile miteinander, und er wartete geduldig, während ich schnell eine Antwort an Mary schrieb, die er ihr aushändigen würde. Er war noch immer nicht an einen anderen Posten versetzt worden. Ich wollte mich schon insgeheim darüber freuen, als er mir mitteilte, daß es nur noch eine Frage der Zeit wäre, bis er versetzt würde. Einer seiner Kollegen war kürzlich nach Lac La Biche abkommandiert worden, und ein anderer Mountie, der drei Jahre lang in Calgary stationiert gewesen war, hatte einen Posten in Grouard am Lesser Slave Lake zugewiesen bekommen.

„Hatten die beiden eine Familie?" erkundigte ich mich. Ich hatte mit Absicht nicht „eine Frau" gesagt und hoffte, daß Wynn meine Gedanken nicht erriet.

„McKenzie hat eine Frau und einen Sohn."

„Haben die beiden ihm Schwierigkeiten bereitet?"

„Seine Frau hat es mit Fassung getragen. Der Norden ist ihr allerdings nicht fremd gewesen."

„Eins zu null für mich", dachte ich. Wynn mußte selbst zugeben, daß es immerhin hier eine Frau gab, die ihren Mann willig in den hohen Norden begleitet hatte. Doch Wynn sprach schon weiter.

„Aitcheson hatte ein Mädchen. Als ihm seine Versetzung mitgeteilt wurde, hat sie die Hochzeit abgesagt."

Ich war wie vor den Kopf geschlagen.

Gern hätte ich ihm entgegengehalten: „Manche Frauen schaffen es halt mit Leichtigkeit und andere nicht." Statt dessen schwieg ich.

Als Wynn gerade wieder gehen wollte, überraschte er mich mit einem Kompliment.

„Das Leben hier draußen scheint Ihnen gut zu bekommen, Elisabeth. Sie sehen mit jedem Mal gesünder und frischer aus."

Gesünder und frischer! Er hatte mich nicht gerade zu einer atemberaubenden Schönheit erklärt, aber dennoch horchte ich auf. Wynn war kein Mann oberflächlicher Worte. Er hatte es aufrichtig gemeint, und ich beschloß, mich von Herzen darüber zu freuen.

Fröhlich summte ich ein Lied vor mich hin, nachdem er gegangen war.

Die Osterferien standen vor der Tür, bevor ich mich in meinem Eifer recht versehen hatte. Ich packte meinen Koffer für meinen Besuch bei Jon und Mary. So sehr ich es auch genießen würde, meine Verwandten wiederzusehen, so warf Wynns Abwesenheit doch einen Schatten über die Feiertage. Er hielt sich zur Zeit in Regina auf und war daher nicht in der Lage, Ostern in Calgary zu verbringen.

Mary machte sich einen Spaß daraus, immer wieder eine Bemerkung über Wynn und seine so offensichtliche Sympathie für mich fallenzulassen. Sie schien der festen Überzeugung zu sein, daß es nichts weiter bedurfte, als ihm meine Zuneigung zu zeigen, um ihn von seiner ehefeindlichen Einstellung abzubringen und ihm ein Liebesgeständnis zu entlocken. Ich dagegen hatte nicht im geringsten die Absicht, mich einem Mann an den Hals zu werfen, selbst wenn er Wynn Delaney hieß, und zudem würde ich mit einer solchen Geste nichts weiter als einen theatralischen Effekt erreichen.

Ich verbrachte die Woche damit, die Geschäfte der Stadt zu besuchen, Bücher zu lesen, mich einfach dem Müßiggang hinzugeben und mit den Kindern zu spielen. Gegen Ende der Woche konnte ich es kaum erwarten, zu meiner Klasse zurückzukehren. Diesmal hatte ich Herrn Laverly nicht darum gebeten, mir jemanden für die Heimfahrt zu schicken; ich hatte ihm nicht einmal die Ankunftszeit meines Zuges mitgeteilt. Statt dessen hatte ich geplant, Pearlies Vater gegen Bezahlung zu bitten, mich zur Schule zu kutschieren. Als ich jedoch in Lacombe aus der Eisenbahn stieg, entdeckte ich die Clarks, die zum Einkaufen hergekommen waren. Ihr freundliches Angebot, mich nach Hause zu fahren, nahm ich dankbar an.

Als ich mein Häuschen erreicht hatte, zündete ich unverzüglich ein Feuer im Herd an, kochte eine einfache Abendmahlzeit und ging anschließend in die Schule. Für die verbleibenden wenigen Wochen des Schuljahrs wollte ich so umfassend wie möglich vorbereitet sein.

Wynn ließ mir ein Buch zukommen. Es handelte sich, wie ich vermutete, um ein Lehrbuch, das zur Ausbildung der berittenen Polizisten eingesetzt wurde. Darin fanden sich zahlreiche Informationen über die Provinz Alberta. Es schilderte den Pflanzenwuchs, die Tierwelt, die Bevölkerung und deren Lebensweise in unserem Landstrich. Mit Interesse blätterte ich in dem Buch – besonders, weil es von Wynn stammte. In seiner kurzen Erklärung dazu schrieb er, daß er hoffte, ich würde das Buch im Unterricht gebrauchen können. So war es tatsächlich. Die Schüler und ich nutzten das warme Frühlingswetter zu manchem Ausflug in die Natur, um die Pflanzen um uns her nach den Abbildungen in dem Buch zu bestimmen.

Der April verging, und auf einen sonnigen Mai folgte der Juni. Überall begannen die wilden Rosen zu blühen, zuerst als vereinzelte Farbtupfer, doch später als wahre Blütenhecken zu beiden Seiten der Straßen und Wege. Die Kinder sammelten Erdbeeren, die sie mir in ihren klebrigen, rotgefleckten Händen als Geschenk mitbrachten. Es war eine herrliche Jahreszeit, und ich freute mich an jedem sonnendurchfluteten Tag, an dem ich den Duft des Sommers einatmen konnte.

Die Eltern der Schulkinder luden mich wieder reihum zum Abendessen ein. Ich liebte diese geselligen Zusammenkünfte. Die Familien strahlten eine warme Herzlichkeit aus, und ich fühlte mich bei ihnen unsagbar wohl. Ich liebte die Fußmärsche zu ihren Farmen durch die Sommerlandschaft und genoß das gemütliche Plaudern in ihrer Runde. Die Einladungen zum Essen waren mir eine willkommene Abwechslung nach all den einsamen Mahlzeiten in meinem Ein-Personen-Haushalt.

An einem Freitagabend war ich von den Blakes zum Essen eingeladen worden. Frau Blake tischte uns ein schmackhaftes Brathühnchen auf, und die Mädchen hatten genug Erdbeeren für eine Torte zum Nachtisch gefunden. Nach einer gemütlichen Kaffeerunde machte ich mich schließlich auf den Heimweg.

Bald erreichte ich eine Weggabelung, von der aus eine Abkürzung mitten durch einen Tannenwald führte. Die Blake-Kinder benutzten diese Abkürzung täglich auf dem Weg zur Schule. Ich beschloß, mir an diesem warmen Sommerabend das Vergnügen eines Waldspaziergangs zu gönnen. Ich hatte gerade die ersten Schritte auf dem schmalen Pfad getan, als ich vor mir ein Geräusch hörte. Dann sah ich ihn auch schon: einen großen Bären, der sich zwischen umgestürzten Bäumen auf dem Boden umherrollte. Mir stockte der Atem. Ja, kein Zweifel, es war ein Bär – doch was tat er ausgerechnet hier in diesem Wald? Soweit ich wußte, gab es in diesem Landstrich gar keine Bären. Ich zermarterte mir den Kopf. Was hatte ich nur in Wynns Buch über Bären gelesen? Welche Art von Bär hatte ich hier vor mir? Nein, es war zwecklos. Ich konnte einfach keinen klaren Gedanken fassen.

Im selben Moment, als ich ihn gesehen hatte, hatte der Bär auch mich bemerkt. Zwischen ihm und mir lagen nur wenige Schritte. Ich wußte nicht zu sagen, wer von uns mehr erschrocken war. Plötzlich stieß der Bär einen tiefen Laut aus und stellte sich auf die Hintertatzen. Er wirkte hünenhaft. Ich wollte davonlaufen, doch meine Knie waren wie gelähmt. Ich wollte um Hilfe schreien, doch mein Mund blieb verschlossen, und mein Hals brachte keinen Ton hervor.

Der Bär stand hoch aufgerichtet da und wandte den riesigen Kopf hin und her. Die Vordertatzen hielt er angriffsbereit ausgestreckt. Dann machte er einen Schritt auf mich zu und gab ein entsetzliches Knurren von sich. Im nächsten Moment versank alles um mich her. Mir wurde schwarz vor den Augen, und ich stürzte zu Boden.

Als ich wieder zu mir kam, spürte ich starke Arme um mich. Im ersten Moment glaubte ich, der Bär trage mich mit seinen Tatzen davon. Ich zwang mich, die Augen zu öffnen. Es war Wynn, der mich in seinen Armen hielt.

„Nur ruhig, Elisabeth. Es ist ja alles gut!" Sein Arm umfaßte mich tröstend. Ich vergrub mein Gesicht an seinem Hemd und brach in Tränen aus.

Er trug mich zu der Straße zurück und stellte mich wieder auf die Beine, ohne mich jedoch gleich loszulassen. Er hielt mich fest und ließ mich weinen, bis ich endlich ruhiger wurde. Die ganze Zeit über strich er mir über das Haar und die Schultern. „Schon gut, Elisabeth, Sie sind ja jetzt in Sicherheit. Nur keine Sorge. Es ist alles gut. Er ist fort. Er tut Ihnen nichts zuleide", sagte er dabei unablässig.

Als ich meine Fassung wiedergewonnen hatte, begann ich: „Ein Bär ..."

„Ich weiß", sagte er. „Ich habe ihn gesehen."

„Ich wollte die Abkürzung gehen", stieß ich hervor.

„Ja, ich habe Sie gesehen."

„Woher kamen Sie denn so schnell?"

„Ich war gerade auf dem Weg zu Ihnen, als ich sah, wie Sie von der Straße abbogen. Ich habe das Auto am Straßenrand stehengelassen und bin Ihnen gefolgt, um Sie zu rufen. Ich hatte sie beinahe eingeholt, als ich ..."

„Der Bär ..."

„Ja, da entdeckte ich den Bären. Ich konnte Sie nicht rufen, weil ich befürchtete, Sie würden loslaufen. Das wäre ein großer Fehler gewesen."

„Aber ich konnte gar nicht laufen ... ich konnte nicht ... meine Beine ..." Wieder begann ich zu schluchzen, und meine Knie wurden schwach. Um mich drehte sich alles. Ich hielt mich an Wynn fest. Vor mir sah ich noch immer den Anblick des furchterregenden Bären, der drohend auf mich zukam.

Wynns Arme umschlossen mich fest, und dann küßte er mich, so daß alle Angst vor dem Bären von mir wich. Ich schlang meinen Arm um seinen Hals. Plötzlich gab es nur noch Wynn und mich. Ich wünschte mir nichts sehnlicher, als daß dieser Moment nie enden würde. Doch ich sollte enttäuscht werden. Unvermittelt war der Kuß vorüber, und Wynn trug mich zu seinem Automobil an der Straße.

„Ihre Mutter hat Jon und Mary ein Paket geschickt", teilte er mir unterwegs sachlich mit. „Darin waren auch ein paar Dinge, die für Sie bestimmt sind. Weil ich gerade einen kurzen Urlaub hatte, hat Jon darauf bestanden, mir sein Automobil zu leihen, damit ich meinen Bruder besuchen und Ihnen die Päckchen bringen konnte."

„Aha", murmelte ich in Wynns Hemd hinein, während er mich auf den Beifahrersitz hob. Ich bemerkte kaum, wie er um das Automobil ging und auf der Fahrerseite einstieg; in Gedanken war ich noch immer in seinen Kuß versunken. Anstatt nun den Motor anzulassen, zögerte er, und ich wagte schon zu hoffen, er würde mich nochmals küssen, doch er sah mich nur ernst an und nahm meine Hand in die seine.

„Elisabeth, ich bin Ihnen eine Erklärung schuldig."

Verwirrt erwiderte ich seinen Blick.

„Ich hatte kein Recht, Sie einfach so zu küssen. Das ist mir bewußt. Und ich habe damit keineswegs sagen wollen ..." Er unterbrach sich. „Sie sahen aus, als würden sie jeden Moment wieder ohnmächtig werden; Sie waren kreidebleich, und in Ihren Augen stand noch immer das Entsetzen. Ich mußte Sie ablenken, damit Sie den Bären endlich vergaßen. Auf die Schnelle ist mir nichts anderes eingefallen, als Sie ... nun, als Sie zu küssen."

Allmählich begriff ich. Zuerst war ich zu benommen, doch dann wurde mir klar, was er damit sagen wollte. Wynn hatte mich gewissermaßen nur aus medizinischen Gründen geküßt, um mich vor einer weiteren Ohnmacht zu bewahren. Ich dagegen hatte völlig anders dabei empfunden. Gewiß war ihm nicht verborgen geblieben, wie hingebungsvoll ich seinen Kuß erwidert hatte. Und nun entschuldigte er sich bei mir für diesen Kuß! Er hatte klarstellen wollen, daß ich keinerlei persönliche Erwartungen damit verbinden sollte, und hatte meine innige Erwiderung lächerlich gemacht. Er war nach wie vor der Mountie, der mit seiner hohen Berufung verheiratet war, und von einer kleinen alleinstehenden Lehrerin würde er sich nicht beirren lassen.

Mit einem Ruck zog ich meine Hand zurück.

„Kein Mann braucht mich je zu küssen – egal, aus welchem Grund!“ stieß ich hervor. „Lieber hätte ich mich von dem Bären angreifen lassen, als ... als so in Ihrer Schuld zu stehen, Herr Delaney!“ Damit sprang ich aus dem Automobil und rannte quer durch den Graben und auf den Wald zu, aus dem ich soeben gerettet worden war.

Inzwischen war es mir völlig gleichgültig, ob der Bär noch dort auf mich lauerte oder nicht. In meinem blinden Zorn hätte ich mich, ohne zu zögern, auf ihn gestürzt. Ich hörte, wie Wynn mich beim Namen rief, doch das machte mich nur noch ärgerlicher. Die Tränen rannen mir in Strömen über die Wangen. Welch eine eiskalte Unverschämtheit von diesem Mann, so mit meinen Gefühlen zu spielen! Mich zuerst zu küssen und im nächsten Moment alles mit einer armseligen Entschuldigung zunichte zu machen! Nie, nie, nie wieder würde ich ihn auch nur eines einzigen Blickes würdigen.

Am nächsten Tag lieferte mir Philipp jun. die Päckchen von meiner Mutter in der Schule ab. Die Aufmerksamkeiten von daheim dienten jedoch nur dazu, mich in meinem schon gefaßten Entschluß zu bestärken. Meine Heimat war der Osten, und ich würde sobald wie möglich dorthin zurückkehren.

Abschied von der Schule

Trotz meiner eisernen Entschlossenheit, jeden Gedanken an Wynn zu verbannen, stieß ich dabei auf ungeahnte Schwierigkeiten. Ständig drängte sich mir sein Anblick auf. Ich liebte ihn, ich haßte ihn, ich vergab ihm, ich war zutiefst verletzt, und ich sehnte mich nach seiner Gegenwart.

Als die letzte Schulwoche vor den Sommerferien hereinbrach, stand mein Entschluß fest. Ich würde wieder nach Hause reisen, zurück nach Toronto. Vielleicht würde ich dort meinen Schmerz vergessen. Während der Abendstunden packte ich meine Kisten und Koffer. Ich verpackte meine Bücher, meine Garderobe, das Teegeschirr, die Vasen und Bilder und die zahlreichen Kunstwerke, die die Schulkinder liebevoll für mich angefertigt hatten. Ich packte sogar meinen Fußschemel ein, wenn ich auch selbst nicht sicher war, warum ich es tat. Gewiß würde Mutter sich weigern, dieses Möbelstück in ihrem Haus zu dulden.

Jeder Gegenstand, den ich in die Kisten schichtete, beschwor Erinnerungen herauf, und als ich die Fellhandschuhe von Wynn in Händen hielt, konnte ich den Schmerz nicht länger ertragen. Ich warf mich auf meine unebene Matratze und gab mich haltlos meinem Kummer hin. Ich liebte diesen Landstrich mit seinem leuchtenden, wolkenlos blauen Himmel; ich liebte den Duft der wilden Rosen in der Luft, das lange, pastellfarbene Zwielicht und selbst das klagende Heulen der Kojoten. Ich liebte die Menschen hier: Anna, die in ihren fleißigen Händen stets eine Gabe für andere bereit hielt; die schüchterne und dennoch anhängliche Else; Herrn Dickerson, der sich nichts sehnlicher als einen Geistlichen für die Gläubigen hier wünschte; Herrn Laverly, der sich vorbildlich für die neue Schule eingesetzt hatte, obwohl keiner seiner Söhne in den Genuß einer Schulbildung gekommen war; die Clarks, die Mattochs, die Delaneys, Pastaschuks, Millers und Blakes. Sie alle waren meine Nachbarn und Freunde geworden. Dann mußte ich wieder an den liebenswerten kleinen Andy und sein freudiges Strahlen denken: „Fein gemacht! Fein gemacht!" Mein ganzer Körper wurde vor Schluchzen geschüttelt.

„Und dabei hätte ich hier so glücklich sein können!" klagte ich im stillen.

„Warum läufst du dann fort?" entgegnete eine andere Stimme in mir.

„Ich muß es tun. Ich muß es einfach tun!" konnte ich nur antworten.

Irgendwie brachte ich die letzte Schulwoche hinter mich. Jeder Erfolg eines Schülers, jedes freundliche Wort schnürte mir die Kehle zu.

Am letzten Tag veranstalteten wir ein Picknick. Die gesamte Nachbarschaft fand sich dazu ein. Ich wurde mit aufrichtigem Lob und Dankesworten förmlich überschüttet, und hätte ich nur einen klaren Gedanken fassen können, so hätte ich mich gewiß sehr darüber gefreut. Immer wieder wurde ich gefragt: „Kommen Sie im Herbst wieder, Fräulein Thompson? Werden Sie unsere Kinder wieder unterrichten?" In meiner Verwirrung konnte ich nur antworten: „Ich weiß es nicht … ich bin nicht sicher."

Alle schienen das Picknick zu genießen, und auch ich war guter Dinge, solange ich mich beschäftigt hielt. Im Hintergrund hörte ich jedoch ein unablässiges Hämmern: „Mein letzter Tag! Mein letzter Tag!" Ich mußte alle Kräfte zusammennehmen, um nicht vor allen Leuten in Tränen auszubrechen.

Das Picknick war bald vorüber, und die Nachbarn verabschiedeten sich von mir. Sie schüttelten mir die Hand, bis sie mir taub wurde – so taub wie mein Herz, dachte ich, doch dann wurde mir klar, daß mein Herz gar nicht taub war. Der Schmerz darin war noch so stechend wie eh und je.

Ich nahm die jüngeren unter meinen Schulkindern und die älteren Mädchen reihum in die Arme. Viele brachen in Tränen aus, und ich hätte am liebsten mit ihnen geweint. Die Jungen reichten mir schüchtern und ein wenig verlegen die Hand, und selbst das rührte mich. Endlich fuhr auch das letzte Fuhrwerk aus dem Schulhof; die Familie darin winkte mir zum Abschied zu. Schließlich drehte ich mich wieder zu dem Klassenzimmer um. Dort gab es nicht mehr viel zu tun, doch ich wollte alles in bester Ordnung hinterlassen. Ich fegte, staubte das Pult ab, sortierte, wischte die Tafel und scheuerte den Fußboden. Als alles blitzsauber glänzte, sah ich mich ein letztes Mal im Raum um und schloß dann mit Tränen in den Augen die Tür hinter mir zu.

Den Abend verbrachte ich damit, die letzten Haushaltsgegenstände in Kisten zu verpacken und das Lehrerhaus gründlich zu putzen. Ich war für jede Arbeit dankbar, die ich verrichten konnte, denn auf diese Weise waren wenigstens meine Hände beschäftigt, wenn ich auch in Gedanken nicht recht bei der Sache war.

Bevor ich zu Bett ging, nahm ich meine Teekanne und die beiden Porzellantassen wieder aus der Kiste, wickelte sie sorgfältig in Papier und legte das ganze Geschirr in einen kleinen Karton. Dann zog ich auch den Schemel wieder aus der Kiste hervor. Ich betrachtete ihn ein letztes Mal von allen Seiten und stellte ihn dann neben die Tür zu dem Karton.

Die Kojoten brachen in ihr allabendliches Geheul aus. Ich erschrak schon lange nicht mehr bei diesem Geschrei. Statt dessen erfüllte mich das Konzert nun mit einer solchen Sehnsucht, daß ich mit den Kojoten um die Wette weinte. „Wer weiß, ob ich sie jemals wieder heulen höre“, dachte ich und ahnte schon jetzt, wie sehr ich sie vermissen würde.

Am nächsten Morgen kutschierte mich die ganze Familie Peterson zum Bahnhof von Lacombe. Ich war so sehr damit beschäftigt, alles um mich her ein letztes Mal nachdenklich zu betrachten, daß ich kein sehr geselliger Fahrgast war. Niemand von uns schien zum Plaudern aufgelegt zu sein.

Ich umarmte Anna.

„Anna, du weißt gar nicht, wieviel mir deine Freundschaft bedeutet hat. Ich habe etwas im Lehrerhaus für dich zurückgelassen. Du warst immer so großzügig zu mir, und ich habe mich nie richtig erkenntlich zeigen können." Sie wollte widersprechen, doch ich fuhr fort: „Ich möchte dir meine Teekanne schenken, und Else und Olga sollen jede eine von den Tassen zur Erinnerung an mich haben. Und Lars habe ich so viel zu verdanken. Er hat dieser ahnungslosen Seele von Stadtmenschen so bereitwillig beim Holzhacken und Wasserholen geholfen. Für ihn habe ich meinen Schemel zurückgelassen – und für jedes der Kinder eins von meinen Büchern. Lars hat es sich immer so gern mit einem Buch auf dem Schemel bequem gemacht. Vielleicht wird er nun beim Lesen auf dem Schemel an seine Lehrerin denken und daran, wie sehr sie ihn gemocht hat."

Die Petersons umarmten mich reihum, und dann stieß die Lokomotive auch schon einen schrillen Pfiff aus. Ich mußte einsteigen. Zischend und puffend fuhr die Eisenbahn los, und ich winkte aus dem Fenster, bis ich den kleinen Bahnhof aus den Augen verloren hatte.

Wenn ich auch unterwegs nicht ununterbrochen weinte, so hatte ich doch mehrere meiner Spitzentaschentücher gründlich mit Tränen durchfeuchtet, als wir endlich Calgary erreichten.

Auch bei Jon und Mary sollte es mir nicht besser ergehen. Sie versuchten, mich zum Hierbleiben zu überreden, doch mein Gepäck war schon nach Toronto unterwegs. Ich hatte befürchtet, daß ich mich am Ende nicht losreißen könnte, wenn ich mein Gepäck nicht direkt von

Lacombe aus nach Toronto geschickt hätte. Andererseits konnte ich nicht im Westen bleiben. Nein, das war schlichtweg unmöglich.

Als Jon, Mary und die Kinder mich am nächsten Tag an den Bahnhof brachten, hatten wir allesamt rotgeweinte Augen. Kathleen hielt meine Hand umklammert.

„Ich habe gewollt, daß du immer meine Tante Betty bist", sagte sie bedrückt.

„Aber ich werde doch immer deine Tante Betty bleiben."

Ich warf einen Blick auf den Hügel, wo wir damals zur Weihnachtszeit gerodelt hatten. Von der höchsten Stelle aus hatte man einen weiten Blick auf die Rocky Mountains. Es war mir nicht mehr gelungen, meinen erhofften Ausflug zu den Gebirgsbächen und den grünen Hängen zu machen.

„Eines Tages komme ich wieder. Ganz bestimmt!" nahm ich mir vor. „Wenn es irgend möglich ist, werde ich einmal in die Berge gehen."

Wieder war der Abschied tränenreich. Ich umarmte jedes Mitglied der Familie: meinen älteren Bruder, den ich nach all den Jahren endlich wiedergesehen hatte; Mary, meine bildhübsche Schwägerin; die schüchterne, liebenswerte Sarah; Kathleen, das muntere Energiebündel, und die kleine Elisabeth, der Sonnenschein der Familie, der meinen Namen trug.

„Ich werde euch allesamt schrecklich vermissen", schluchzte ich.

Kathleen erbettelte sich eine letzte Umarmung.

„Komm wieder zu uns, Tante Betty. Bitte komm ganz bald wieder!"

Ich versprach, mein Bestes zu tun, und ging dann auf den Bahnsteig hinaus.

„Elisabeth."

Ich spürte eine Hand auf meiner Schulter. Durch meine Tränen hindurch sah ich eine rote Uniform vor mir. Es war Wynn Delaney. In seinem Blick stand tiefe Besorgnis.

„Elisabeth, ich muß unbedingt mit Ihnen sprechen."
„Aber mein Zug ..."
„Es wird nicht lange dauern. Sie haben noch ein paar Minuten."
Seine Augen schienen mich anzuflehen, so daß ich seinem Blick auswich und nickte. Er nahm mich beim Arm und führte mich durch die Menschenmenge zum Bahnhofsgebäude zurück. Der verwirrte Angestellte folgte uns mit meinem Gepäck.
„Dick", sagte Wynn zu einem Mann in Bahnhofsuniform, „ich brauche dein Büro für einen Moment."
„In Ordnung", gab der Mann zurück.
Wynn führte mich in ein Büro und schloß die Tür. Dann wandte er sich mir zu.
„Elisabeth", sagte er langsam, „ich kann Sie nicht so einfach losfahren lassen. Da ist etwas, was mich quält."
„Schauen Sie, Wynn", entgegnete ich hastig, „wir haben beide einen Fehler gemacht. Es hätte nie geschehen sollen, aber nun ist es zu spät. Sie brauchen sich für nichts zu entschuldigen."
Ich wollte mich zum Gehen wenden, doch er hielt mich fest.
„Elisabeth, sehen Sie mich an!"
Widerwillig hob ich den Blick. Tränen rannen mir über die Wangen.
„Elisabeth, ich muß Ihnen gestehen, daß ich Sie damals auch geküßt habe, weil ich es wollte, und nicht bloß, damit Sie nicht wieder ohnmächtig würden. Aber ich bin nicht hergekommen, um mich zu entschuldigen."
Ich sah ihn nur fragend an.
„Zugegeben, ich schulde Ihnen diese Erklärung, aber im Grunde bin ich gekommen, um ... um Sie zu bitten, nicht abzureisen. Ich weiß, das klingt eigensüchtig, und ich weiß wohl, daß ich kein Recht dazu habe, aber bevor Sie gehen ... bevor Sie sich entschließen ... möchte ich Ihnen sagen, daß ... daß ich Sie liebe, Elisabeth. Ich möchte, daß Sie hierbleiben. Ich möchte, daß Sie meine

Frau werden. Ich weiß, ich habe Ihnen nichts zu bieten, und …"

Seine Worte trafen mich wie ein Sonnenstrahl nach langer Dunkelheit. „… daß ich Sie liebe … daß Sie meine Frau werden …" Mit einem leisen Aufschrei warf ich mich in seine Arme.

„O Wynn!" schluchzte ich, und meine Tränen strömten über seine rote Uniform, bis er mein Gesicht hob und mich küßte.

Als er seine Lippen wieder von meinen löste und mich ansah, glühte ich vor Glück.

„Ich weiß noch immer nicht, wohin ich abkommandiert werde …"

„Aber das macht doch nichts. Wirklich! Das ist vollkommen gleichgültig!"

„Ja, du hast recht. Irgendwie glaube ich es dir." Und wieder küßte er mich.

Bei seiner nächsten Frage leuchteten meine Augen noch mehr auf.

„Was hältst du von Flitterwochen in den Rocky Mountains – in der Nähe eines Gebirgsbaches?"

„O Wynn, das wäre ja wundervoll!"

Ein schrilles, langgezogenes Pfeifen ertönte. Es klang, als entfernte es sich von uns.

„Liebe Güte!" sagte ich und sah Wynn erschrocken an.

„Was ist denn los?"

„Mir scheint, mein Zug ist eben ohne mich abgefahren."

Ein amüsiertes Schmunzeln breitete sich in seinen Zügen aus.

„Das ist aber schade!" sagte er mit übertriebenem Bedauern in der Stimme.

Nun brach ich in ein Lachen aus, ein leises, erleichtertes, unsagbar frohes Lachen.

„Ist dir auch klar, daß meine Koffer ohne mich in Richtung Osten unterwegs sind?"

„Ich hoffe, du hast noch ein paar Dinge zur Hand, mein Liebes."

„Nur zwei Reisetaschen."

„Dann schicken wir halt ein Telegramm voraus und geben Anweisung, dein Gepäck mit der nächsten Eisenbahn zurückzuschicken. Ich lasse dich nämlich nicht hinterherfahren, damit du's nur weißt. Du bleibst hier, wo du hingehörst!"

Dagegen hatte ich nichts einzuwenden.